J. B. McClure, Andreas Simon

Anekdoten von Abraham Lincoln und Lincoln's Erzählungen

J. B. McClure, Andreas Simon

Anekdoten von Abraham Lincoln und Lincoln's Erzählungen

ISBN/EAN: 9783743305878

Hergestellt in Europa, USA, Kanada, Australien, Japan

Cover: Foto ©Andreas Hilbeck / pixelio.de

Manufactured and distributed by brebook publishing software (www.brebook.com)

J. B. McClure, Andreas Simon

Anekdoten von Abraham Lincoln und Lincoln's Erzählungen

Anecdoten

von

Abraham Lincoln,

und

Lincoln's Erzählungen.

(Cap'tol der Vereinigten Staaten.)

Enthaltend

Geschichten aus seiner Jugend,   Geschichten aus seinem Berufsleben,
Episoden aus dem Weißen Haus,   Kriegsgeschichten,
Vermischte Geschichten.

Redigirt von J. B. McClure,

Verfasser von „Moody's Anecdoten," „Unterhaltende Anecdoten," „Edison und
seine Erfindungen" u. s. w. (Englische Ausgaben.)

Nach dem Englischen bearbeitet von **Andreas Simon.**

Chicago.
Verlag von Rhodes & McClure.
1890.

Geburtsstätte Abraham Lincoln's.

Im heutigen LaRue County, Kentucky, anderthalb Meilen von Hodgenville und sieben Meilen von Elizabethtown. Die drei Birnbäume wurden von Lincoln's Vater gepflanzt und bezeichnen die Stelle, in deren Nähe das Häuschen stand. Abraham Lincoln wurde am 12. Februar 1809 geboren. Hier wohnte er nur wenige Jahre.

Heimath der Familie Lincoln in Indiana.

Situirt nahe Gentryville in Spencer County, und etwa halbwegs zwischen Evansville und Rockville. Die Lincoln's kehrten von Kentucky über nach diesem Platze in 1816; hier wohnten sie dreizehn Jahre.

Die weiße Tauben-Kirche.

Das beschriebene Gebäude, in welchem Abraham Lincoln in seiner Jugend den Gottesdienst besuchte.

Die erste Heimath der Familie Lincoln in Illinois.

War nuirt in Macon County im Sangamon Thale, ungefähr zehn Meilen von Decatur. Hier spaltete Abraham Lincoln und John Hanks im Laufe des ersten Jahres mehrere Tausend Zaunriegel. Lincoln war zu jener Zeit ungefähr zwanzig Jahre alt.

Abraham Lincoln.
Der Advokat.

Wohnhaus von Abraham Lincoln in Springfield, Ills.

Abraham Lincoln.
Der sechzehnte Präsident der Vereinigten Staaten.

Vorwort.

Sprach Herr Lincoln zu Dr. Gulliver bei einer gewissen Veranlassung, nachdem der bewanderte Doktor dem (für damals) künftigen Präsidenten in Bezug auf eine seiner Reden hohes Lob gespendet hatte:

„Ich möchte doch gar zu gerne wissen, was das in meiner Rede gewesen ist, was Ihnen so bemerkenswerth erscheint und meinen Freund, den Professor (vom Yale College), so sehr interessirt hat?"

„Die Klarheit ihrer Darlegungen," antwortete Dr. G., „die Unwiderlegbarkeit Ihrer Schlußfolgerungen, besonders aber Ihre Erläuterungen, denn diese sind Dichtung, und Pathos, und Scherz, und Logik, Alles in Einem."

Der große Lincoln dankte dem berühmten Gottesgelehrten und sagte: „Das erinnert mich an eine Geschichte," und fuhr dann fort zu erzählen, wie der Yale'er Professor Notizen gemacht habe von seiner zu New=Haven vom Stapel gelassenen Rede, wie er seine Klasse eine Vorlesung darüber gehalten, und ihm bis nach Meriden gefolgt sei, um weitere Notizen zu sammeln, u. s. w.

Hierdurch wird der hohe Werth dargethan, welcher den Erläuterungen des Herrn Lincoln beigemessen werden muß; und daß diese Erläuterungen aus scharf gezeichneten, würzigen, kernigen und anwendbaren Geschichten bestanden, weiß alle Welt, sie wurden ihm dann aus einer unversiegbaren Quelle und waren ausreichend für alle möglichen Vorkommnisse. Wohl noch nie hat ein größerer Geschichtenerzähler gelebt, wie Abraham Lincoln einer war, oder einer, der diese stets mit einer so magischen Wirkung vorzutragen wußte. Bei ihm war die „passende Geschichte" eine Macht, und sein merkwürdiges Talent im Erzählen derselben ein bedeutender Faktor in seiner Größe.

In diesem Band hat sich der Zusammensteller bemüht, die Anecdoten und Erzählungen dieses wunderbaren Mannes, wie sie von ihm den Niedrigen und den Hohen, im Frieden und im Kriege, im Gerichtsaal und am Kaminfeuer, in der Wildniß und im Weißen Haus mit jener Würze und mächtigen Wirksamkeit selbst erzählt worden sind, die Herrn Lincoln zu einem so merkwürdigen Mann gestempelt haben, in angemessener, klassifizirter Form vorzulegen. Es ist unser aufrichtiger Wunsch, daß das Buch in dieser Gestalt wirkliches Interesse wach rufen und einem jeden Leser ein weiteres Mittel zur Dienlichkeit bieten möge.

Viel Vorschub wurde uns geleistet durch Benutzung von F. B. Carpenter's „Sechs Monate im Weißen Haus," J. G. Holland's „Leben von Lincoln," der Presse, sowie durch Beiträge vieler Freunde, was wir hiermit pflichtschuldigst anerkennen.

J. B. McClure.

Chicago, 4. Juli 1888.

Inhalts-Verzeichniß.

Aus seinen Jugendjahren.

Aus seinem Berufsleben.

Episoden aus dem Weißen Haus.

Kriegsgeschichten.

Illustrationen.

Eintheilung.

12

Anecdoten

von

Abraham Lincoln.

Aus seiner Jugendzeit.

Wie Lincoln seinen ersten Thaler verdiente.

Herrn Seward und etlichen Freunden erzählte Herr Lincoln eines Abends im Executiv-Gebäude zu Washington folgende interessante Geschichte. Der Präsident sagte: „Seward, Sie haben wohl noch nicht gehört, wie ich meinen ersten Thaler verdient habe?" „Nein," antwortete Herr Seward. „So hören Sie denn," fuhr Herr Lincoln fort, „Ich gehörte zu den Leuten, die man im Süden mit „Scrubbs"*) bezeichnet. Hauptsächlich durch meine eigene Anstrengung war es uns gelungen, genügend einzuernten, um damit, wie ich glaubte, eine Fahrt den Fluß hinunter unternehmen zu können, wo ich einen Käufer zu finden hoffte.

„Nach vielem Zureden gelang es mir, die Mutter zu bewegen, mich ziehen zu lassen und ich baute nun ein kleines Flachboot, groß genug, um ein oder zwei Fässer voll Sachen, die wir eingeheimst hatten, mich selbst, und meinen kleinen Bündel aufzunehmen und nach einem südlichen Markt zu befördern. Es kam ein Dampfboot den Fluß herunter gefahren. Wie Sie wissen, haben wir an unsern westlichen Strömen keine Werften aufzuweisen und es war Gebrauch, im Falle sich Passagiere an einem der Landungsplätze befanden, daß dieselben mit einem Kahn über den Fluß hinüberruderten, worauf dann der Dampfer anhielt und sie aufnahm.

---

*) Scrubbs — im Süden eine Tagelöhnerklasse, welche die härtesten und niedrigsten Arbeiten verrichtet und dabei eine sehr karge Lebensweise führt. Anm. d. Uebers.

„Ich betrachtete tief nachdenklich mein neues Flachboot, simuli=
rend, ob ich es nicht noch dauerhafter machen, oder nach irgend einer
Richtung hin verbessern könne, als sich zwei Männer in Kutschen dem
Ufer näherten, Koffer mit sich führend und, die verschiedenen Boote
betrachtend, sich das meine endlich auswählten mit der Frage: „Wem
gehört dieses?" Ganz bescheiden antwortete ich: „Mir." „Willst
Du," sagte der eine von ihnen, „uns und unsere Koffer an's Dampf=
boot hinausfahren?" „Gewiß," sagte ich. Ich war überaus froh,
Gelegenheit zu erhalten, etwas verdienen zu können. Ich vermeinte
von einem Jeden zwei bis drei Bits*) zu erhalten. Die Koffer
wurden auf mein Flachboot gebracht, die Passagiere setzten sich auf
dieselben und ich ruderte sie hinüber an's Dampfboot.

„Sie stiegen an Bord und ihnen nach folgte ich mit den schweren
Koffern, diese auf's Verdeck hinaufhebend. Schon wollte der Dam=
pfer weiterfahren, da rief ich ihnen zu, sie hätten vergessen mich zu
bezahlen. Ein Jeder von ihnen griff sogleich in die Tasche und holte
einen silbernen halben Dollar hervor, dieselben auf den Boden mei=
nes Flachbootes hinabwerfend. Kaum konnte ich meinen Augen
trauen, als ich das Geld auflas. Meine Herren, Sie mögen den=
ken, daß dies eine sehr geringfügige Sache gewesen sei und heutigen
Tags erscheint sie mir selbst als trivial; aber es war ein äußerst
wichtiges Ereigniß in meinem Leben. Ich konnte es kaum für mög=
lich halten, daß ich, ein armer Knabe, in einem Zeitraum von weni=
ger als einem Tage, durch ehrliche Arbeit einen Thaler verdient ha=
ben sollte. Die Welt vor mir erschien größer und verheißender.
Von jener Zeit an war ich ein hoffnungs= und vertrauensvolleres
Wesen."

**Ein ehrlicher Knabe. — Der junge Lincoln „zieht Fut-
ter"**) während zweier Tage, als Schadenersatz
für ein beschädigtes Buch.**

Das folgende Begebniß, welches die verschiedenen Charakterzüge
veranschaulicht, die sich bei Lincoln während seines Knabenalters ent=

---

*) Bits — ein Bit ist der achte Theil eines Dollars. Anm. d. Uebers.
**) Zieht Futter—damals wurden die Maisstengel, die sein geschnitten dem Vieh zum Futter
dienen, aus dem Boden gezogen, anstatt wie jetzt abgeschnitten. Anm. d. Uebers.

Geburtsstätte Abraham Lincoln's.

Im heutigen LaRue County, Kentucky, anderthalb Meilen von Hoogenville und sieben Meilen von Elizabethtown. Die drei Birnbäume wurden von Lincoln's Vater gepflanzt und bezeichnen die Stelle, in deren Nähe das Häuschen stand. Abraham Lincoln wurde am 12. Februar 1809 geboren. Hier wohnte er nur wenige Jahre.

wicelten, wird von einem Bürger von Evansville, Ind., bestätigt, der ihn in jenen Tagen gekannt hat:

In seinem Eifer, sich Kenntnisse anzueignen, hatte sich der junge Lincoln von einem Herrn Crawford, einem benachbarten Farmer, ein Exemplar von Weem's „Das Leben von Washington" geliehen — das einzige, welches in jener Gegend als vorhanden bekannt war. Noch ehe er mit dem Lesen dieses Buches zu Ende gekommen war, geschah es, daß dasselbe durch ein nicht unnatürliches Versehen in einem Fenster liegen gelassen wurde. Es fing gleich darauf heftig an zu regnen und das Buch wurde so durchnäßt, daß es fast gänzlich werthlos dadurch wurde. Dieses Mißgeschick bereitete ihm viel Schmerz; aber, das zu Grunde gerichtete Buch mit sich neh= mend, begab er sich in seiner ehrlichen Weise zu Herrn Crawford, er= klärte ihm das Unglück, welches sich durch seine Nachlässigkeit zuge= tragen hatte vnd bot sich an, da er nicht genügend Geld hatte, den Werth des Buches abzuarbeiten.

„Na, "Abe,"*) sagte Herr Crawford nach reiflicher Ueberlegung, „weil Du es bist, will ich's nicht so streng nehmen. Komm herüber und ziehe zwei Tage Futter für mich, und wir wollen unsere Rechnun= gen gegenseitig quittiren."

Dieses Angebot wurde bereitwilligst acceptirt und die eingegan= gene Verpflichtung buchstäblich erfüllt. Als Knabe und auch nachher in einem nicht minderen Maße, besaß Abraham Lincoln eine ehrbare Gewissenhaftigkeit, Rechtschaffenheit und innige Liebe zum Lernen.

Der kleine Lincoln schießt durch einen Spalt in seiner heimathlichen Hütte auf großes Wild.

Eines Tages, als Lincoln noch ein kleiner Knabe war und sich in seiner heimathlichen Hütte in Indiana, damals noch eine Wildniß, befand, fiel sein Blick zufällig durch einen Spalt in der Blockwand seiner bescheidenen Wohnung und erspähte eine Heerde wilder Trut= hähne, die in Schußweite von seines Vaters trauter Büchse ganz ge= müthlich weideten. Er übersah sogleich die Möglichkeiten der Lage und wagte es, das alte Schießgewehr herunterzuholen und, nachdem

---

*) Abe — Abkürzung von Abraham und wird wie „Eeb" ausgesprochen. Anm. d. Uebers.

er das lange Rohr in aller Stille durch die Oeffnung hindurch ge=
steckt und in aller Eile gezielt hatte, feuerte er hinein zwischen die
Heerde. Als sich der Rauch verzogen hatte, zeigte sich's, daß einer
von den Truthähnen todt auf dem Felde liegen geblieben war. Die=
ses war, wie man sagt, das größte Wild auf welches Lincoln jemals
einen Hahn abgedrückt hatte; der brillante Erfolg bei diesem Anlaß
besaß nicht die Macht, eine Leidenschaft für's Jagen in ihm zu er=
wecken.

Ein Beispiel von Lincoln's Mühseligkeiten in der Jugend und ein knappes Entrinnen aus Todesgefahr.

Während Lincoln in Indiana lebte, trug sich ein kleines Ereigniß
zu, welches die Mühseligkeiten und die Verhältnisse veranschaulicht,
welchen er in seiner Jugend unterworfen war. Einmal traf es sich,
daß ihm der Dienst oblag, seines Vaters Pferd zu besteigen, um mit
demselben ein Säckchen Getreide nach der Mühle zu befördern und
hatte er einen Weg von f ü n f z i g M e i l e n zu machen, um es ge=
mahlen zu erhalten. Die Mühle selbst war sehr primitiv und wurde
durch Pferdekraft getrieben. Die Kunden waren genöthigt zu war=
ten bis sie an die Reihe kamen; die Distance kam nicht in Betracht,
die sie von der Heimath schied und ein Jeder mußte zum Treiben
der Maschinerie sein eigenes Pferd benutzen! Bei dieser Veranlas=
sung, als Abraham an die Reihe gekommen war, befestigte er seine
Stute an den Hebelbaum und folgte ihr dicht hinterher auf ihren
Rundläufen, als auf einmal, während er sie mit einer Ruthe und
durch Schnalzen mit der Zunge wie gewöhnlich antrieb, er einen Fuß=
tritt von ihr erhielt, welcher ihn hinstreckte und ihm das Bewußtsein
raubte. Mit dem ersten Moment des wiederkehrenden Bewußtseins
setzte er sein Schnalzen mit der Zunge fort, womit er gerade begon=
nen hatte, als er den Tritt erhielt (eine Thatsache für Psychologen),
und mit dem zweiten dachte er wohl an's Nachhausegehen, wohin er
auch schließlich gelangte, zwar übel zugerichtet, aber doch bereit für
weitere Dienstleistungen.

**Des jungen Lincoln's Herzensgüte. — Er trägt einen Trun-
kenbold nach Hause und verpflegt ihn.**

Ein Beispiel von Lincoln's praktischer Menschlichkeit aus einem
früheren Abschnitt seines Lebens ist wie folgt aufgezeichnet worden:
Eines Abends, zurückkehrend von einem „Raising"*) in seiner Nach=
barschaft und sich in einer Gesellschaft junger Leute befindend, ent=
deckte er ein herumirrendes Pferd, Sattel und Zügel an sich tragend.
Das Pferd wurde als einem Manne zugehörig erkannt, der sich un=
mäßiges Trinken angewöhnt hatte und man hegte sofort die Ver=
muthung, daß sich der Eigenthümer nicht weit von hier befinden
könne.

Eine kurze Nachsuchung genügte, um die Vermuthung der jungen
Männer zu bestätigen. Der arme Trunkenbold wurde in einer völ=
lig hülflosen Lage, auf dem durchkälteten Boden liegend, gefunden.
Die Begleiter Abrahams machten den feigherzigen Vorschlag, ihn sei=
nem Schicksale zu überlassen, aber der junge Lincoln wollte von die=
sem Vorschlage nichts hören. Seiner Bitte willfahrend, luden sie
ihm den jämmerlichen Tropf auf die Schultern und er trug ihn that=
sächlich achtzig Ruthen weit zur nächsten Behausung. Seinem Va=
ter Nachricht zukommen lassend, daß er diese Nacht nicht nach Hause
kommen werde, die Ursache seiner Abwesenheit darin angebend, hegte
und pflegte er den Mann bis zum Morgen, und war glücklich in dem
Glauben, daß er diesem Manne das Leben gerettet habe.

**Der junge Lincoln und seine Bücher. — Deren Einfluß
auf sein Gemüth.**

Die Bücher von welchen Abraham frühzeitig als Lektüre Gebrauch
machen konnte, waren die Bibel, aus welcher er Vieles hersagen
konnte, Aesops Fabeln, die er alle auswendig wußte, Pilgrim's
Progreß, Weem's „Leben von Washington" und eine Lebensbe=
schreibung von Henry Clay, welche seine Mutter für ihn zu kaufen
ermöglicht hatte. Später las er das Leben Franklin's und Ram=
sey's „Leben von Washington." In diesen Büchern, die er wieder=

---

*) Raising — Das Emporrichten von fertigen Theilen bis zu einem im Bau begriffenen
Holzhaus gehören. Anm. d. Uebers.

holt durchlas, fand er Nahrung für seinen hungernden Geist. Die heil. Schrift, Aesops Fabeln und John Bunyan — hätten wohl von der reichhaltigsten Bibliothek drei bessere Bücher für ihn ausgesucht werden können?

Solchen, die Zeuge gewesen sind von der schädlichen Wirkung die manche Bücher auf das Gemüth von Kindern ausüben, wird es nicht schwer fallen zu glauben, daß Abraham's Mangel an Büchern der Reichthum seines Lebens gewesen ist. Diese drei Bücher trugen viel dazu bei, Das bei ihm auszubilden, wozu die Lehren seiner Mutter die Keime gelegt hatten und einen Charakter heranzubilden, welcher in Bezug auf seltene Einfachheit, Strebsamkeit, Wahrhaftigkeit und Reinheit niemals von einer historischen Persönlichkeit übertroffen worden ist. Das Leben von Washington, ihm ein erhabenes Beispiel von Patriotismus darlegend, prägte seinem Sinn nebenher noch eine allgemeine Kenntniß von der amerikanischen Geschichte ein, und das Leben von Henry Clay sprach zu ihm von einem Manne, der emporgestiegen war zu einer politischen und amtlichen Höhe, aus Verhältnissen fast eben so niedrig wie seine eigenen.

Das letztere Buch gab ohne Zweifel Anlaß, daß in ihm die Neigung zur Politik erweckt, sein Ehrgeiz angefacht und er ein Parteigänger und Bewunderer von Henry Clay wurde. Abraham mußte noch sehr jung gewesen sein, als er Weem's „Leben von Washington" las und wir erhaschen einen Blick von der Frühreife seiner Gedanken die hierdurch in ihm geweckt worden waren, als er in einer Rede, die er vor dem New Jersey Senat auf seiner Reise nach Washington hielt, wohin er sich begeben mußte, um die Pflichten des Präsidentenamtes zu übernehmen, dieses Gegenstandes Erwähnung that.

Hinweisend auf sein frühzeitiges Lesen dieses Buches, sagte er: Ich erinnere mich aller der darin sich vorfindenden Berichte über die Schlachtfelder und Kämpfe für die Freiheit des Landes und keiner prägte sich meinem Gedächtniß so tief ein wie der Kampf hier in Trenton, New Jersey.*** „Ich erinnere mich noch, wie ich damals, obgleich ich nur ein Knabe war, gedacht habe, daß das doch etwas ganz Außergewöhn-

liches gewesen sein müsse, weßhalb diese Män=
ner kämpften." Schon in diesem Alter war er nicht nur ein
nachdenkender Leser, sondern ein Forscher auch nach Beweggründen.

Lincoln und seine sanfte Anna. — Eine rührende Begebenheit.

Die folgenden interessanten Einzelheiten, die mit Abraham Lin=
coln's früheren Lebensjahren in Verbindung stehen, sind dem Virgi=
nia (Ill.) Enquirer, vom 1. März 1879, entnommen:

John McNamer wurde am vorigen Sonntag in Petersburg, Me=
nard Co., begraben. Vor langen Jahren bekleidete er während
mehreren auf einanderfolgenden Terminen, das Amt eines Assessors
und Schatzmeisters vom County. Herr McNamer war ein alter
Ansiedler dieses Distriktes, und, noch ehe die Ortschaft Petersburg
ausgelegt worden war, betrieb er ein Geschäft in Old Salem, einem
Dorfe, welches sich vor vielen Jahren zwei Meilen südlich vom heuti=
gen Petersburg befand. Abraham Lincoln war damals Postmeister
dieses Platzes und verkaufte Whiskey an die Bewohner. Es leben
jetzt noch alte Grauköpfe in Menard, die gar manchen Krug voll
Kornbranntwein von ihm gekauft haben, wie er noch in Salem lebte.
Hier war es, wo Anna Rutledge ihren Wohnsitz hatte, in deren Grab,
wie Lincoln einstens schrieb, sein Herz begraben liege. Wie man sich
erzählt, war die hübsche und sanfte Anna ursprünglich die Geliebte von
John McNamer, doch Abraham hatte ein Auge auf die junge Dame
geworfen und es gelang ihm, über McNamer einen Vorsprung zu ge=
winnen und sich ihre Liebe zu erwerben. Aber Anna Rutledge starb
und Lincoln ging nach Springfield, wo er sich später verheirathete.

Es wird erzählt, daß während des Krieges eine Dame, die einer
hervorragenden Familie Kentucky's angehörte, Washington besuchte,
um eine Begnadigung für ihren Sohn zu erbitten, der zum Tode ver=
urtheilt im Gefängniß saß, weil er einer Bande Guerillas angehört
hatte, die viele Greuelthaten, ja sogar Morde auf ihrem Gewissen
hatte. Mit der Mutter war auch deren Tochter gekommen, eine
schöne junge Dame, die in der Musik sehr bewandert war. Herr

Lincoln nahm die Besucher mit seiner gewohnten Freundlichkeit in Empfang und die Mutter theilte nun den Zweck ihres Hierherkommens mit, ihre Fürsprache mit Thränen und Schluchzen und mit allen gebräuchlichen dramatischen Effekten begleitend. Es ist möglich, daß mildernde Umstände zu Gunsten des jungen Rebellen-Gefangenen sprachen; genug, während der Präsident bei sich zu überlegen schien, näherte sich die junge Dame einem nicht weit davonstehenden Klavier, vor welchem sich niederlassend, sie ohne Weiteres „Sanfte Anna" zu singen begann, eine liebliche und pathetische Ballade, welche vor dem Kriege in jeder Familie Eingang gefunden und auch heute noch nicht gänzlich in Vergessenheit gerathen sein wird. Es wird angenommen, daß die junge Dame dieses Lied mit mehr rührender Wirkung vorzutragen wußte, a's es der alte Abraham je zuvor in Springfield zu hören Gelegenheit bekommen hatte. Während des Vortrags erhob er sich von seinem Sitz und schritt quer durch das Zimmer nach einem nach Westen zu belegenen Fenster, durch welches er mehrere Minuten lang mit dem „traurigen, in die Ferne schweifenden Blick" schaute, welchen man ihm als eine von seinen Eigenthümlichkeiten anrechnete. Seine Erinnerung trug ihn wohl zurück zu den Tagen seines bescheidenen Lebens an den Ufern des Sangamon-Flusses und zu dem Bilde von Old Salem und dessen ländlichen Bewohnern, die sich in seinem primitiven Kramladen so oft zusammenfanden in jenen vergangenen Tagen; da tauchte auch das Bild von der „sanften Anna" seiner Jugend wieder in ihm auf, deren Asche schon seit so vielen langen Jahren unter den Blumen und Brombeersträuchern des ländlichen Kirchhofes ruhte, deren Geist ihn aber, wie wir glauben wollen, in diesem Moment hinüberleitete auf die Seite der Barmherzigkeit. Doch dem sei wie ihm wolle, Herr Lincoln zog ein großes, roth-seidenes Taschentuch aus seiner Rocktasche, damit sein Antlitz in schneller und lebhafter Weise trocknend. Hierauf wandte er sich um und schritt raschen Ganges zu seinem Schreibpult, warf wenige Schriftzüge auf ein Blatt Papier und reichte es der Dame hin, mit der Erklärung, daß dieses die gewünschte Begnadigung enthalte.

Diese Scene war zweifelsohne in hohem Grade rührend und beſtätigt die Thatſache, daß ein ſchönes Lied, wenn es gut geſungen wird, die Macht beſitzt, ſüße Erinnerungen wach zu rufen.

Es beſtätigt ferner, daß Abraham Lincoln ein Mann von großem Zartgefühl war und daß, wenn dieſes Begebniß von Seiten der Damen auf Berechnung beruhte, es jedenfalls ſeinen Zweck trotzdem vollkommen erreicht hat.

Ein oder zwei Begebniſſe, die Ehrlichkeit Lincoln's veranſchaulichend.

Lincoln konnte keinen Moment der Ruhe genießen, wenn er ſich bewußt war, Jemanden, wenn auch unwiſſendlich, unehrlich be= handelt zu haben. Einſtmals, als er noch Ladendiener war in Of= fut's Handelsgeſchäft in New Salem, Ill., verkaufte er einer Frau eine kleine Partie Waaren, die dem berechneten Werth zufolge zwei Dollars, ſechs und einen viertel Cent koſteten. Er erhielt das Geld und die Frau verließ den Laden. Die verſchiedenen Poſten auf der Rechnung nochmals zuſammen zählend, um ſich zu überzeugen, ob auch Alles ſeine Richtigkeit habe, fand er, daß er ſechs und einen viertel Cent zu viel berechnet hatte. Es war Nacht und, den Laden zumachend und verſchließend, machte er ſich zu Fuß auf den zwei bis drei Meilen weiten Weg zu dem Hauſe des von ihm übervortheilten Kunden, überreichte die Summe, deren Beſitz ihm ſo viel Herzeleid bereitet hatte, und ging zufrieden nach Hauſe.

Bei einer anderen Veranlaſſung, gerade als er den Laden am Abend ſchließen wollte, kam noch eine Frau, die ein halbes Pfund Thee begehrte. Der Thee wurde abgewogen und bezahlt, und der Laden für dieſe Nacht geſchloſſen. Am andern Morgen, als Lincoln ſeine gewöhnlichen Dienſte zu verrichten begann, entdeckte er ein vier Unzen=Gewicht auf der Waage. Er ſah ſogleich, daß er einen Irr= thum begangen hatte und, den Laden ſchließend, machte er einen lan= gen Spaziergang vor dem Frühſtück, den fehlenden Thee an ſeine Adreſſe zu befördern. Dieſes ſind ſehr geringfügige Vorkommniſſe, aber ſie veranſchaulichen des Mannes Gewiſſenhaftigkeit — ſeine empfindſame Ehrlichkeit — weit beſſer noch, als wenn ſie von größe= rer Bedeutung geweſen wären.

Wie Lincoln bei dem Bau eines Bootes mithalf und wie er mit dem Aufladen von Vieh zu Werke ging.

Während er noch Tagelöhner war, begab es sich, daß Lincoln, Hanks & Johnston einen Contrakt machten, demzufolge sie am Sangamon Fluß, nahe Sangamon Town, ungefähr sieben Meilen westlich von Springfield, ein Boot erbauen mußten. Für diese Arbeit sollte ein Jeder zwölf Dollars per Monat erhalten. Als das Boot fertig war, (eine jede Planke davon hatte mit einer Schweißsäge und mit der Hand geschnitten werden müssen), wurde es den Fluthen des Flusses übergeben und nach einem Punkt unterhalb New Salem, in Menard (damals Sangamon) County gebracht, wo eine Heerde Schweine aufgeladen werden sollte. Zu jener Zeit liefen die Schweine in jenen Regionen wild umher, wie es auch noch heut zu Tage in manchen Gegenden in den Grenzstaaten der Fall ist. Einige von ihnen waren wahre Wütheriche und alle waren nach Schweine-Manier recht beschwerlich zu handhaben. Man hatte sie jedoch zusammen getrieben und eingepfercht, aber auch nicht einen Zoll breit waren sie dem Boote näher zu bringen. Alle die gewöhnlichen Hülfsmittel waren erschöpft worden in Versuchen, sie an Bord zu bringen. Nur ein Ausweg blieb noch, und Abraham entschloß sich, diesen zu betreten. Er trug sie thatsächlich auf's Boot, eins nach dem andern. Seine langen Arme und große körperliche Kraft ermöglichten es ihm, sie Schraubstock-ähnlich zu packen und in Eile vom Ufer auf's Boot hinüber zu tragen. Von hier aus brachten sie das Boot nach New Orleans, wie es der Contrakt vorschrieb.

Ein Vorfall, in welchem Lincoln als der Rächer einer Beleidigung auftritt. - Das Opfer erhält eine Tracht Prügel von ihm.

Während er eines Tages zweien oder drei Frauen Waaren in Offut's Laden vorlegte, kam ein zänkischer Geselle herein und fing an, in beleidigender Weise zu sprechen, dabei von profanen Bemerkungen Gebrauch machend, augenscheinlich in der Absicht, einen Streit herbeizuführen. Lincoln beugte sich über den Ladentisch und ersuchte ihn, sich nicht dieser Sprache zu bedienen, da Damen zugegen wären.

Der Flegel gab zur Antwort, daß sich ihm jetzt die Gelegenheit dar=
biete, die er schon längst herbeigewünscht, und er möchte den Mann
sehen, der ihn verhindern könne, das zu sagen, wozu er Lust habe.
Lincoln, noch immer ganz ruhig, sagte ihm, daß, wenn er warten
wolle, bis sich die Damen entfernt hätten, er anhören würde, was er
ihm zu sagen habe und wolle ihm dann jegliche Genugthuung geben.
Sobald die Frauen fort waren, wurde der Mann wüthend. Lin=
coln hörte seinen Großsprechereien und Schmähungen eine Zeitlang
zu und, erkennend, daß mit ihm ohne einen Zweikampf nichts auszu=
richten sei, sagte er: ,,Na, wenn Du Prügel haben mußt, so kann
ich Dir am Ende ebensogut eine Tracht verabfolgen, wie ir=
gend ein anderer Mann.'' Das war gerade, wonach der Raufbold
gestrebt hatte, so sagte er wenigstens; sie begaben sich hinaus in's
Freie und Lincoln machte kurzen Prozeß mit ihm. Er warf ihn zu
Boden und hielt ihn da fest, wie wenn der Daliegende ein Kind ge=
wesen wäre, und, einen Büschel ,,Flöhkraut'' (smart weed) aufraf=
fend, welches auf dem Platze wuchs, rieb er ihm das in's Gesicht und
in die Augen, bis der Bursche vor Schmerz zu brüllen anfing. Dies
Alles geschah von Seiten Lincoln's ohne das mindeste Zeichen von
Zorn und als die Sache abgemacht war, lief er sofort hin und holte
Wasser, womit er das Gesicht seines Opfers abwusch und alles Mög=
liche that, um dessen Jammer zu lindern. Das Resultat dieses Vor=
falls war, daß dieser Mann sein bester und lebenslänglicher Freund,
und von dem Tage an ein besserer Mensch wurde. Es war für Lin=
coln damals schon unmöglich, Groll und Rachsucht in sich zu tragen,
und so ist es auch immer geblieben.

**Meinungen verschiedener Männer über den jungen Lin=
coln. — Seine erste Begegnung mit Richard Yates.**

Lincoln war ein merkwürdiger und eigener junger Mann. Die
Menschen sprachen über ihn. Seine ihm zur Gewohnheit gewordene
Lernbegierde, sein Eifer nach allem Wissenswerthen, seine gründliche
Bemeisterung aller Schwierigkeiten die sich ihm in jeder neuen Stel=
lung entgegenstellten in die er eintrat, seine Intelligenz in Bezug
auf öffentliche Angelegenheiten, seine sich gleichbleibende Gutmüthig=

keit, seine Fertigkeit im Geschichtenerzählen, seine große athletische
Kraft, seine eigenthümlichen, drolligen Manieren, sein ungehobeltes
Aeußere, Alles das war dazu geeignet den Contrast schärfer zu kenn=
zeichnen, der sich in seiner faden, mittelmäßigen Umgebung ihm ge=
genüber bemerkbar machte.　Denton Offut, sein alter Prinzipal im
Kramladen, sagte in seiner schwärmerischen Bewunderung für ihn,
daß Lincoln besser unterrichtet sei wie irgend ein Mann in den Ver.
Staaten.　Der Gouverneur von Indiana, einer von Offut's Be=
kannten, sagte, nachdem er mit Lincoln eine Unterhaltung gepflogen
hatte, daß der junge Mann das Zeug für einen Präsidenten in sich
trage.　In jedem Kreis in dem er sich befand, ob dieser nun gebildet
oder ungebildet, war er stets der Mittelpunkt der Aufmerksamkeiten.

William G. Greene sagt, daß, als er (Greene) noch Mitglied
vom Illinois College war, er zur Ferienzeit Richard Yates, den nach=
herigen Gouverneur von diesem Staate und noch mehrere Kameraden
mit in sein Haus gebracht und, um dieselben zu unterhalten, sie alle
zu einem Besuch bei Lincoln mit sich genommen.　Er traf die=
sen in seiner gewöhnlichen Positur und seiner gewöhnlichen Beschäf=
tigung.　Er lag mit seinem Rücken flach gegen eine Kellerthür und
las die Zeitung.　Auf diese Weise wurde ein Präsident der Ver.
Staaten und ein Gouverneur vom Staat Illinois mit einander be=
kannt.　Herr Greene sagt, daß Lincoln damals fast den ganzen
Burn's auswendig mußte und sich dem Studium der Shakespeare=
Literatur eifrig hingab.　So unterhielt der schlichte Hinterwäldler,
durch sich selbst gebildet, die Schulfreunde und wurde von diesen ein=
geladen, Theil zu nehmen an ihrer aus Milch und Brod bestehenden
Mahlzeit.　Wie er es fertig brachte, seine Milchschale umzustoßen,
ist von keinem historischen Belang, genug, daß dem so ist, wie es ja
auch Thatsache ist, daß Green's Mutter, die dem jungen Lincoln zu=
gethan war, diesen Unfall zu übergehen suchte, um dem jungen Mann
aus seiner Verlegenheit zu helfen.

Eine Ferkel-Geschichte. — Seine Gutherzigkeit thierischen Geschöpfen gegenüber.

Ein heiterer Vorfall ereignete sich in Verbindung mit „dem Bereisen des Kreises‘‘ (Gerichts-Kreis), welcher uns einen Blick in das Herz des braven Advokaten thun läßt. Er fuhr an einem mit tiefem Morast gefüllten Graben vorüber, aus welchem sich zu seinem Leidwesen ein Ferkel mit aller Macht loszuwinden suchte, doch wurden dessen Anstrengungen immer schwächer und es war augenscheinlich, daß es dem Schlamm nicht zu entkommen vermochte. Herr Lincoln betrachtete das Ferkel und den Morast, von dem es eingeschlossen war, und dann seine neuen Kleider, mit denen er sich erst kürzlich ausstaffirt hatte. Gegen die Ansprüche des Ferkel’s entscheidend, fuhr er weiter, doch konnte er das Bild des armen Thieres nicht aus seinem Gedächtniß verbannen und schließlich, nachdem er schon zwei Meilen zurückgelegt hatte, drehte er um, fest entschlossen, das Thier auf Kosten seines neuen Anzuges zu retten. Wieder an der Stelle angekommen, band er sein Pferd fest und machte sich ganz ruhig an die Arbeit, aus alten Zaunriegeln einen Weg nach dem Graben herzustellen. Auf diesen Riegeln hinabsteigend, packte er das Ferkel und schleifte es heraus, doch nicht ohne dabei seinen Kleidern ernstlichen Schaden zuzufügen. Seine Hände am ersten besten Busch abwaschend und am Grase trocken reibend, bestieg er sein Cabriolet und fuhr weiter. Hierauf begann er dem Beweggrunde nachzuspüren, der ihn veranlaßt hatte umzukehren und das Ferkel zu befreien. Beim ersten Gedanken schien es ihm reine Barmherzigkeit, doch zuletzt gelangte er zur Einsicht, daß es Selbstsucht gewesen sei, denn er habe dem Ferkel ganz gewiß (wie er zu einem Freunde sagte, dem er diesen Vorfall mittheilte), nur deßhalb Hülfe angedeihen lassen, um „sein Gemüth von einem Schmerz zu befreien.‘‘ Das ist fürwahr eine neue Anschauung über die Natur des Mitgefühls und eine, die von den Casuisten mit Nutzen einer näheren Betrachtung unterworfen werden könnte.

Ein harter Kampf mit sieben Negern. — Das Leben auf einem Mississippi Flachboot.

In seinem neunzehnten Jahre machte Abraham seinen zweiten Versuch in der Schifffahrtskunst und dieses Mal erhaschte er mehr wie einen Blick von der großen Welt, in welcher er später eine so große Rolle spielen sollte. Ein handeltreibender Nachbar ersuchte ihn, die Aufsicht über ein Flachboot und dessen Ladung zu übernehmen und dasselbe in Begleitung seines Sohnes nach den Zucker-Plantagen in der Nähe von New Orleans zu fahren. Das ganze Geschäft dieser Fahrt wurde den Händen Abraham's übergeben. Diese Thatsache erzählt ihre eigene Geschichte, sie zeigt hin auf den Ruf des jungen Mannes in Bezug auf dessen Fähigkeit und Rechtschaffenheit. Er hatte diese Fahrt noch nie zuvor gemacht, wußte nichts von der Reise, war unerfahren in geschäftlichen Transaktionen und hatte nie viel auf dem Flusse verkehrt; sein Schicklichkeitsgefühl aber, sowie seine geistigen Anlagen und seine Ehrlichkeit genossen ein solches Vertrauen, daß der Händler Willens war, seine Ladung und seinen Sohn der Fürsorge Lincolns anheim zu geben.

Die Begebnisse einer derartigen Fahrt konnten begreiflicherweise nicht viel Aufregendes aufzuweisen haben, doch fand hie und da den Ufern des Ohio und Mississippi Flusses entlang mitunter eine gesellige Plauderei mit Ansieblern und Jägern statt und das Anrufen vorbeifahrender, ähnlicher Fahrzeuge, bereitete ihnen manchen heiteren Augenblick. An einer Zucker-Plantage anlangend, die irgendwo zwischen Natchez und New-Orleans lag, wurde das Boot an's Ufer gezogen und befestigt, denn hier sollte ein geschäftlicher Versuch gemacht werden; hier aber ereignete sich ein Vorfall, der des Aufregenden genug mit sich führte und der, wenn man die erst kürzlich stattgefundenen Ereignisse in Erwägung zieht, sich seltsam genug liest. Hier machten sieben Neger einen Anfall auf das Leben des künftigen Befreiers dieser Rasse und es ist nicht unwahrscheinlich, daß einige von ihnen den Tag erlebt haben, an dem sie durch seine Proklamation emancipirt worden sind. Die Nacht war hereingebrochen und die zwei müden Reisenden hatten sich auf ihre harten Lager zum Schlaf niedergelegt. Ein Geräusch vom Ufer her vernehmend, rief

Abraham: „Wer ist da?" Keine Antwort erhaltend, während das Geräusch sich noch hörbar machte, sprang er sofort auf die Beine und sah sieben Neger, die augenscheinlich mit der Absicht gekommen waren, zu stehlen.

Diese Absicht sogleich errathend, ergriff er eine Hebestange und eilte raschen Laufes auf sie zu, einen von ihnen in demselben Moment in's Wasser stoßend, in dem er das Boot erreichte. Dem zweiten, dritten und vierten, die auf's Boot sprangen, wurde in der gleichen, unzarten Manier mitgespielt. Erkennend, daß sie in ihrem räuberischen Unternehmen erfolglos bleiben würden, nahmen die Uebrigen Reißaus. Abraham und sein Begleiter, von dieser Arbeit erhitzt und aufgeregt, sprangen an's Ufer und verfolgten sie. Beide waren den Negern in Bezug auf Schnellfüßigkeit weit überlegen, und ein Jeder von ihnen wurde auf das wirksamste durchgebläut. Zurückkehrend zu ihrem Boot, erreichten sie dasselbe gerade, als die Andern dem Wasser entrannen, doch flüchteten sich diese in die Dunkelheit der Nacht, so schnell wie es ihnen ihre Füße erlaubten. Abraham und sein Kampfgefährte hatten Verletzungen davongetragen, waren aber nicht unfähig gemacht worden. Da sie unbewaffnet und nicht geneigt waren zu warten, bis die Neger Verstärkung erhalten hatten, banden sie ihr Boot los und fuhren eine oder zwei Meilen weiter hinunter, wo sie wieder anlegten und ausspähend den Morgen erwarteten.

Die Fahrt wurde zuletzt zu einem erfolgreichen Schluß gebracht. Die Fracht oder „Ladung", wie sie es nannten, war durchgehends gegen baares Geld umgesetzt worden, das Boot selbst wurde für den Werth des in ihm enthaltenen Holzes veräußert und die jungen Männer kehrten auf demselben Weg, theilweise wenigstens, zu Fuß an dem Ufer entlang, zurück, mehrere Wochen auf dieser beschwerlichen und mühseligen Reise zubringend.

Lincoln spaltet mehrere hundert Zaun = Riegel für ein Paar Hosen. — Wie er aussah, nach der Be= schreibung eines Arbeitsgefährten.

Ein Herr Namens Georg Cluse, welcher während Lincoln's ersten Jahren in Illinois mit ihm zusammen arbeitete, sagt, daß er zu da= maligen Zeiten der unansehnlichste Mensch gewesen sei, den er je gese= hen. Er war lang, eckig und unbeholfen, trug Hosen die aus Flachs und Werg gesponnen waren, eng anliegend um die Knöchel, und aus denen beide Kniee hervorschauten. Er war als sehr arm bekannt, war aber ein gern gesehener Gast in einer jeden Familie der Nach= barschaft. Herr Cluse erzählt, wie er mit Abraham Riegel spaltete und bringt einige sehr interessante Thatsachen an's Licht, Bezug ha= bend auf den dafür erhaltenen Lohn. Geld war eine Waare auf die man niemals rechnete. Lincoln spaltete Riegel um Kleider zu erhalten und machte einen Handel mit Frau Nancy Miller, welchem zu Folge er vier hundert Zaunriegel spalten wollte für eine jede Elle, vermittelst weißer Wallnußbaumrinde braun gefärbtem Baumwol= lenzeug, so viel deren zu einem Paar Hosen erforderlich sind. In jenen Tagen pflegte Lincoln fünf, sechs und auch sieben Meilen weit zur Arbeit zu gehen.

Eine Erzählung Lincoln's von einem Mädchen in New = Salem.

Unter den zahlreichen Delegationen die sich während der ersten Zeit des Krieges in Washington zusammen fanden, war auch eine von New York, die mit Eifer darauf drang, eine Flotte nach den südlichen Städten — Charleston, Mobile und Savannah — zu ent= senden, um dadurch die Rebellen=Armee von Washington hinweg zu locken. Herr Lincoln sagte, der Zweck hiervon erinnere ihn an einen Fall, der sich mit einem Mädchen in New=Salem ereignet habe, welches viel zu leiden hatte von einem „Singen" im Kopf. Verschiedene Mittel wurden von den Nachbarn vorgeschlagen, doch kein's brachte Linderung. Da kam schließlich ein Mann einher ge= gangen, „ein Mann mit gesundem Verstand," sagte er, indem er sein Haupt becomplimentirend gegen den Herrn neigte, — den man bat, er möge doch etwas für dieses Leiden verschreiben. Nachdem er genaue Nachfrage und Untersuchung gehalten hatte, sagte er, die Kur wäre sehr einfach.

„O, so sagen Sie uns dieselbe?" war die Bitte.

„Bereitet ein Pflaster aus Kirchen-Melodien, legt dasselbe auf ihre Fußsohlen und zieht das „Singen" h e r u n t e r," war die Antwort.

Frau Brown's Erzählung vom jungen Abe. — Wie ein Mann mit dem Präsidenten der Vereinigten Staaten zusammen schlief.

Der Achtb. A. Hale von Springfeld, Ill., verbürgt die Wahrheit der folgenden interessanten Geschichte: Im Mai 1861 (nach Lincoln's Erwählung zum Präsidenten) machte Herr Hale einen Krankenbesuch bei einer sieben Meilen von seiner Wohnung entfernt wohnenden Dame und fand da eine Frau Brown anwesend, welche eine nachbarliche Visite machte. Nachdem Lincoln's Name erwähnt worden war, sagte Frau Brown: Ich erinnere mich des Herrn L i n k e n sehr gut. Er arbeitete vor vierunddreißig Jahren zurück mit meinem Alten zusammen und half uns bei der Ernte. Wir wohnten damals schon auf derselben Farm, die wir jetzt bebauen und er arbeitete während der ganzen Saison für uns und heimste das Korn ein für uns, und im folgenden Winter brachten sie es zusammen den weiten Weg nach Galena und verkauften es für zwei und einen halben Dollar den Bushel. Zu jener Zeit existirten noch keine Gasthäuser und Wandersleute waren wohl oder übel gezwungen, in irgend einem an der Landstraße sich vorfindenden Hause Obdach zu suchen. Eines Abends kam ein recht schmuck aussehender Mann an den Zaun herangeritten und fragte meinen Alten, ob er Nachtquartier erhalten könne. „Ja," sagte Herr Brown, „wir können Eurem Vieh da schon was zu fressen geben und Euch auch, aber logiren können wir Euch nicht, außer Ihr wollt mit unserm Knecht das Bett theilen." Der Mann zögerte und fragte: „Wo ist er?" „Ihr könnt ja mitkommen und ihn Euch betrachten", sagte Herr Brown. Hiermit stieg der Mann von seinem Thier herunter und Herr Brown führte ihn

herum nach hinten, wo im Schatten des Hauses Herr Lincoln der
Länge lang auf dem Boden lag und vor ihm ein offenes Buch.
„Das ist er," sagte Herr Brown, nach ihm hindeutend. Der
Fremde betrachtete ihn eine Minute lang, dann sagte er: „Na, ich
denke mit dem wird's schon gehen," und er blieb und schlief mit dem
Präsidenten der Vereinigten Staaten.

Wann und wo Lincoln den Namen „Ehrlicher Abe" erlangte.

Während jenes Jahres, in welchem sich Lincoln in Denton Of=
fut's Laden befand, nahm das finanzielle Gedeihen dieses Herrn ein
Ende, denn dessen Geschäfte waren ziemlich weit und unklug über
diesen Theil des Landes verbreitet und er machte schließlich bank=
rott. Der Laden wurde zugemacht, die Mühle geschlossen und Abra=
ham Lincoln sah sich außer Beschäftigung. In vielen Hinsichten war
dieses Jahr ein Jahr des Fortschrittes für ihn gewesen. Er hatte sich
neue und schätzenswerthe Bekanntschaften erworben, hatte viele Bü=
cher gelesen, die Grammatik seiner eigenen Sprache bemeistert, hatte
eine Menge Freunde gewonnen und war vorbereitet, einen weiteren
Schritt vorwärts zu thun. Solche, die seinen Verstand zu würdigen
wußten, achteten ihn und Andere, bei denen Muskelstärke das
Ideal eines Mannes bildete, waren ihm ergeben. Ein Jeder ver=
traute ihm. Es war zur Zeit, da er Ladendienste verrichtete, daß
ihm der Spitzname „Ehrlicher Abe" beigelegt wurde — eine Cha=
rakterschilderung, welcher er niemals Schande gemacht hat und eine
Abkürzung, der er nicht entwachsen ist. In allen Streitigkeiten,
Spielen und Wettpartien, ob nun diese zwischen Menschen oder Pfer=
den stattfanden, war er Richter, Schiedsmann, Urtheilsfäller und
Authorität; war Schlichter aller Zwistigkeiten; der Freund eines
Jeden; der gutmüthigste, verständigste, best unterrichtetste, der be=
scheidenste und anspruchsloseste, der liebevollste, sanfteste, unansehn=
lichste und kräftigste aller jungen Burschen, die in New=Salem und
Umgegend zu finden waren.

Lincoln's Genie als Mechaniker. — Sein Patent=Boot.

Daß er genügend mechanisches Talent besaß, um einen guten Mechaniker aus ihm zu machen, darüber besteht kein Zweifel. Mit dem unvollkommenen Werkzeug, das ihm zur Verfügung stand, hatte er Hütten und Flachboote gebaut; und nachdem sein Geist von Berufs= und öffentlichen Angelegenheiten in Anspruch genommen worden war, kam er zu wiederholten Malen auf seine mechanischen Träume zu sprechen. Einer seiner Träume gewann Gestalt und er bestrebte sich, denselben zur praktischen Wirklichkeit zu machen. Er hatte Erfahrungen gesammelt während seiner früheren Bootfahrten auf den westlichen Flüssen. Eine der Hauptschwierigkeiten die sich dieser Schifffahrt entgegenstellten, war der niedere Wasserstand und das Festfahren der verschiedenen Fahrzeuge an den seichten Stellen und an den sich weiter bewegenden Sandbänken, mit denen diese Flüsse dicht besäet sind. Er unternahm es, einen Apparat zu erfinden, der, wenn man ihn zusammengefaltet wie einen Blasebalg an den Rumpf des Fahrzeuges befestigte, bei bestimmten Veranlassungen aufgeblasen werden und durch seine Leichtigkeit das Fahr= zeug über irgend ein Hemmniß hinweg heben konnte, auf welchem es fest saß. Auf diese Erfindung, durch ein Modell veranschaulicht, welches er selbst zurecht geschnitzt hatte und jetzt im Patent=Amt zu Washington aufbewahrt wird, erhielt er das Patentrecht; sicher ist es jedoch, daß die Schifffahrt auf den westlichen Flüssen hierdurch nicht revolutionirt worden ist.

Eine merkwürdige Geschichte. — Der „ehrliche Abe" als Postmeister. — Wie er eine gewisse Geldsumme viele Jahre hindurch in getreuer Verwahrung behielt.

Herr Lincoln wurde vom Präsidenten Jackson zum Postmeister ernannt. Das Amt war zu unbedeutend um es mit der Politik in Verbindung zu bringen, und war diesem jungen Manne übergeben worden, weil ihn Jedermann gern hatte, und weil er der Einzige war der sich willig zeigte dasselbe anzunehmen, und zugleich die schriftlichen Berichte auszufertigen im Stande war. Er nahm diese Ernennung höchst wohlgefällig auf, vornehmlich deßhalb, weil ihm hier Gelegenheit gegeben wurde, alle Zeitungen zu lesen die in der Umgebung gehalten wurden. Zuvor war es ihm nie möglich geworden auch nur die Hälfte der Zeitungen zu lesen, die er hätte lesen mögen, und dieses Amt gab ihm nun Aussicht auf eine ununterbrochene Befriedigung dieses Dranges. Da er nicht an das Postlokal gebunden zu sein wünschte, weil die Einkünfte kaum ergiebig genug waren, um ihn für das Eingesperrtsein zu entschädigen, machte er ein Postamt aus seinem Hut. Jedesmal wenn er ausging, legte er die Briefe in seinen Hut. Hatte ein besorgt nach einem Brief Ausspähender den Postmeister gefunden, so hatte er auch gleich das ganze Amt gefunden; und der Diener des Volks, seinen Hut abnehmend, durchsah seine Post, wo immer das Volk ihn antreffen mochte. Er behielt das Amt bis es aufgehoben oder nach Petersburg verlegt wurde.

Eine der herrlichsten Kundgebungen von der unbeugsamen Ehrlichkeit des Herrn Lincoln ereignete sich in Verbindung mit der Berichtigung seiner Rechnung mit dem Postamts-Departement, einige Jahre später. Er war dann Advokat geworden und war Mitglied der Legislatur gewesen. Er hatte eine Periode großer Armuth überstanden, hatte sich die Rechtswissenschaft inmitten großer Schwierigkeiten, Lästigkeiten und Mühseligkeiten angeeignet und war mit Versuchungen in Conflikt gerathen, denen wenige Männer Widerstand hätten leisten können, einen zeitweiligen Gebrauch von in ihren Händen sich befindlichen Geldern zu machen. Eines Tages, als er im Advokatenzimmer seines Compagnon's saß, trat ein Agent vom Postamts-Departement ein und erkundigte sich, ob Abraham Lincoln zu sprechen sei. Auf seinen Namen antwortend, wurde Herrn Lincoln mitgetheilt, daß der Agent gekommen sei, einen Rest zu collectiren, den er seit Aufhebung des Postamts zu New-Salem noch schulde. Ein Schatten von Verlegenheit überflog das Gesicht von Herrn Lincoln, welches seinen Freunden, die anwesend waren, nicht entgangen war. Einer derselben sagte sogleich: „Lincoln, wenn Du Geld bedarfst, so erlaube uns, Dir zu helfen." Er gab keine Antwort sondern erhob sich plötzlich und zog unter einem Haufen Bücher einen kleinen, alten Koffer hervor und, an den Tisch zurückkehrend, frug den Agenten, auf wie hoch sich der

Die erste Heimath der Familie Lincoln in Illinois.

Bar situirt in Macon County im Sangamon Thale, ungefähr zehn Meilen von Decatur. Hier spaltete Abraham Lincoln und John Hanks im Laufe des ersten Jahres mehrere tausend Zaunriegel. Lincoln war zu jener Zeit ungefähr zwanzig Jahre alt.

Schulbbetrag beziffere. Die Summe wurde genannt, da öffnete Herr Lincoln den Koffer, zog daraus ein kleines, in baumwollene Lappen eingewickeltes Packet mit Silbergeld hervor, und z ä h l t e d i e   g e n a u e   S u m m e   auf den Tisch. Nachdem sich der Agent entfernt hatte, bemerkte er ruhig, daß er nie von dem Geld eines Anderen Gebrauch mache, sondern nur von seinem eigenen. Trotzdem sich diese Summe all' die Jahre hindurch in seinen Händen befunden, hatte er dieselbe doch nie disponibel erachtet, nicht einmal für den eigenen, zeitweiligen Gebrauch.

Wie Lincoln ein Flachboot über ein Mühl-Wehr bugsirte.

Gouverneur Yates von Illinois erwähnte in einer Rede, die er in Springfield hielt, eines der ältesten Freunde Lincoln's — W. T. Greene — und wie ihm dieser gesagt habe, daß er Lincoln zum ersten Mal auf dem Sangamon Fluß gesehen habe, seine Hosenbeine fünf Fuß, mehr oder weniger, in die Höhe gerollt, und sich abmühend, ein Flachboot über ein Mühlenwehr hinüber zu steuern. Das Boot war mit Wasser so sehr angefüllt, daß es schwierig wurde, dasselbe zu handhaben. Lincoln brachte das Vordertheil hinüber und dann, anstatt so lange stille zu halten wie erforderlich gewesen wäre, das Wasser auszuschöpfen, bohrte er ein Loch in den vorstehenden Theil und ließ es ablaufen; hiermit eine wirksame Illustration liefernd von dem Genie des künftigen Präsidenten in der raschen Erfindung von moralischen Hülfsmitteln.

Zaunriegel-Spalten und das Studium der Mathematik. Simmons, Lincoln und Company.

Im Jahre 1855 oder '56 bereiste Herr Georg B. Lincoln von Brooklyn, mit einem New Yorker Schnittwaaren Geschäft in Verbindung stehend, die westlichen Staaten. Eines Abends gelangte er in eine Ortschaft, am Illinois Fluß belegen, mit Namen Naples. Das einzige Gasthaus dieses Ortes war jedenfalls mit Bezugnahme auf einen sehr mäßigen Geschäftsbetrieb erbaut worden. So traurig die Aussichten auch waren, Herrn Lincoln blieb kein Ausweg übrig, er mußte in diesem Haus absteigen. Das Speisezimmer wurde gleichzeitig als Schlafzimmer benutzt. Nach dem Abendessen, und nachdem er eine Stunde in gemüthlicher Ruhe vor dem Feuer ver- bracht hatte, bemerkte Herr Lincoln seinem Wirth gegenüber, daß er „zu Bett" zu gehen gedächte. „Bett!" schallte es vom Wirth zu- rück, „ein Bett haben wir in diesem Hause nicht für Sie, außer Sie wollen mit jenem Manne da drüben zusammen schlafen. Er hat das einzige inne, welches wir entbehren konnten." „Aber," erwie- derte Herr Lincoln, „der Herr hat Besitz davon, und wünscht viel- leicht keinen Schlafkameraden!" Auf dieses hin kam ein grauhaari- ger Kopf aus dem Kissen zum Vorschein und frug: „Wie heißen Sie?" „Zu Hause nennt man mich Lincoln," war die Antwort. „Lincoln?" wiederholte der Fremde, „vielleicht mit unserm Illi- noiser Abraham verwandt?" „Nein," erwiederte Herr Lincoln, „ich befürchte, daß das nicht der Fall ist." „Na," sagte der Alte, „ich bin bereit, irgend `einen Mann mit dem Namen „Lincoln" bei mir schlafen zu lassen, nur allein des Namens halber. Sie haben doch von Abe gehört?" frug er. „O ja, sehr oft," antwortete Herr Lincoln. „Niemand könnte in diesem Staate eine weite Strecke reisen, ohne von ihm zu hören, und ich würde sehr froh sein, könnte ich in ehrlicher Weise auf Verwandtschaft mit ihm Anspruch machen." „Wohlgesprochen," sagte der Alte, „mein Name ist Simmons. Abe und ich pflegten, als wir noch jung waren, zu- sammen zu wohnen und zu arbeiten. Gar manchen Haufen Holz und Zaunriegel habe ich mit ihm zusammen gespalten. Abe Lin- coln," sagte er mit Nachdruck, „war der allerliebste Junge auf Gottes Erdboden. Den Tag über arbeitete er so hart wie von uns irgend einer, und dann studirte er die halbe Nacht hindurch in seiner Blockhütte beim Scheine des Feuers; auf diese Weise bildete er sich zum praktischen Feldmesser aus. Einmal, während jener Tage, be- fand ich mich im oberen Theil des Staates und begegnete da dem General Ewing, der vom Präsidenten Jackson nach dem Nordwesten entsandt worden war, um Vermessungen vorzunehmen.

Ich sprach zu ihm über Abe Lincoln, was für ein eifriger Schüler er sei und daß ich wünschte, er könnte ihm Beschäftigung geben. Er durchblätterte seine Notizen und ein Papier hervorziehend, sagte er:

„Hier ist ——— County, welches vermessen werden muß; wenn
Ihr Freund die Arbeit ordentlich verrichten kann, soll es mir lieb
sein, wenn er sie unternimmt — die Vergütung hierfür beträgt sechs
hundert Dollars!" Froh wie ich nur sein konnte, eilte ich hin zu
Abe, nachdem ich zu Hause angekommen war und theilte ihm mit,
was ich für ihn bewerkstelligt hatte; was glauben Sie wohl, war
seine Antwort? Als ich geendet hatte, schaute er ganz ruhig empor
und sagte: „Herr Simmons, ich danke Ihnen aufrichtig für Ihre
Güte, aber ich denke nicht, daß ich die Arbeit unternehmen werde."
„Im Namen von Allem was wunderlich ist", sagte ich, „warum
denn nicht? Sechs hundert Dollars wachsen hier draußen in Illinois
nicht auf jedem Busch." „Das weiß ich," sagte Abe, „und das
Geld brauche ich auch nothwendig genug, wie Sie ja wissen, Sim=
mons, aber ich bin einer demokratischen Administration noch nie ver=
pflichtet gewesen und werde es auch nie sein, so lange ich mein Leben
auf eine andere Weise zu fristen vermag. General Ewing muß sich
einen andern Mann suchen für diese Arbeit."

Herr Carpenter erzählte das Vorhergehende eines Tages dem Prä=
sidenten und fragte ihn, ob das Alles wahr sei.

„Pollard Simmons," sagte Lincoln, „wohl erinnere ich mich
seiner. Daß wir zusammen gearbeitet haben, das ist richtig, doch der
Alte muß die Thatsachen in Bezug auf die County=Vermessung etwas
übertrieben haben. Ich denke, daß ich zu jener Zeit die Arbeit recht
gerne unternommen hätte, ohne Rücksicht auf diese oder jene Admi=
nistration zu nehmen." Nichtsdestoweniger aber neigte sich Herr
Carpenter dem Glauben hin, daß Herr Simmons der Wahrheit
ziemlich nahe gekommen sei und dachte, daß diese Aussage sehr cha=
rakteristisch scheine in Bezug auf das, was man über Abraham Lin=
coln im Alter von dreiundzwanzig oder fünfundzwanzig Jahren an=
nähernd wußte.

Hauptmann Lincoln. — Wie er Hauptmann wurde.

In den drohend ausschauenden Verhältnissen zur Zeit des Black
Hawk Krieges, erließ Gouverneur Reynolds einen Aufruf an die
Freiwilligen und unter den Compagnien die sofort Folge leisteten,

war eine von Menard County, Illinois. Viele der Freiwilligen ka=
men von New=Salem und Clary's Grove, und Lincoln, sich außer Be=
schäftigung befindend, war einer der ersten, die sich meldeten. Als
die Compagnie vollzählig war, fand in Richland behufs Erwählung
der Offiziere eine Versammlung statt. Lincoln hatte sich viele
Herzen erobert und sie sagten ihm, er müsse ihr Hauptmann werden.
Das war eine Stellung, nach welcher er nicht gestrebt hatte und eine
für welche er nicht die nöthigen Fähigkeiten in sich verspürte; aber er
willigte ein, als Candidat aufzutreten. Außer ihm war nur noch
ein Candidat für das Amt (ein Herr Kirckpatrick), und dieser war
einer der einflußreichsten Männer im County. Früher war Kirck=
patrick einmal Lincoln's Brodherr gewesen und hatte den jungen
Mann so demüthigend behandelt, daß Letzterer sich entschloß, von
ihm zu gehen.

Die Art und Weise, deren sich diese Compagnie bediente, um
einen Hauptmann zu wählen, war sehr einfach, nämlich: die Can=
didaten wurden von einander entfernt postirt und den Leuten bedeu=
tet, sich zu dem hinzustellen, dem sie den Vorzug einräumten. Lin=
coln und sein Gegner nahmen Stellung und das Commando er=
folgte. Aus Vieren traten zum mindesten drei sofort an die Seite
Lincoln's. Als Diejenigen, die sich zu dem andern Candidaten ge=
sellt hatten, gewahr wurden, daß die Wahl von der Mehrzahl der
Compagnie auf Lincoln gefallen war, verließen auch diese ihre Plätze
einer nach dem andern, und stellten sich auf die erfolgreiche Seite,
bis der Gegner Lincoln's in diesem freundschaftlichen Kampfe fast
nur allein noch stehen geblieben war. „Es war ein unangenehmes
Gefühl für mich, ihn so verlassen dastehen zu sehen," sagte ein Zeuge
dieses Vorfalles. Hier war eine Gelegenheit sich zu rächen. Der
schlichte Arbeiter war der Hauptmann seines Brodherrn, aber von
der Gelegenheit hat er keinen Gebrauch gemacht. Herr Lincoln hat
zum öfteren eingestanden, daß keiner seiner späteren Erfolge ihm auch
nur halb so viel Genugthuung bereitet habe, wie diese Wahl. Er
hatte sich öffentliche Anerkennung errungen und für einen Mann von
so niederer Herkunft war die Auszeichnung unaussprechlich erfreulich.

Eine humoristische Rede.—Lincoln im Black Hawk Kriege.

Als General Caß Präsidentschafts=Candidat war, versuchten seine Freunde, ihm einen militärischen Ruf beizulegen. Herr Lincoln, zur Zeit ein Repräsentant im Congreß, hielt vor der eröffneten Sitzung eine Rede, welche in ihren Hindeutungen auf General Caß ungemein sarkastisch war und unwiderstehlich komisch wirkte:

„Doch noch eins, Herr Sprecher," sagte Herr Lincoln, „wissen Sie wohl, daß auch ich ein Kriegsheld bin? O ja, mein Herr, in den Tagen des Black Hawk Krieges hab auch ich gefochten, geblutet und bin davon gekommen. Auf die Laufbahn von Gen. Caß zu sprechen kommend, so erinnert mich dieselbe an meine eigene. Bei der Niederlage Stillmann's war ich nicht, aber ich war beinahe eben so nahe dabei, wie Caß von der Waffenstreckung Hull's entfernt war und ebenso wie er, sah auch ich später diese Oertlichkeiten. Gewiß ist es, daß ich meinen Degen nicht zerbrochen habe, weil ich keinen zum Zerbrechen besaß, aber meine Muskete habe ich einmal garstig verbogen.**** Wenn General Caß mir im Heidelbeerenpflücken voraus war, so habe ich ihn gewiß übertroffen im Sturmlauf auf wilde Zwiebeln. Wenn er lebendige, kämpfende Indianer gesehen hat, so ist das mehr, wie ich von mir sagen kann, doch ich hatte viele blutige Kämpfe mit den Mosquitos; und obgleich ich noch nie durch Blutverlust ohnmächtig geworden bin, so kann ich doch wahrheitsgemäß sagen, daß ich öfters sehr hungrig wurde." Herr Lincoln sagte am Schluß, daß, wenn er jemals Democrat werden und als Präsidentschaftscandidat auftreten sollte, seine Freunde hoffentlich keinen Spaß mit ihm treiben würden, indem sie ihn als Militär=Helden hinstellten.

Lincoln's erste politische Rede.

In 1832, als Lincoln dreiundzwanzig Jahre alt und Candidat für die Illinoiser Legislatur war, hielt er seine erste politische Rede. Sein Gegner hatte die Zuhörer mit einer langen Rede ermüdet, ihm nur eine kurze Spanne Zeit übrig lassend, in welcher er seine Ansichten aussprechen konnte. Er drängte Alles was er zu sagen hatte in wenige Worte wie folgt:

„Meine Herren, Mitbürger! Ich nehme an, Sie wissen wer ich bin. Ich bin der schlichte Abraham Lincoln. Von vielen meiner Freunde bin ich ersucht worden, als Candidat für die Legislatur auf-zutreten. Meine Politik kann ich kurz andeuten. Ich bin zu Gun-sten des inneren Verbesserungs-Systems und eines hohen Schutz-zolls. Das sind meine Gesinnungen und politischen Grundsätze. Werde ich erwählt, so werde ich dankbar sein. Wenn nicht, so bleibt es beim Alten.".

In die Legislatur gewählt.—Lincoln wandert zu Fuß nach der 100 Meilen entfernten Staatshauptstadt.

In 1834 war Lincoln Candidat für die Legislatur und wurde mit großer Stimmenmehrheit erwählt. Major John T. Stuart, ein Offizier aus dem Black Hawk Kriege, dessen Bekanntschaft Lin-coln in Bearbstown gemacht hatte, wurde ebenfalls gewählt. Major Stuart hatte da schon eine hohe Meinung von dem jungen Manne gefaßt und, viel mit ihm während der Wahlkampagne verkehrend, gab er ihm im Geheimen den Rath, die Rechtswissenschaft zu stubi-ren. Stuart selbst besaß eine ausgedehnte und verbreitete Advoka-tenpraris in Springfield. Lincoln sagte ihm, er sei arm und daß er kein Geld besäße, Bücher zu kaufen oder da zu wohnen, wo er solche borgen und benutzen könne. Major Stuart erbot sich, ihm so viele zu leihen, wie er nöthig haben würde und Lincoln entschloß sich, den Rath des guten Advokaten zu befolgen und dessen Anerbieten zu ac-ceptiren. Am Schluß der Wahlkampagne, die seine Erwählung mit zur Folge hatte, wanderte er nach Springfield, borgte eine „Last" Bücher von Stuart und nahm diese mit sich nach New-Salem. Hier nun begann er das Studium der Rechte allen Ernstes, obgleich ihm kein Lehrer zur Seite stand. So lange er Brod hatte, studirte er, und ging dieses auf die Neige, so begab er sich auf eine Vermessungs-tour, um das Geld zu verdienen, dessen er zum weiteren Ankauf be-durfte. Einer, der sich seiner Gewohnheiten von damals zu erinnern weiß, sagt, daß er während mehrerer Wochen tagtäglich hinausspa-zierte nach einem Hügel nahe bei New-Salem, sich dort unter einen Eichbaum setzte und las, dem Schatten nachrückend, sowie die Sonne weiter schritt. Er war so sehr vertieft, daß manche Leute dachten und auch sagten, er wäre übergeschnappt. Gar nicht selten passirte es, daß er seinen besten Freunden begegnete und an ihnen vorüber schritt, ohne sie zu bemerken. Das Richtige aber war, er hatte den Beruf seines Lebens gefunden und damit war es ihm völliger Ernst geworden.

Während der Kampagne besaß und ritt Lincoln ein Pferd und um dieses zu erlangen, hatte er wahrscheinlich seinen Zirkel und die Kette verkauft, denn sobald die Wahl vorüber war, veräußerte er das Pferd und schaffte sich mit dem Gelde diese, für den einzigen Beruf, mit dem er seinen Lebensunterhalt verdienen konnte, so unentbehrlichen Instrumente wiederum an. Als die Zeit herannahte, in welcher die Legislatur zusammentrat, sagte Lincoln seinen Gesetzbüchern Valet, schulterte sein Bündel und wanderte zu Fuß nach Vandalia, damals die Staatshauptstadt und 100 Meilen von New-Salem entfernt, um dort in's öffentliche Leben einzutreten.

„Die langen Neune." — Lincoln der Längste von Allen.

Die Sangamon County Delegation für die Illinoiser Legislatur in 1834, von welcher Lincoln ein Mitglied war und die aus neun Repräsentanten bestand, war der physischen Höhe seiner Mitglieder halber so merkwürdig, daß man sie nur „die langen Neune" nannte. Nicht ein Mitglied dieser Zahl maß weniger wie sechs Fuß und Lincoln war der Größte von den Neunen, wie er auch innerhalb und außerhalb des Hauses als der Größte in Bezug auf geistige Fähigkeiten dastand. Unter den Herren, aus denen das Haus zusammengesetzt war, befanden sich General John A. McClernand, später Congreßmitglied; Jesse K. Dubois, später Staats-Auditor; James Semple, später zweimal Sprecher des Repräsentantenhauses und noch später Ver. Staaten Senator; Robert Smith, später Congreßmitglied; John Hogan, später Congreßmitglied von St. Louis; Gen. James Shield's, später Ver. Staaten Senator (kürzlich erst gestorben); John Dement, der seitdem Staatsschatzmeister gewesen ist; Stephen A. Douglas, dessen spätere öffentliche Laufbahn einem Jeden bekannt ist; Newton Cloud, Präsident der Convention, welche die heutige Illinoiser Staatsverfassung entwarf; John J. Harbin, der zu Buena Bista fiel; John Moore, später Bize-Gouverneur des Staates; William A. Richardson, später Ber. Staaten Senator und William McMurtry, der seitdem Bize-Gouverneur des Staates gewesen ist. Diese Liste enthält nicht alle Diejenigen, welche sich damals schon ausgezeichnet hatten oder sich seither noch auszeichneten, ist aber reichhaltig genug, um zu zeigen, daß Lincoln während des Termins dieser Legislatur in Berührung und öfters auch in Wortgefechte mit Männern kam, die man glänzende Lichter des neuen Staates nennen konnte.

Rückkehr aus der Legislatur. — Kein Wunder, daß ihn fror. — Lincoln's große Füße liefern Stoff zu einem Witze.

In 1836 hatte er seine hundert Meilen nach Bandalia ebenso zu Fuß zurückgelegt wie in 1834 und nachdem die Sitzungen beendigt waren, wanderte er wieder nach Hause. Ein in Menard County ansässiger Herr erinnert sich einer Begegnung mit ihm und einer Abtheilung der „langen Neune" als sie sich auf ihrem Heimweg befanden. Alle waren beritten außer Lincoln, der bisher zu Fuß mit ihnen Schritt gehalten hatte. Wenn er wirklich Geld hatte, so hob er es wohl auf für wichtigere Zwecke, als wie den Beinen Müdigkeit und dem Schuhzeug Leder zu ersparen. Die Witterung war rauh und Lincoln's Kleidung war gerade keine der wärmsten. Bei einem seiner Begleiter über Kälte klagend, sagte dieses unehrerbietige Mitglied „der langen Neune" zu seinem künftigen Präsidenten, daß es kein Wunder sei, wenn er kalt fühle, „es befände sich zu viel von ihm auf dem Boden." Keiner der Gesellschaft würdigte diesen hausbackenen Witz auf Kosten seiner Füße (die waren jedenfalls fähig es zu ertragen) mit mehr Gusto, wie Lincoln selbst. Wir können uns die Kreuzschüsse des Witzes und Humors leicht vergegenwärtigen, mit welchen die kalte und ermüdende Reise einigermaßen erträglich gemacht wurde. Die Scene war sicherlich eine, die auf Feinheit keinen Anspruch machen konnte und es scheint eher wie ein Traum, als wie Wirklichkeit, wenn wir erwähnen, daß diese vor nicht sehr vielen

Jahren in einem Staate stattfand, der heute kaum weniger wie drei
Millionen Einwohner zählt und siebend Tausend sechs hundert Mei=
len Eisenbahnen besitzt.

**Lincolns Verheirathung. — $4 wöchentlich für Kost und
Logis. — Einige sehr interessante Briefe. — Ein Blick
in's gesellschaftliche Leben Lincolns.**

In 1843, im Alter von dreiundbreißig Jahren, verheirathete sich
Lincoln mit Fräulein Marie Todd, einer Tochter des Achtb. Robert
S. Todd von Lexington, Kentucky. Die Hochzeit fand am vierten
November des erwähnten Jahres in Springfield statt, woselbst die
Dame seit mehreren Jahren gewohnt hatte. Es ist wahrscheinlich, daß
er sich so früh verheirathete wie es seine Verhältnisse irgendwie ge=
statteten, denn er war von jeher sehr eingenommen gewesen für das
schöne Geschlecht und besaß eine Natur, die am geselligen Umgang
mit Frauen aufrichtiges Vergnügen fand. Ein an Herrn J. F. Speed
von Louisville, Kentucky — einen alten und bewährten Freund — ge=
richteter Brief, geschrieben am 18. Mai nach seiner Verheirath ung,
läßt uns einen freundlichen Blick erhaschen von seiner häuslichen Ein=
richtung von damals. „Wir besitzen keine eigene Haushaltung", sag
Herr Lincoln in diesem Brief, „sondern wohnen in der „Globe Ta=
vern", einem von einer Wittwe Namens Beck gut geführten Gasthaus.
Unsere Zimmer sind dieselben, die Dr. Wallace inne hatte, und für
Kost und Logis bezahlen wir nur vier Thaler wöchentlich *********.
Ich wünsche von Herzen, daß Du und Fanny nicht unterlassen werden
uns zu besuchen. Unterrichtet uns nur von der Zeit Eurer Ankunft
eine Woche im Voraus, damit wir ein Zimmer für Euch herrichten
lassen können, und dann wollen wir eine Zeit lang recht lustig zu=
sammen sein". Er scheint damals in vorzüglicher Stimmung gewesen
zu sein und herzlichen Genuß gefunden zu haben an seiner neuen Ver=
bindung. Die Privatbriefe Lincoln's waren in ihrer Natürlichkeit
und Aufrichtigkeit wirklich reizend. Seine persönlichen Freundschaf=
ten waren die süßesten Quellen seines Glückes.

An einen vertrauten Freund schrieb er am 25. Februar 1842:
„Dein Schreiben vom 16., die Ankündigung enthaltend, daß Fräu=

lein — und Du selbst „kein Paar mehr, sondern von einem Fleisch und Bein" seid, erhielt ich heute Morgen. Ich weiß nicht wie ich Euch Beiden meinen herzlichen Glückwunsch ausdrücken soll, doch denke ich, Ihr werdet es zu begreifen wissen."

„Ich bin jetzt einigermaßen eifersüchtig auf Euch Beide, denn Ihr werdet von nun an so ausschließlich miteinander beschäftigt sein, daß ich darüber ganz und gar in Vergessenheit gerathen werde. Meine Be= kanntschaft mit Fräulein — (ich nenne sie so, sonst könntest Du den= ken; ich meinte Deine Mutter) war zu kurz, um billiger Weise hoffen zu dürfen, von ihr lange in Erinnerung behalten zu werden. Doch weiß ich gewiß, daß ich sie so bald nicht vergessen werde. Sieh' zu, ob Du sie nicht an mein Guthaben bei ihr erinnern kannst, und nimm Dich in Acht, daß Du keinen Einspruch thust um sie an der Zahlung zu verhindern".

„Ich bedauere in Erfahrung gebracht zu haben, daß Du Dich ent= schlossen hast, nicht nach Illinois zurückzukehren. Ich werde mich ohne Dich recht einsam fühlen. Wie elend die Dinge in dieser Welt doch eingerichtet sind! Haben wir keine Freunde, so haben wir auch keine Freuden; und besitzen wir welche, so sind wir sicher, sie zu verlieren und werden von dem Verlust doppelt schmerzlich berührt. Ich hegte die Hoffnung, Ihr würdet Euch hier in Illinois heimathlich nieder= lassen, doch ich gestehe, ich habe kein Recht darauf zu bringen. Deine Verpflichtungen ihr gegenüber sind zehntausendmal heiliger wie die, welche Du Anderen gegenüber eingehen könntest, und von diesem Ge= sichtspunkt aus mußt Du dieselben achten und einhalten. Es ist ganz natürlich, daß sie bei ihren Verwandten und Freunden zu bleiben wünscht. In Bezug auf Freunde, — obgleich sie nirgends welche gebrauchen würde — so hat sie deren hier in Hülle und Fülle."

„Grüße Herrn — und dessen Familie, besonders Fräulein E. von mir; auch Deine Mutter und Geschwister. Frage die kleine E. D— ob sie mit mir in die Stadt fahren will, wenn ich das nächste Mal komme. Und schließlich richte an — — eine zwiefache Erwiede= rung aller liebevollen Grüße aus, die sie mir geschickt hat. Schreibe oft und glaube, daß ich für immer sein werde

Dein Lincoln."

Lincoln's Mutter. — Wie lieb er sie hatte.

„Noch nie," sagt J. G. Holland, „hat ein großer Mann das Leben seiner zarten Kindheit von einem reineren und weiblicheren Busen gesogen wie der ihrige war; und Herr Lincoln erinnerte sich ihrer stets mit einer unaussprechlichen Zärtlichkeit. Lange nachdem ihr weiches Herz und ihre müden Hände zu Staub verfallen und in Waldblumen wieder zum Leben emporgestiegen waren, sagte er mit thränenfeuchten Augen zu einem Freunde: „Alles was ich bin oder jemals zu werden hoffe, verdanke ich meiner Engelsmutter — gesegnet sei ihr Andenken!"

Sie war fünf Fuß und fünf Zoll groß, eine schlanke, blasse, kummervoll aussehende und gefühlvolle Frau. Vieles in ihrer Natur war wirklich heroisch, und Vieles, was sie vor den sie umgebenden rauhen Lebensverhältnissen zurückschaudern ließ. Ihr Hinscheiden ereignete sich im Jahre 1818, kaum zwei Jahre nach ihrer Uebersiedelung von Kentucky nach Indiana, und in Abraham's zehntem Lebensjahre. Sie wurde unter den Bäumen nahe ihrer Hüttenheimath zur Ruhe gebettet, und auf ihrem Grabe sitzend, beweinte der kleine Knabe den unersetzlichen Verlust·

General Linder's Erinnerungen aus früheren Tagen. — Etliche amüsante Geschichtchen von Lincoln's Onkel Mord.

„In 1835," sagt General Linder, „unterließ ich es aus Rücksichten auf meine und meiner Frau Gesundheit, den Kreis zu bereisen und wohnte in jenem Herbste den Gerichtssitzungen in Charleston bei, die von Richter Grant, der mit unserem Richter, Justin Harlan, Kreise vertauscht hatte, abgehalten wurden. Hier war es, wo ich Abraham Lincoln zum ersten Male begegnete, zu jener Zeit ein sehr bescheiden auftretender, zurückgezogener Mann, bekleidet mit einem Anzuge von Baumwollzeug gemischter Farbe. Auf mich machte er keinen besonderen Eindruck, auch nicht auf die anderen Mitglieder der Bar. Er war auf Besuch bei seinen Verwandten in Coles, wo sein Vater und seine Stiefmutter, sowie etliche von ihren Kindern lebten. Lincoln stieg im Hotel ab, und dort war es, wo ich ihn sah. Ob er damals gerade der Rechtswissenschaft oblag, weiß ich nicht. Soviel ist jedoch gewiß:

er war noch nicht unter die Mitglieder der vor Gericht practizirenden Abvokaten aufgenommen, hatte aber schon eine gewisse Berühmtheit erlangt durch den Umstand, daß er den Black Hawk Feldzug als Hauptmann mitgemacht, und einen Termin in der Illinoiser Legislatur gedient hatte; wenn er sich in jener Saison irgend welchen Ruhm erworben hat, so habe ich niemals etwas darüber vernommen. Er war einer der Repräsentanten von Saugamon County. Ob Lincoln in dieser Zeit die göttliche Eingebung der Größe schon in sich verspürt hat, habe ich nicht in Erfahrung bringen können. Es war damals unter uns im Westen etwas Gewöhnliches, der Vermuthung Raum zu geben, daß im Nordwesten kein Holz wachse, aus dem ein Präsident geschnitzt werden könnte; doch besaß er zweifelsohne schon zu damaliger Zeit den Stoff, aus dem ein halbes Dutzend Präsidenten hätte verfertigt werden können.

„Ich war mit seinen Verwandten in Kentucky bekannt, und er befrug mich über diese. Seinen Onkel, Mordecai Lincoln, kannte ich noch von meinem Knabenalter her; er war an und für sich ein Mann von ziemlich bedeutenden Talenten, war ein großer Spaßvogel, und schon wenn man ihn ansah, fühlte man sich zum Lachen gereizt. Mit einer einzigen Ausnahme habe ich noch nie einen Mann gesehen, dessen ruhiges, drolliges Aussehen in mir dieselbe Lachlust erweckt hat, und diese Ausnahme war Artemus Ward. Er war ein großer Geschichten-Erzähler, und hierin ähnelte er seinem Abe Onkel „Mord," wie wir ihn nannten. Er war ein ehrlicher Mann, weichherzig wie ein Weib und bis zum höchsten Grad wohlthätig.

„Niemand fühlte sich durch seine Geschichten verletzt — nicht einmal die Damen. Einmal hörte ich ihm zu, wie er einem Rudel fashionable gekleideter Damen erzählte, er habe einst eine sehr große und dicke Frau gekannt, die habe einen Ehegemahl von solch' kleiner Gestalt besessen, daß sie denselben des Nachts zu wiederholten Malen für den Säugling gehalten. Einstmals habe sie ihn auch wieder aus dem Bett genommen, ihm ein beschwichtigendes „Eia popeia" vorsingend; da sei er plötzlich erwacht und habe ihr gesagt, sie hätte einen Mißgriff gethan, der Säugling liege ja auf der anderen Seite des Bettes."

Lincoln hielt sehr große Stücke auf seinen Onkel, und bei einer gewissen Gelegenheit sagte er zu mir: „Linder, schon oft habe ich es gesagt, Onkel Mord ist mit den Talenten der Familie davongelaufen."

„Der alte Mord, wie wir ihn manchmal nannten, war in seinen jüngeren Jahren ein ziemlich stämmiger Bursche gewesen, der äußerst gerne eine Partie „Klopffechten" mit jemand spielte, der den Ruf eines Kämpen hatte. Einmal erzählte er einer Anzahl von uns von einer „Schlacht", die er einem der damaligen Kampfhähne geliefert hatte. Er sagte: „Der Kampfplatz befand sich am Abhang eines Hügels oder vielmehr einer Hügelkette; am Fuße davon war eine tiefe Furche, oder Kanal, wenn man will, der von den die Höhen herablaufenden Wassern ausgehöhlt worden war. Bald hatten wir uns fest umklammert und, meinen Mann werfend, fiel ich oben auf ihn. Ich hatte immer geglaubt, das beste Augenmaß von der Welt zu besitzen, wenn es darauf ankam, Distanzen zu berechnen; und nachdem ich die Strecke bis zum Fuße des Berges berechnet hatte, folgerte ich, daß, wenn wir uns zusammen abwärts wälzten bis der Graben erreicht war, meines Gegners Körper denselben ausfüllen und so fest eingekeilt darin liegen würde, daß ich ihn nach Belieben verhämmern konnte. So ließ ich denn die Umwälzung vor sich gehen, und um und um kollerten wir abwärts, als, es war bei der zwanzigsten Umdrehung, mein Rücken mit dem Boden des Grabens in Berührung kam, und ehe noch „eine Feder vom Feuer versengt" werden konnte, rief ich aus Leibeskräften: „Nehmt ihn herunter!"

Der junge Lincoln und die „Clary's Grove Buben." — Ein Ring-Wettkampf und wie er endete.

Zur Zeit, da Lincoln noch in New-Salem, Illinois, wohnhaft war, hauste im Dorfe und in der Nähe desselben eine Rotte raufluftiger Gesellen oder besser noch, lärmender Windbeutel, die unter dem Namen „Clary's Grove Buben" bekannt waren. Das eigentliche Band, das sie zusammen hielt, war körperlicher Muth. Diese Burschen, obgleich sich unter ihnen gar mancher befand, der seitdem achtungswerth und einflußreich geworden ist, waren überaus wild und ungeſtüm und wären in keinem Gemeinweſen geduldet worden, welches nicht aus denſelben Beſtandtheilen zuſammengeſetzt war, aus denen ſie hervorgegangen. Sie gaben vor, „Regulatoren‘‘ zu ſein und waren der Schrecken aller, die ſich ihren Anordnungen nicht fügen wollten und ihre Manier, ſich Beipflichtung und Anerkennung zu ver= ſchaffen, beſtand darin, daß ſie einen Jeden durchprügelten, der es unterließ, ihnen unterthan zu ſein. Sie machten ſich's zur Aufgabe, den Muth eines jeden neuen Ankömmlings auf die Probe zu ſtellen und zu unterſuchen, was in und an ihm war. Einer von ihnen wurde ernannt, dem lag die Pflicht ob, mit einem jeden ankommenden Fremden einen Fauſt= oder Ring=Kampf oder einen Wettlauf in Scene zu ſetzen. Natürlich mußte ſich auch Abraham Lincoln dieſer Feuerprobe unterwerfen.

Erkennend, daß er ein Mann ſei, der nicht ſo ohne Weiteres zu Boden geſtreckt werden könne, ſuchten ſie ſich ihren Hauptkämpen, Jack Armſtrong, aus, ihm das Geſchäft übertragend, Lincoln auf den Rücken zu legen. Es liegen keine Beweiſe vor, daß Lincoln irgend= welchen Widerwillen gezeigt hätte, ſich an dieſem Sport betheiligen zu müſſen, er war ja ſolcher Dinge von jeher gewohnt. Die Rauſe= rei nahm ihren Anfang, aber Armſtrong machte gar bald die Ent= deckung, daß er mehr wie einen ebenbürtigen Gegner gefunden hatte. Die „Buben‘‘ ſahen zu und bemerkend, daß ihr Rädelsführer aller Wahrſcheinlichkeit nach den Kürzeren ziehen werde, handelten ſie ganz nach Art und Weiſe ſolcher unverantwortlichen Banden. Sie ſam= melten ſich um Lincoln, ſchlugen auf ihn ein und machten ihn kampf= unfähig und dann erſt warf ihn Armſtrong, ihm „ein Bein ſtellend,‘‘ zu Boden.

Die meiſten Männer würden durch ſolch eine niederträchtige Be= handlung höchſt ungehalten, wenn nicht wüthend oder zornig gewor= den ſein; fühlte Lincoln etwas Derartiges in ſich, ſo zeigte er es we= nigſtens nicht. Sich in vollkommen guter Laune auffaſſend, fing er an zu lachen über ſeine Niederlage und machte ſich noch obendrein über dieſelbe luſtig. Alle hatten darauf gerechnet, ihn höchſt erbittert zu ſehen und ſich in ihrer liebenswürdigen Denkweiſe, die eine Cha= rakteriſtik der „Clary's Grove Buben‘‘ war, vorgenommen, ihn

auf's unbarmherzigste durchzubläuen. Hierin hatten sie sich nun ver=
rechnet und in ihrer Bewunderung für ihn versuchten sie ihn ohne
Weiteres zu überreden, ein Mitglied ihrer Gesellschaft zu werden.

**Eine Anzahl Lincoln = Erinnerungen. — Der Wendepunkt
im Leben dieses großen Mannes.**

Es war während Lincoln in Offut's Laden beschäftigt war, daß
der Wendepunkt in seinem Leben eintrat. Hier begann er die Er=
lernung der englischen Grammatik. In seiner Nachbarschaft war
kein Textbuch zu erlangen, aber in Erfahrung bringend, daß eine
sieben oder acht Meilen entfernt wohnende Person eine Copie von
Kirkham's Grammatik in ihrem Besitze habe, machte er sich auf den
Weg dorth'n und war auch so glücklich, es geborgt zu erhalten.

L. M. Green, ein Advokat von Petersburg, in Menard County,
sagt, daß bei einem jeglichen Besuch, den er zu jener Zeit New=Sa=
lem abstattete, Lincoln ihn hinaus auf den Hügel geführt und ihn
ersucht habe, ihm gewisse Stellen in Kirkham zu erklären, die ihm
viel Schwierigkeiten bereitet hatten. Nachdem er Herr über das
Buch geworden war, äußerte er einem Freunde gegenüber, daß, wenn
man dieses eine Wissenschaft nenne, er so ziemlich sicher sei, „noch
eine bezwingen'' zu können.

Herr Green sagt, daß die Reden, die Lincoln damals geführt
habe, deutlich zeigten, daß er begonnen hatte, an eine große Lauf=
bahn und an ein großes Schicksal zu denken. Lincoln sagte zu ihm
bei einer gewissen Veranlassung, seine ganze Familie scheine zwar ei=
nen gesunden Verstand zu besitzen, aber ausgezeichnet habe sich noch
Keiner. Er denke, vielleicht könne er es noch zu etwas bringen. Er
habe schon mit Männern gesprochen, sagte er, die den Ruf besäßen,
berühmt zu sein, aber er könne im Vergleich mit anderen keinen
besonderen Unterschied bemerken.

Während dieses Jahres trat er verschiedenen Debattir=Clubs bei,
gar oft sechs oder sieben Meilen marschirend, um daran Theil neh=
men zu können. Einer von diesen Clubs hielt seine Zusammen=
künfte in einem alten Waaren=Magazin in New=Salem und die erste
Rede, die Lincoln hielt, wurde hier vom Stapel gelassen. Er pflegte

dieſes „polemiſche Uebungen" zu nennen. Da dieſe Clubs größten=
theils aus Männern, die ganz und gar keine Bildung beſaßen, zu=
ſammengeſetzt waren, ſo waren manche von dieſen „polemiſchen
Uebungen", wie man ſich zu erinnern weiß, wirklich die lächerlichſten
Farcen.

Seine Lieblingszeitung in den damaligen Tagen war das Louis=
viller Journal, dieſe holte er regelmäßig von der Poſt ab und zahlte
dafür während einer Reihe von Jahren, da er nicht einmal die Mit=
tel beſaß, ſich anſtändig zu kleiden. Er fand Gefallen an der von
ihr verfolgten Politik und eine beſondere Freude an ihrem ſtark ge=
würzten Humor, den er trefflich zu würdigen verſtand. Wenn er ſich
außerhalb des Ladens befand, war er ſtets auf die Bereicherung ſei=
ner Kenntniſſe bedacht.

Ein Herr, der mit ihm in jener Periode zuſammentraf, ſagt, daß,
als er ihn das erſte Mal ſah, er auf einem mit Büchern und Papieren
bedeckten Roll = Bett gelegen habe, mit ſeinem Fuß eine
Wiege ſchankelnd. Die ganze Scene jedoch war durchaus
charakteriſtiſch — Lincoln leſend und ſtudirend, ſeiner Wirthin zur
ſelben Zeit Hülfe leiſtend bei der Beruhigung ihres Kindes.

„Die Geſchichte meines Jugendlebens" ſagte Herr Lincoln zu
J. L. Scripps, „wird durch eine einzige Zeile in Gray's Elegie cha=
rakteriſirt:

„Die Annalen der Armen ſind kurz und inhaltlos."

Ein Herr, welcher Lincoln in ſeinem frühen Mannesalter genau
kannte, ſagte: „Lincoln beſaß in jener Periode nichts weiter wie
zahlreiche Freunde."

J. G. Holland ſagt: „Es hat wohl noch nie ein Mann gelebt,
der in höherem Grade ein „Selbſtgemachter" Mann geweſen, wie
Abraham Lincoln einer war. Nicht ein Umſtand in ſeinem Leben
begünſtigte die Ausbildung, die er erreicht hat.

In ſeinem ſiebenten Jahre beſuchte er zum erſten Male die Schule.
Zacharias Riney, ein Katholik, deſſen Andenken Lincoln ſtets ehrte,
war der Lehrer. Caleb Hazel war Hülfslehrer, unter deſſen Anlei=
tung Lincoln in einem Zeitraum von drei Monaten eine leſerliche
Hand ſchreiben lernte.

Nachdem bei einer gewissen Gelegenheit das übliche Händeschütteln in Washington vor sich gegangen war, traten mehrere Herren
auf ihn zu und baten den Präsidenten um seine Autographie. Einer
derselben nannte sich „Cruikshank."

„Das erinnert mich," sagte Herr Lincoln, „an eine Zeit, ich
war damals noch ein junger Mann, in welcher man mich „Longshanks"*) zu nennen beliebte!"

Herr Holland sagt: Lincoln war ein religiös gesinnter Mann.
Dieser Thatsache mag ohne Rückhalt Erwähnung geschehen — nur
mit einer Erklärung. Er glaubte an Gott und an dessen persönliche Leitung der menschlichen Angelegenheiten. Er glaubte sich unter seiner Obhut und Führung zu befinden. Er glaubte an die
Macht und den endlichen Triumph der Gerechtigkeit durch seinen
Glauben an Gott.

Gouverneur Yates bezog sich in einer, zu Springfield von
William G. Green geleiteten, Versammlung auf eben diesen
Herrn Green, daß dieser nämlich gesagt habe, er habe Lincoln das
erste Mal im Sangamon Fluß gesehen, seine Hosen fünf Fuß hoch,
mehr oder weniger, in die Höhe gerollt, sich bemühend, ein Flachboot
über ein Mühlwehr zu steuern. Das Boot war so mit Wasser
gefüllt, daß es schwierig zu handhaben war. Lincoln brachte den
Vordertheil des Bootes hinüber und dann, anstatt so lange zu warten, bis er das Wasser ausgeschöpft habe, bohrte er ein Loch in den
vorn hinaus stehenden Theil des Bootes „und ließ das Wasser ablaufen."

Ein hervorragender Schriftsteller sagt: Lincoln hatte die Natur
eines Kindes. Kein Volksmann der Jetztzeit kann sich des Glückes
rühmen, so viel Geradheit, Wahrhaftigkeit und kindliche Einfalt mit
in sein Mannesalter hinüber genommen zu haben, wie dies bei
Lincoln so offen zu Tage trat. „Er war genau das, was er
schien."

Herr Lincoln und Douglas trafen das erste Mal mit einander
zusammen, als Letzterer 23 Jahre alt war. Lincoln, dieses Umstan-

---

*) „Longshanks" — ein Spitzname, der dasselbe ausdrückt, wie „Langbein" im Deutschen.
Anm. d. Uebers.

des erwähnend, sagte später einmal, Douglas sei damals „der geringste Mann gewesen, den er je gesehen." Er war nicht nur sehr klein, sondern auch schwächlich gebaut.

Lincoln's Mutter starb in 1818, kaum zwei Jahre nach ihrer Uebersiedelung von Kentucky nach Inbiana und im zehnten Lebensjahre Abraham's. Sie wurde unter den Bäumen nahe ihrer heimathlichen Hütte zur Ruhe gebettet und auf ihrem Grabe sitzend, beweinte der kleine Knabe den unersetzlichen Verlust.

Der Black Hawk Krieg bot gerade nicht viel Außerordentliches. Er erzeugte keinen militärischen Ruhm, aber in Bezug auf eine Thatsache war er bemerkenswerth, nämlich, daß die zwei schlichtesten, unansehnlichsten und treuesten Männer daran Theil nahmen und später den Präsidentenstuhl der Ver. Staaten bestiegen: General (damals Oberst) Zacharias Taylor und Abraham Lincoln. Herr Lincoln betrachtete diesen Feldzug als weiter nichts, wie eine interessante Episode seines Lebens und machte nur bei e i n e r öffentlichen Gelegenheit Gebrauch davon, woselbst er ihn als ein Werkzeug benutzte, um die militärischen Anmaßungen eines Anderen der Lächerlichkeit Preis zu geben.

Das neue Staatsgebäude zu Springfield, Jll.

Geschichten aus Lincoln's Berufsleben.

Ein Pferdetausch zwischen Lincoln und Richter B—.

Als Abraham Lincoln noch Rechtsanwalt in Illinois war, begab es sich einmal, daß er und Richter B—, einer den andern durch einen Pferdetausch lächerlich zu machen versuchten. Man kam überein, daß der Handel am anderen Morgen um neun Uhr vor sich gehen sollte; die Pferde sollten bis dahin unsichtbar bleiben, und eine Rückgängig= machung war mit einer Geldbuße von fünfundzwanzig Dollars belegt.

Zur festgesetzten Stunde kam der Richter einhergegangen, eines der traurigstaussehenden Exemplare eines Pferdes, wie man es in diesem Landestheil noch je zu sehen bekommen hatte, am Zügel füh= rend. Wenige Minuten darauf sah man Herrn Lincoln heran= kommen, ein hölzernes Sägepferd*) auf der Schulter tragend. Groß war der Jubel und das Gelächter der Menge, welches noch bedeutend zunahm als Herr Lincoln, das Thier des Richters einer Musterung unterwerfend, sein Sägepferd hinsetzte und ausrief: „So wahr ich lebe, Richter, das ist das erste Mal, daß ich bei einem Pferdehandel übervortheilt worden bin!"

Eine merkwürdige Klage wegen eines Füllens. — Wie Lincoln den Prozeß gewann — Vierunddreißig Männer gegenüber von dreißig Männern und zwei Thieren.

Der Streit drehte sich um ein Füllen; vierundzwanzig Zeu= gen beschworen, daß sie das Füllen seit dessen erstem Lebenstage ge= kannt hätten und daß es das Eigenthum des Klägers sei; während dreißig Andere beschworen, daß sie das Füllen seit dessen ersten Le= benstagen gekannt und daß es das Eigenthum des Verklagten sei. Hier mag gleich berichtet werden, daß diese Zeugen lauter ehrbare Leute waren, und der Irrthum von der auffallenden Aehnlichkeit her= rührte, die zwischen beiden Füllen bestand.

*) Sägepferd, ist gleichbedeutend mit Sägebock.　　　　Anmkg. des Uebersetzers.

Ein Umstand wurde von allen, oder doch von den meisten Zeugen bestätigt, nämlich: daß die Beiden, die da Anspruch auf das Füllen erhoben, sich vereinbart hatten, an einem bestimmten Tage mit den beiden Stuten, welche beziehungsweise als die Mütter des streitigen Füllens galten, zusammen zu kommen, und es dem Füllen zu überlassen zu entscheiden, welcher von beiden es angehöre. Die Zusammenkunft fand der Verabredung gemäß statt, und da es ein sonderlicher Fall war und viel öffentliches Interesse erregte, waren wohl an die hundert Männer, auf ihren Hengsten und Stuten von weit und breit herbeikommend, versammelt.

Nun aber gehörte das Füllen in Wirklichkeit dem Verklagten in diesem Rechtsfalle. Es hatte sich verirrt und war zwischen die Pferde des Klägers gerathen. Das Füllen des Klägers aber hatte sich zur nämlichen Zeit ebenfalls verirrt, war nicht zurückgekommen und konnte auch nicht gefunden werden. Sobald die beiden Stuten auf den Platz gebracht worden, gaben die Stute des Verklagten und das Füllen Zeichen des Wiedererkennens. Das Füllen lief hin zu seiner Mutter und wollte sich nicht von ihr trennen. Sie liebkosten einander, und obgleich der Kläger seine Stute dazwischen drängte und auf verschiedene Manieren die Aufmerksamkeit des Füllens abzulenken versuchte, so wollte sich das Füllen nicht von seiner Mutter trennen. Es folgte ihr dann auf eine Strecke von acht oder zehn Meilen nach Hause und, ein oder zwei Meilen vom Stalle entfernt, gallopirte es seine Mutter hinter sich lassend, auf dem kürzesten Wege demselben zu. Der Kläger hatte eine Klage eingereicht um das Füllen wieder zu erlangen, das zu seinem Eigenthümer zurückgekehrt war.

In der Verhandlung dieses Falles vor den Geschworenen, brachte der Kläger vierunddreißig Zeugen zum Vorschein, während der Verklagte nur dreißig auf seiner Seite hatte; aber außerdem standen ihm das Füllen selbst und dessen Mutter zur Seite — vierunddreißig Männer gegenüber von dreißig Männern und zwei Thieren.

Hier war ein Fall, der durch das Uebergewicht des zu Tage geförderten Beweismaterials entschieden werden sollte. Die Zeugen waren alle gleichmäßig positiv und gleichmäßig vertrauenswürdig. Herr Lincoln stand auf der Seite des Verklagten und behauptete, daß

die Stimme der Natur, wie sie sich bei dem Füllen und der Stute be=
merkbar gemacht habe, die Aussagen von hundert Zeugen überwie=
gen sollte. Die Geschworenen waren lauter Farmer und unwissende
Leute, und er gab sich große Mühe, ihnen verständlich zu machen, was
unter „Uebergewicht des Beweismaterials" zu verstehen sei. Er
sagte, in einer Civilklage sei eine solche Gewißheit, wie sie zur Ueber=
führung eines Verbrechens nothwendig sei, Nebensache. Sie müßten
den Fall entscheiden, genau mit dem Eindruck sich vereinbarend, den
die zu Tage geförderten Beweise auf ihr Gemüth hervorgebracht; und
sollte ihnen die Sache noch unklar erscheinen, so wolle er ihnen einen
Prüfstein in die Hand geben, durch welchen sie vielleicht befähigt wer=
den würden, eine gerechte Entscheidung zu treffen. „Nun wollen
wir annehmen," sagte er, „Ihr wünschtet auf diesen Fall eine Wette
einzugehen, auf welche Seite würdet Ihr eine Picayune (sechs und ein
Viertel Cents) riskiren wollen? Diejenige Seite, auf die Ihr eine
Picayune riskiren würdet, ist die Seite, auf welcher in Eurem Sinne
das Uebergewicht des Beweismaterials ruht. Es ist möglich, daß
Ihr im Unrecht seid; doch das hat hiemit nichts zu thun. Die Fra=
ge ist: wo ruht das Uebergewicht des Beweismaterials? und das
könnt Ihr in Eurem Sinn genau beurtheilen, wenn Ihr darüber
entscheiden wollt, auf welche Seite zu wetten Ihr willens sein
würdet."

Das verstanden die Geschworenen. Hier war reine Mystifikation
möglich. Sie hatten jetzt einen Leitfaden in der Hand, demzufolge
sie ein intelligentes Urtheil fällen konnten. Herr Lincoln that einen
Einblick in ihren Gemüthszustand und wußte genau, was erforder=
lich war; und im Moment in dem sie das Erforderliche erhielten,
wußte er auch, daß er seiner Sache sicher sein durfte, wie auch ein
rasch folgendes Urtheil zu Gunsten des Verklagten bewies. In kei=
nem der mit diesem Falle verknüpften Umstände trat der Scharfsinn
des Herrn Lincoln klarer zu Tage, als in der Geringfügigkeit der
Summe, die er in der hypothetischen Wette als Risiko aufstellte.
Er nannte ihnen nicht hundert Dollars, oder tausend Dollars; auch
noch nicht einmal einen Dollar, sondern er nannte ihnen die kleinste
Silbermünze, um ihnen zu zeigen, daß das Urtheil durch das Ueber=

gewicht der Beweismittel bestimmt werden müsse, und wenn dieses Uebergewicht auch nur das Gewicht einer Feder besitzen sollte.

Lincoln's Geschichte von einem jungen Rechtsgelehrten, wie er dieselbe General Garfield erzählt hat.

General Garfield von Ohio hörte vom Präsidenten den Bericht über die Einnahme Norfolk's mit folgender Einleitung: „Was ich sagen wollte, Garfield," bemerkte Herr Lincoln, „haben Sie schon gehört, daß Chase, Stanton und ich einen eigenen, besonderen Feld= zug bestanden haben? Wir begaben uns in Chase's Zollcutter nach Fort Monroe und berathschlagten uns mit Admiral Goldsborough hinsichtlich einer Möglichkeit, Norfolk vermittelst Landung der Trup= pen an der nördlichen Küste und eines darauf folgenden Marsches von acht Meilen einzunehmen. Der Admiral sagte, und zwar ganz positiv, an dieser Küste wäre keine Landung möglich, wir müßten das Kap umsegeln und der Stadt vom Süden her beikommen, welches jedoch eine lange und beschwerliche Reise abgeben würde. Auf dieses hin frug ich ihn, ob er schon jemals versucht hätte, eine Landung zu finden und er antwortete, versucht hätte er es noch nicht.

„Das, Admiral," sagte ich, „erinnert mich an einen Burschen draußen im Westen, der die Rechte studirt hatte, aber noch nie in ei= nem Fall beschäftigt gewesen war. Auf einmal wurde er verklagt, und, kein rechtes Vertrauen zu seinen eigenen Fähigkeiten besitzend, engagirte er einen befreundeten Advokaten, die Sache für ihn zu ver= fechten. Von der Bedeutung der Rechtswissenschaftlichen Ausdrücke hatte er sehr confuse Ideen, aber doch war er stets sehr eifrig darauf bedacht, sich einen Anstrich von großer Gelehrsamkeit zu geben und im Laufe seines Prozesses flüsterte er seinem Anwalte fortwährend Rathschläge in's Ohr, die dieser aber nicht zu beachten schien. Zu= letzt, befürchtend, daß dieser Anwalt dem gegnerischen Advokaten nicht genug am Zeug flicken möge, verlor er alle Geduld und in die Höhe springend, schrie er: „Warum gehen Sie ihm nicht mit einem capias auf den Leib oder mit einem Surrebutter oder etwas derglei= chen, anstatt hier zu stehen wie ein vermalebeiter alter nudum-pac= tum?"

Lincoln und seine Stiefmutter. — Wie er ihr eine Farm kaufte.

Balb nachdem Hr. Lincoln in sein Berufsleben in Springfield eingetreten war, wurde er für einen Criminalfall engagirt, der nur wenig Erfolg zu versprechen schien. Seine ganze Kraft aufbietend, trug er jedoch den Sieg davon und erhielt für seine geleisteten Dienste fünfhundert Dollars. Ein Freund, der ihn am nächsten Morgen besuchte, fand ihn vor einem Tische sitzend, auf welchem das ganze Geld ausgebreitet lag, welches er wieder und immer wieder nachzählte.

„Schau einmal hierher, alter Freund,‟ sagte Lincoln, „und betrachte diesen Haufen Geld, den ich mit dem — Fall verdient habe. Hast Du schon je etwas ähnliches gesehen? Ich habe wahrhaftig, Alles in Allem genommen, noch nie zuvor so viel Geld im Besitz gehabt.‟ Hierauf seine Arme über dem Tisch kreuzend und eine ernstere Miene annehmend, fügte er hinzu: „Ich habe genau fünfhundert Dollars; wären es sieben hundert und fünfzig, so würde ich schnurstracks hingehen und eine Viertel-Sektion Land ankaufen und dieses meiner Stiefmutter übermachen.‟

Sein Freund bemerkte, wenn es nichts weiter benöthigte, wie die Deckung dieses Defizits, so wolle er ihm gegen einen Schuldschein die Summe vorstrecken, wozu sich Lincoln sofort bereit erklärte.

Sein Freund sagte dann: „Lincoln, ich würde nicht so zu Werke gehen, wie Du angedeutet hast. Deine Stiefmutter wird alt und mag nur noch wenige Jahre zu leben haben. Ich würde ihr das Besitzthum zur Nutznießung während ihrer Lebenszeit übermachen, so daß es, wenn sie stirbt, an Dich zurückfällt.‟

Mit großer Gefühlswärme antwortete Herr Lincoln: „Das werde ich nicht thun. Wenn ich die mir erwiesene Liebe und Treue dieser guten Frau in Betracht ziehe, so ist dieses, wenn es hoch kommt, eine recht armselige Vergeltung, und Halbheiten sollen in dieser Sache nicht zur Geltung kommen;‟ indem er dieses sagte, raffte er sein Geld auf und machte sich sofort an's Werk, seinen lang gehegten Wunsch in Ausführung zu bringen.

Eine bekannte Geschichte. — Wie Lincoln ein Messer zum Geschenk erhielt.

Man sagt, daß Lincoln stets bereit war, in ein auf Kosten seiner Person angestimmtes Gelächter mit einzufallen, denn in dieser Hinsicht legte er große Gleichgültigkeit an den Tag. Vielen von seinen Freunden wird die folgende Geschichte bekannt vorkommen — der Vorfall hat wirklich stattgefunden und wurde von Lincoln mit besonderem Vergnügen erzählt.

„In den Tagen, da ich mich noch auf „der Bereisung des Kreises" befand," sagte Lincoln, „wurde ich in einem Eisenbahnwagen von einem Fremden angeredet, der zu mir sagte:

„Entschuldigen Sie, mein Herr, ich habe einen Gegenstand in meinem Besitz, der Ihnen gehört."

„Wie kommt das?" frug ich ziemlich erstaunt.

Der Fremde zog ein Schnappmesser aus der Tasche. „Dieses Messer," sagte er, „wurde mir vor mehreren Jahren übergeben, mit dem Bescheid, daß ich es behalten solle, bis ich einen Mann gefunden, der h ä ß l i c h e r ist wie ich bin. Ich habe es von jenem bis zum heutigen Tage mit mir herum getragen. Jetzt, mein Herr, erlaube ich mir zu sagen, daß S i e, meiner Ansicht nach, zu dem Eigenthum völlig berechtigt sind."

Eine ergötzliche Geschichte, Thompson Campbell betreffend.

Unter den zahlreichen Besuchern an einem der Empfangstage des Präsidenten, befand sich auch eine Gesellschaft Congreßmitglieder, zu denen der Achtbare Thomas Shannon von Californien gehörte. Bald nachdem die gewohnten Begrüßungen ihr Ende erreicht hatten, sagte Herr Shannon:

„Herr Präsident, ich begegnete vorigen Sommer in Californien einem Ihrer alten Freunde, Thompson Campbell, der von Ihrem Leben zu Springfield viel zu erzählen wußte."

„Ah!" erwiderte Lincoln, „es freut mich, von ihm zu hören. Campbell war früher ein recht trockener Kamerad," sprach er weiter. „Er war eine Zeitlang Staatssekretär. Eines Tages, während der legislativen Ferien, stellte sich auf seinem Geschäftszimmer ein sanft dreinschauender, leichenartig aussehender, mit einer weißen Halsbinde versehener Mann ein, und, angebend, daß man ihm mitgetheilt, Herr C. habe das Vermiethen der Versammlungshalle unter sich, sagte er, er wünsche dieselbe, wenn möglich, für einen Cursus von Vorlesungen zu benutzen, die er in Springfield zu halten gedenke.

„Darf ich fragen,‟ sagte der Sekretär, „was der Gegenstand Ihrer Vorlesungen sein wird?‟

„Gewiß,‟ war die Antwort, die mit einem sehr feierlichen Gesichtsausdruck gegeben wurde. „Der Cursus, den ich zu halten gedenke, bezieht sich auf ein zweites Kommen unseres Heilandes.‟

„Das nützt Ihnen nichts,‟ sagte C. „Wenn Sie meinen Rath befolgen wollen, so werden Sie Ihre Zeit in hiesiger Stadt nicht unnütz vergeuden. Es ist meine persönliche Meinung, daß, wenn der Heiland e i n m a l in Springfield gewesen ist, er nicht ein z w e i t e s M a l kommen wird.‟

Das Lincoln = Shields Duell. — Wie es entstand.

Der verstorbene Gen. Shields war in 1839 Auditor des Staates Illinois. Während er dieses wichtige Amt inne hatte, wurde er mit einem Springfielder Rechtsgelehrten — der Niemand anders wie Abraham Lincoln war — in eine affaire d'honneur verwickelt. Zu jener Zeit war „James Shields, der Auditeur,‟ der Stolz der Jung=Democratie und wurde von Allen, Damen mit eingerechnet, als ein Ritter ohne Furcht und Tadel bewundert. Im Sommer des Jahres 1842 brachte das Springfielder Journal mehrere Briefe von einem Correspondenten aus dem „Verlorenen Township‟, dessen nom de plume „Tante Becca‟ war, in welchen der tapfere junge Auditor als ein „Tanzsaal=Stutzer, der auf Erden herum schwebe, ein kraft= und stoffloses Wesen, einem Büschel Katzenpelz ähnlich, da wo sich Katzen gebalgt haben.‟

Diese Briefe riefen große Aufregung in dem Städtchen hervor.

Kein Mensch kannte oder ahnte den Verfasser derselben. Shields verschwor sich hoch und theuer, daß, wenn er ausfindig machen könne, wer ihn so unbarmherzig durchgehechelt habe, Kaffee und Pistolen für zwei die Parole sein werde. Auf dieses hin schrieb „Tante Becca" einen weiteren Brief, welcher die Zornesgluth in ihm um sieben Mal vergrößerte; in diesem Brief bat sie demüthig um Entschuldigung, erbot sich jedoch, sich ihre Hand von ihm drücken zu lassen als Genugthuung und setzte hinzu:

„Sollte dieses nicht genügen, so weiß ich noch einen Ausweg, den zu verfolgen ich einer Tracht Prügel vorziehen würde. Ich habe bisher nie anders erwartet, wie als Wittwe zu sterben, doch da Herr Shields eher hübsch wie irgend etwas anders ist, so muß ich gestehen, ich würde mir nichts d'raus machen die Sache gütlich beizulegen durch — ach, Herr Zeitungsdrucker, ich kann mir nicht helfen, ich muß wirklich erröthen — aber ich — muß damit herauskommen — ich — ach Gott, meine verwittwete Bescheidenheit — na, wenn ich muß, so muß ich — würde er nicht vielleicht — den alten Groll fallen lassen, wenn ich einwilligen würde seine — seine — Frau zu werden? Ich weiß, er ist ein Mann der gerne d'rein haut, der Essen und Trinken im Stich läßt, um sich zu schlagen; aber ist denn eine Verheirathung nicht besser wie eine Schlägerei, obgleich Letzteres auch öfters mit einläuft? Und im Ganzen genommen glaube ich, daß wir ganz gut zu einander passen würden; ich bin noch nicht über Sechszig und messe, wenn ich barfuß dastehe, genau vier Fuß drei Zoll, und auch nicht mehr wie das um den Gurt; was meine Farbe anbelangt, so würde ich auch nicht einem einzigen Mädchen im „Verlorenen Township" den Rücken zukehren. Doch am Ende zähle ich meine Küken eh' sie ausgebrütet sind, und träume von ehelicher Glückseligkeit, während vielleicht die einzige mir vorbehaltene Alternative Prügel sind. Jeff sagt mir, die Art und Weise wie diese Feuerfresser zu Werke gehen ist, sie überlassen der geforderten Partei die Wahl der Waffen; wenn das der Fall ist, so will ich Ihnen nur gleich im Vertrauen sagen, ich schlage mich mit nichts Anderem wie mit Besenstielen oder heißem Wasser, oder einer Schaufel glühender Kohlen u. dgl.; da ersteres aber schon mehr die Gestalt eines Schillelah*) hat, mag selbiges vielleicht am wenigsten von ihm beanstandet werden. In einer Beziehung jedoch will i ch ihm die Wahl lassen, nämlich: er soll entscheiden, ob ich Hosen anziehen soll oder er Unterröcke, denn ich nehme an, daß dieser Tausch genügen wird, uns auf das Niveau der Gleichheit zu stellen."

Nach diesem Schuß mußte natürlich irgend Jemand die Verantwortung für diese Briefe übernehmen. Der wirkliche Verfasser war aber Niemand anders wie Fräulein Marie Todd, später die Gemahlin von Abraham Lincoln, mit welcher er zur Zeit verlobt war und dem die Ehre nun gebot, die Verantwortung für ihre Pasquillen auf sich zu nehmen und Genugthuung dafür zu leisten. Herr Lincoln acceptirte die Situation. Nicht lange nachher waren die zwei Männer mit ihren Secundanten auf dem Weg zum Feld der Ehre. Doch die Sache wurde ohne Blutvergießen erledigt und so endigte das Lincoln-Shields Duell von den „verlorenen Townships."

Lincoln's Geschichte von John Wilson und seinen „gefleckten Thieren." — Langsamer Fortschritt in der Vertilgung von Katzen.

Obschon die freundschaftlichen Beziehungen, die zwischen dem Präsidenten und Sekretär Cameron bestanden, durch des Letzteren Rücktritt vom Kriegsministerium nicht gestört wurden, so konnte ein so wichtiger Wechsel in der Administration nicht stattfinden, ohne der unausbleiblichen „Geschichte" von Seiten des Herrn Lincoln. Nicht lange nach diesem Ereigniß besuchten mehrere Herren den Präsidenten und ihre große Befriedigung über den Wechsel ausdrückend, gaben sie zu verstehen, daß ihrer Meinung nach die Interessen des Landes eine vollständige Reconstruktion des Cabinets erheischten.

Herr Lincoln hörte ihnen bis an's Ende zu, dann, seinen Kopf zweifelhaft schüttelnd, gab er mit seinem eigenthümlichen Lächeln zur Antwort: „Meine Herren, als ich ein junger Mann war, war ich mit einem Joe Wilson ziemlich gut bekannt, der sich nicht weit von mir entfernt eine Blockhütte erbaut hatte. Joe war für Eier und

---

*) Schillelah — ein eichener Knüppel, der, wie es heißt, einem seiner Eichen wegen berühmten Walde in Irland entnommen wird. Anm. d. Uebers.

Hühner sehr eingenommen und hatte mit großer Mühe einen Hühner=
stall errichtet.   Nachdem er endlich eine Anzahl der auserlesensten
jungen Hühner zusammengebracht hatte — auf die er sehr stolz war —
wurde er mit einem Male von .den Plünderungen jener kleinen
schwarz und weiß gefleckten Thiere, die nicht genauer bezeichnet zu
werden brauchen, auf's Unangenehmste belästigt.   Eines Nachts
wurde Joe durch ein ungewöhnliches Gackern und Flattern im Hüh=
nerstall aus dem Schlafe geweckt.   Aufstehend, schlich er sich hinaus,
um zu sehen was da wohl vorging.

„Es war eine mondhelle Nacht, und es währte nicht lange so be=
merkte er ein halbes Dutzend dieser kleinen Plagegeister, wie sie in
Gemeinschaft mit der Alten im Schatten des Stalles 'rein und 'raus
liefen.   Fürchterlich aufgebracht, versah Joe seine alte Muskete mit
einer doppelten Ladung und gedachte die ganze Sippschaft mit einem
einzigen Schuß zu „vertilgen."   Wie es nun zugegangen sein mag,
daß er nur Eins dieser Thiere erlegte und die Uebrigen quer durch's
Feld Reißaus nahmen, weiß ich nicht.   Das war jedoch gewiß, daß
Joe, wenn er den Vorfall erzählte und bei dieser Stelle angelangt
war, jedes Mal eine Pause machte und sich die Nase zu hielt.

„Warum hast Du sie denn nicht verfolgt und die Uebrigen nieder=
geschossen?" fragten die Nachbarn.

„Hol' sie der Teufel," sagte Joe.   „Es hat mich ja elf Wochen
genommen, um das Umbringen dieses e i n e n zu überstehen.   Wenn
es Euch noch nach weiteren Scharmützeleien dieser Art verlangt, so
mögt Ihr es ganz einfach selbst thun."

Ein Vorfall, wie er von einem Clienten Lincoln's erzählt wird.

Es war für Herrn Lincoln nicht möglich, seine Clienten nur
allein vom geschäftlichen Standpunkt aus zu betrachten.   Ein Mann
der im Unglück saß, war stets der Gegenstand seines Mitleids.   Ein
gewisser Herr Cogdal, der den Vorfall Herrn Holland erzählte, litt
in 1843 finanziellen Schiffbruch.   Er engagirte Herrn Lincoln als
Anwalt und am Schluß der Verhandlungen überreichte er ihm seine

Note, um damit die Advokatengebühren zu decken. Bald darauf wurde er von einer Pulverexplosion in die Luft geschnellt und büßte eine Hand dabei ein. Einige Zeit nach diesem Unglücksfall begegnete er Herrn Lincoln an den Stufen die zum Staatsgebäude führen, und der liebenswürdige Advokat erkundigte sich nach seinem Befinden.

„Es geht mir schlecht genug," antwortete Herr Cogdal, „ich bin geschäftlich ruinirt und nebenbei noch verstümmelt." Dann fügte er hinzu: „Ich habe schon öfters der Note gedacht, die Sie von mir in Händen haben."

Herr Lincoln, der wahrscheinlich gut genug von den Kümmernissen des Herrn Cogdal unterrichtet und auf diese Begegnung vorbereitet war, zog seine Brieftasche hervor und, ihm die Note lächelnden Antlitzes in die Hand drückend, sagte er: „Sie brauchen von nun an nicht weiter daran zu denken."

Während Herr Cogdal dagegen protestirte, sagte Herr Lincoln: „Auch wenn Sie das Geld hätten, würde ich es nicht nehmen," und damit eilte er davon.

In denselben Tagen schrieb er seinen Freunden offenherzig, daß seine Armuth ihn verhindere ihnen einen Besuch abzustatten, und es war für ihn vielleicht keine leichte Aufgabe seine Familie zu versorgen, wenn er auch nur vier Thaler wöchentlich in der „Globe Tavern" zu bezahlen hatte.

Lincoln's Tapferkeit. — Er vertheidigt Oberst Baker.

Anläßlich einer Rede, die Oberst Baker in einem Gerichts=Gebäude hielt, welches früher als Waaren=Magazin gedient hatte und in welcher er sich einige Bemerkungen erlaubte, die gewissen politischen Raufbolden in der Menge anstößig erschienen, schrieen diese: „Werft ihn herunter vom Stand." Es entstand sogleich allgemeine Verwirrung und man machte den Versuch, dem Verlangen zu willfahren. Unmittelbar über dem Haupte des Redners befand sich eine Luke, an welcher, wie es schien, Herr Lincoln der Rede gelauscht hatte. Augenblicklich kamen die Beine des Herrn Lincoln zum Vorschein,

Abraham Lincoln.
Der Advokat.

benen der übrige lange und sehnige Körperbau folgte und er stand an der Seite des Obersten Baker. Er erhob die Hand und die Versammlung verfiel sofort in tiefes Schweigen.

„Meine Herren!" sagte Herr Lincoln, „lasset uns doch das Jahrhundert und das Land, in dem wir leben, nicht entehren. Dies ist ein Land, das uns Redefreiheit garantirt. Herr Baker hat ein Recht zu reden und deßhalb sollte es ihm auch erlaubt sein. Ich stehe hier, um ihn zu beschützen, und Niemand soll ihn von diesem Stand entfernen, so lange ich es verhindern kann."

Das Plötzliche seines Erscheinens, seine vollkommene Unbefangenheit und Biederkeit und das Bewußtsein, daß er thun werde, was er versprochen, beruhigte die Störenfriede und der Redner schloß seine Bemerkungen ohne weitere Hindernisse.

Der „ehrliche Abe" und sein weiblicher Client.

Ungefähr zur Zeit, da Lincoln als ein erfolgreicher Rechtsanwalt bekannt wurde, erhielt er den Besuch einer Dame, die einen Grundbesitz-Anspruch in Händen hielt, den er ihrem Wunsche gemäß einklagen sollte, ihm sogleich nebst den nöthigen Papieren eine Bankanweisung von zweihundert und fünfzig Dollars für seine zu leistenden Dienste einhändigend. Herr Lincoln sagte, er wolle den Fall untersuchen und bat sie, am nächsten Morgen wieder zu kommen. Sich wieder einstellend, sagte ihr Herr Lincoln, daß er die Papiere genau durchgesehen habe und er ihr aufrichtig mitzutheilen gezwungen sei, daß sich auch nicht ein „Pflock" finden lasse, an den sie ihren Anspruch hängen könne und er könne ihr zu der Einbringung einer Klage billiger Weise nicht rathen. Die Dame war zufrieden und erhob sich zum Fortgehen.

„Warten Sie," sagte Herr Lincoln, seine Westentaschen durchstöbernd, „hier ist die Bankanweisung, die Sie mir gaben."

„Aber, Herr Lincoln," erwiderte die Dame, „ich denke, Sie haben doch s o   v i e l verdient.

„Nein, nein,‟ antwortete er, ihr die Bankanweisung darreich=
end, „das wäre nicht recht.   Ich kann für die Erfüllung meiner
Pflicht keine B e z a h l u n g annehmen.‟

**Aufmerksamkeiten, die er seinen Verwandten erzeigte. —
Lincoln und seine Schwestern, und seine Vettern,
und seine Tanten.**

Einer der herrlichsten Charakterzüge Lincoln's war seine aufmerk=
samsvolle Rücksicht gegen seine armen und in der Verborgenheit le=
benden Verwandten, die sich in ihren bescheidenen Lebenssphären müh=
sam dahinschleppten.   Wo er sie auf seinen Berufsreisen auch vor=
fand, er trat jedesmal ein in ihre Wohnungen, aß mit ihnen und,
war es gelegen, so machte er ihre Häuser zur zeitweiligen Heimath.
Niemals maßte er sich in ihrem Beisein die geringste Ueberlegenheit
an.   Wenn sie Geld brauchten und er welches besaß, so gab er es
ihnen.   Unzählige Male kam es vor, daß er seine Berufsgenossen,
nach einem anstrengenden Tage im Gerichtssaale, allein ließ im
Dorfhotel, und den Abend bei seinen alten Freunden und Gesell=
schaftern aus früheren geringeren Tagen zubrachte.   Einmal, als
man in ihn drang, nicht hinzugehen, antwortete er: „Ach, es würde
meiner Tante das Herz brechen, wenn ich hiesigen Ort verlassen wür=
de, ohne ihr meine Aufwartung gemacht zu haben.‟   Und doch war
er gezwungen, mehrere Meilen weit zu wandern, um diesen Besuch
abzustatten.

**Wie Lincoln seine Geschäfts=Conto's führte. — Seine
merkwürdige Ehrlichkeit.**

Eine geringfügige Thatsache aus dem Berufsleben Lincoln's zeigt
uns seinen immer bereitstehenden Wunsch, die Menschen ehrlich und
redlich zu behandeln.   Er hatte in seiner Rechtspraxis stets einen
Partner, und wenn er sich auf eine Berufsreise begab, blieb dieser
Partner gewöhnlich zu Hause.   Während seines Umherreisens wur=
den ihm Fälle angetragen und von ihm auch erledigt, die in der
Office nie angemeldet worden waren.   In diesen Fällen, und nach=
dem ihm seine Gebühren eingehändigt worden, theilte er das Geld

in seiner Brieftasche in zwei gleiche Theile, eine jede Summe, welche seinem Partner gehörte, etiquettirend (in ein Stück Papier gewickelt) dessen Namen anmerkend und in welchem Rechtsfalle es verdient worden war. Mit einem Conto allein war er nicht zufrieden. Er theilte das Geld, so daß im Falle ihm etwas zustoßen sollte, wodurch er der Gelegenheit beraubt werden könnte, das Geld an ihn auszuzahlen, kein Streit entstehen könne über die genaue Summe, die sein Partner zu fordern hatte. Dieses mag sehr trivial, ja kindisch aussehen, doch war es dem Herrn Lincoln ähnlich.

Lincoln im Gericht.

Senator McDonald berichtet von einem Geschwornen-Prozeß in Illinois, in welchem Lincoln einen alten Mann vertheidigte, welcher des thätlichen Angriffs angeklagt war. Blut war keines vergossen worden, aber die klägerische Partei verfuhr mit tückischer Feindseligkeit, und der Hauptzeuge legte den größten Eifer an den Tag, die Sache recht graß darzustellen. Im Kreuzverhör ließ ihm Lincoln die Zügel schießen und pumpte ihn gehörig aus; frug ihn wie lange der Kampf gedauert und welches Flächenmaß derselbe in Anspruch genommen habe. Der Zeuge meinte, der Kampf müsse wohl eine halbe Stunde gedauert und sich über einen Acker Erdboden ausgedehnt haben. Lincoln machte ihn auf die Thatsache aufmerksam, daß Niemand verletzt worden sei, und mit einer unnachahmlichen Manier frug er ihn, ob er nicht auch die Meinung hege, daß das „e i n e r e c h t w i n z i g e E r n t e s e i v o n e i n e m A c k e r L a n d". Die Geschworenen wiesen den Fall mit großer Verächtlichkeit ab, als unter der Würde von zwölf braven, guten und treuen Männern.

In einem anderen Falle war der Sohn seines alten Freundes, der ihm früher Bücher geliehen hatte, des Mordes angeklagt, den er in einem Aufruhr bei einem camp meeting vollführt haben sollte. Lincoln erbot sich freiwillig zur Vertheidigung. Ein Zeuge beschwor, daß er den Angeklagten den mörderischen Streich habe führen sehen. Es war Nacht, aber er beschwor, daß der Vollmond hell geschienen habe, so daß er alles deutlich erkennen konnte. Die Sache schien

hoffnungslos verloren, da brachte Lincoln einen Kalender zum Vor=
schein, aus dem er nachwies, daß in jener Stunde kein Mondschein war.
Hierauf schilderte er das Verbrechen des Meineids mit so viel Bered=
samkeit, daß der falsche Zeuge sich aus dem Gerichtsgebäude flüch=
tete. Einer, der den Prozeß mit angehört hatte, sagte: „Es ging schon
auf den Abend los als Lincoln, seine Rede schließend, sagte: „Wenn
Gerechtigkeit geübt wird, so wird die Sonne noch vor ihrem Unter=
gange auf meinen Clienten als freien Mann ihre Strahlen werfen."

Der Richter instruirte die Geschwornen, sie zogen sich zurück und
brachten gleich darauf ihr Urtheil ein — „Nicht schuldig". Der An=
geklagte fiel in die Arme seiner weinenden Mutter, dann drehte er
sich um, Herrn Lincoln zu danken, welcher nach der Sonne schauend
sagte: „Es ist noch nicht Sonnenuntergang und Sie sind frei!"

Einer von Lincoln's derbsten Spässen.

In Abbots „Geschichte des Bürgerkrieges" wird folgender Ge=
schichte Erwähnung gethan, als einem von Lincoln's derbsten Spässen.
„Ich kannte einmal", sagte Lincoln, „einen achtbaren Kirchenmann
Namens Brown, der ein Mitglied war von einem sehr ernst drein=
schauenden und frommen Comite, welchem die Aufgabe geworden
war, eine Brücke erbauen zu lassen über einen gefährlichen und reißen=
den Strom. Schon mehreren Brückenbaumeistern war die Sache
mißlungen und zuletzt sagte Brown, er habe einen Freund Namens
Jones, welcher schon vielerlei Brücken gebaut hätte, und auch ohne
Zweifel diese zu bauen im Stande sein werde. Auf dieses hin wur=
de Herr Jones herbeigerufen.

„Können Sie diese Brücke bauen?" erkundigte sich das Comite.

„Jawohl", antwortete Jones, „diese, oder irgend eine andere.
Ich könnte eine Brücke bauen nach den höllischen Regionen, wenn es
sein müßte."

Das Comite fühlte sich hievon tief erschüttert, und Brown sah sich
veranlaßt, seinem Freunde zu Hülfe zu kommen. „Ich kenne Jo=
nes so genau," sagte er, „und er ist solch' ein ehrlicher Mann und
guter Baumeister, daß wenn er besonnen und positiv erklärt, er

könne eine Brücke nach — nach — bauen, ich es ganz einfach glau=
be; aber ich muß noch nebenbei bemerken, daß ich große Zweifel hege
hinsichtlich der Grundlage an der höllischen Seite."

„Daher", sagte Herr Lincoln, „als die Herren Politiker mir
sagten, daß der nördliche und südliche Flügel der Demokratie mit ein=
ander in Einklang gebracht werden könnten, so glaubte ich ihnen das
natürlich; aber immer beunruhigten mich Zweifel hinsichtlich der
„Grundlage" auf der andern Seite."

Ein Vorfall in Verbindung mit Lincoln's Nomination. — Ein guter Temperenzmann.

Gleich nach der Nomination Lincoln's für die Präsidentschaft
durch die Chicagoer Convention, machte ihm ein Comite, von wel=
chem Gouverneur Morgan von New York Vorsitzender war, in
Springfield, Ill., seine Aufwartung, ihn amtlich von seiner Nomina=
tion benachrichtigend.

Nachdem diese Ceremonie vorüber war, machte er dem Comite ge=
genüber die Bemerkung, daß, um diese wichtige und interessante Un=
terredung, die soeben stattgefunden, zu einem würdigen Abschluß zu
bringen, es seines Erachtens und wie es sich auch gezieme, am Platze
sei, wenn er dem Comite mit etwas Trinkbarem aufwarte, worauf er,
eine Hinterthür öffnend, die in ein Hinterzimmer führte, rief:
„Marie! Marie!" Ein Mädchen kam auf diesen Ruf herbei, dem
Herr Lincoln einige Worte im Flüstertone zuraunte und, die Thür
dann schließend, wieder zurückkehrte, um sich mit seinen Gästen zu
unterhalten. Wenige Minuten waren verflossen, da trat das Mäd=
chen herein, einen großen Präsentirteller tragend, auf dem mehrere
Trinkgläser und in der Mitte ein großer Krug standen, welchen sie
auf den Mitteltisch setzte. Herr Lincoln erhob sich, und die versam=
melten Herren mit ernster Miene anredend, sagte er:

„Meine Herren! wir müssen uns unsere gegenseitige Gesundheit
im gesundesten Getränke, welches Gott den Menschen gegeben hat,
zutrinken — es ist das einzige Getränk, dessen ich mich jemals be=
dient oder im Kreise meiner Familie geduldet habe, und ich kann auch

bei jetziger Gelegenheit keine Ausnahme machen — es ist reines Adamsbier von der Quelle;" und, ein Glas ergreifend, berührte er damit seine Lippen und trank ein Glas **kaltes Wasser** auf die Gesundheit der Herren. Natürlich waren seine Gäste gezwungen, seine Standhaftigkeit zu bewundern und alle folgten seinem Beispiel.

Gen. Linder's Bericht über das Lincoln-Shields Duell. — Warum Lincoln den Haudegen als Waffe wählte.

Als Gen. Shields die berühmte Herausforderung an Herrn Lincoln ergehen ließ, acceptirte sie derselbe sofort und in Folge Anrathens von Seiten seines besonderen Freundes und Sekundanten, Dr. Merriman, wählte er Haudegen als die Waffe des Zweikampfes. Dr. Merriman, ein Meister in der Fechtkunst, unterrichtete ihn im Gebrauch dieser Waffe, welches es als ziemlich sicher hinstellte, daß Shields, wenn nicht getödtet, so doch eine Niederlage erleiden würde, denn er war ein kleines, kurzarmiges Männchen, während Lincoln hochgewachsen und nervig war, Arme von ansehnlicher Länge und eine herkulische Gestalt besaß.

Die Parteien begaben sich nach Alton, woselbst in der Nähe, auf der Landenge zwischen dem Missouri und Mississippi Strome und unweit deren Zusammenfluß, der Kampf vor sich gehen sollte. John J. Hardin, Kundschaft erhaltend von diesem beabsichtigten Duell, nahm sich vor es zu verhindern und eilte mit aller nur erdenkbaren Geschwindigkeit nach Alton, wo er mit den Duellanten zusammentraf und zwar noch früh genug, um, von mehreren anderen Freunden Lincoln's und Shields' unterstützt, eine Versöhnung herbeizuführen.

Nach dieser Affaire zwischen Lincoln und Shields begegnete ich Lincoln eines Tages im Gerichtsgebäude zu Danville, und einen Spaziergang mit ihm unternehmend, sah ich, daß er mit seinem Spazierstock allerhand Hiebe in der Luft ausführte, wie man sie in einer Fechtübung sehen kann und dadurch fühlte ich mich veranlaßt ihn zu fragen, warum er in jener Affaire mit Shields den Degen zur Waffe gewählt habe. Ohne sich zu besinnen, antwortete er mit jener durchbringenden, in die Ohren gellenden Stimme, die ihm eigen war:

„Ihnen die Wahrheit zu gestehen, Linder, ich habe Shields nicht tödten wollen, doch hatte ich die volle Gewißheit ihn entwaffnen zu können, da ich mich einen Monat lang im Gebrauch dieser Waffe üben und vervollkommnen konnte; und noch m e h r, ich wollte auch nicht, daß der sapperlots Kerl mir den Garaus machte, was sicher geschehen wäre hätten wir Pistolen gewählt.‟

Lincoln's Dankbarkeit. — Er erbietet sich freiwillig, den Sohn eines alten Freundes, der des Mordes angeklagt ist, zu vertheidigen. — Wie der Freispruch erfolgte.

Jack Armstrong, der Anführer der „Clary's Grove Buben,‟ mit dem Lincoln in früheren Jahren eine Balgerei hatte, in welcher „Jack‟ in Folge seines falschen Spiels sich einverstanden erklärt hatte, den Sieg unentschieden zu lassen, wurde nachher ein treuer bewährter Freund des Herrn Lincoln. In späteren Jahren kehrte der Carriere machende junge Rechtsgelehrte zum Oefteren in Jack's Blockhütte ein und hier gewann sich Herr Lincoln die Achtung von Frau Armstrong, einer Matrone von echt weiblichem Wesen. Da war keine Dienstleistung, die sie ihrem Gast nicht mit der größten Bereitwilligkeit erwiesen haben würde und er bewahrte für sie und ihr liebenswürdiges Benehmen die innigste Dankbarkeit in seinem Herzen.

Im Laufe der Zeit starb ihr Ehegemahl, sie der Fürsorge der Söhne überlassend. Der älteste von diesen wurde bei einer camp meeting in eine Schlägerei verwickelt, die zum Resultat hatte, daß einer der dabei betheiligten jungen Männer getödtet wurde und der junge Armstrong war nun von einem seiner Begleiter als der Verüber dieser That beschuldigt worden. Er wurde verhaftet, verhört und bis zum Aufruf des Prozesses in's Gefängniß geschickt.

Die öffentliche Meinung war in einer brennenden Aufregung und eigennützige Persönlichkeiten schürten diese Flamme. Herr Lincoln, so viel ist sicher, hatte keine Kenntniß von der Sachlage des Falles! Ihm war nur bekannt, daß sich seine alte Freundin, Frau Armstrong, in großer Kümmerniß befinde und, sich ohne Verzug hinsetzend, erbot

er sich brieflich, ihren Sohn vertheidigen zu wollen. Seine erste
Handlung ging dahin, einen Aufschub des Prozesses und die Erlaub=
niß zu erlangen, den Fall vor ein anderes Gericht verlegen zu dürfen.
In den Gemüthern des unmittelbar hier herum wohnenden Volkes
herrschte eine zu fieberhafte Stimmung, um eine gerechte Behandlung
erwarten zu können. Als der Prozeß seinen Anfang nahm, erschien
Allen die Sache als eine hoffnungslose, nur Herrn Lincoln nicht,
denn er fühlte sich von der Unschuld des jungen Mannes überzeugt.
Nachdem der Staat seine Beweisführung beendet und eine massive
und feste Masse von Zeugnissen gegen den Angeklagten beisammen
hatte, unterzog sich Herr Lincoln der Aufgabe, dieselbe zu analysiren
und zu vernichten, was er in einer Weise vollzog, die allgemeines
Staunen hervorrief. Der Hauptzeuge sagte aus, daß er „mit Bei=
hilfe des hellscheinenden Mondes den Gefangenen gesehen habe, wie
er mit einer Bleischlinge den Todesstreich geführt.“ Herr Lincoln
bewies vermittelst eines Kalenders, daß zu jener Stunde der Mond
gar nicht geschienen hatte. Die Beweismasse gegen den Angeklagten
schmolz immer mehr zusammen, bis in dem Innern eines jeden An=
wesenden in dem dicht gefüllten Gerichtssaal die Worte laut wurden:
„Nicht schuldig.“ Das Plädoyer von damals ist uns natürlich nicht
dem Wortlaut nach überliefert worden; aber man erinnert sich dessen
als einer Rede, in welcher er sich selbst übertraf, und worin Herr Lin=
coln in einer Weise an das Mitgefühl der Geschworenen appellirte,
daß Allen die Thränen in die Augen traten. Die Geschworenen
hatten sich kaum eine halbe Stunde zurückgezogen, als sie wieder mit
einem „Nicht schuldig“ in den Gerichtssaal zurückkehrten. Die
Wittwe fiel ihrem Sohne ohnmächtig in die Arme, der seine Aufmerk=
samkeit zwischen den Bemühungen um seine Mutter und den Dank=
sagungen seinem Erretter gegenüber theilte. Und so kam es, daß die
gute Frau, die sich des armen jungen Mannes in der Noth angenom=
men und an ihm Mutterstelle vertreten hatte, von den Händen ihres
Pfleglings das Leben ihres Sohnes, aus einer hartherzigen Verschwö=
rung errettet, als ihre Belohnung erhielt.

Ein ehrlicher Advokat. — Mehrere von Lincoln's „Rechts-fällen" und wie er sie behandelte.

Ein gewisser Schafzüchter verkaufte einstmals eine Anzahl Schafe zu einem festgesetzten Durchschnittspreis. Als er die Thiere ablie-ferte, befanden sich unter ihnen etliche Lämmer oder Schafe, die zu jung waren, um dem Inhalt des Contraktes zu entsprechen. Er wurde von der beschädigten Partei auf Schadenersatz verklagt und Herr Lincoln fungirte für ihn als Anwalt. Im Laufe der Verhand-lungen wurden die Thatsachen in Bezug auf die Beschaffenheit der gelieferten Schafe bestätigt und mehrere Zeugen sagten aus, wie es gebräuchlich sei, alle unter einem gewissen Alter sich befindenden Schafe, als Lämmer und von geringerem Werthe zu bezeichnen. Herr Lincoln, nachdem er diese Thatsachen begriffen, wechselte sofort seine Taktik und beschränkte sich nur auf die Erforschung der genauen An-zahl der gelieferten Schafe von geringerem Werth. Die Geschwore-nen anredend, sagte er, daß sie in Uebereinstimmung mit den zu Tage geförderten Thatsachen ein Urtheil g e g e n seinen Clienten fällen müßten und er wolle sie nur ersuchen, den thatsächlich zugefügten Schaden zu ermitteln.

In einem andern Fall leitete Herr Lincoln eine Klage gegen eine Eisenbahngesellschaft. Das Urtheil war zu Gunsten seines Clienten gefällt worden und als der Richter die von ihm beanspruchte Summe bewilligen wollte, eine bewiesene und nicht beanstandete Gegenforde-rung davon abziehend, erhob er sich und erklärte, daß seine Gegner nicht alles in der Beweisführung vorgebracht hätten, was ihnen mit Recht und Billigkeit als Gegenforderung zukäme, und diese Erklärung noch weiter ausspinnend, bewilligte er eine weitere Summe zu Un-gunsten seines Clienten und das Gericht willfahrte dem Gesuch. Sein Wunsch, Gerechtigkeit walten zu lassen, überwand seine eigene Liebe für den Sieg seiner Sache, sowie auch seine Parteilichkeit für die Gefühle und Interessen seiner Clienten.

Lincoln's derbe Antwort.

Während eines politischen Feldzuges ereignete sich ein kleiner Vor-fall, welcher deutlich zeigt, wie schnell Lincoln einen politischen Kern-

schuß zu thun verstand. Er hielt eine Rede zu Charleston, Coles
County, Illinois, da rief eine Stimme: „Herr Lincoln, ist es wahr,
daß Sie barfuß und ein Joch Ochsen treibend, diesen Staat betra=
ten?" Herr Lincoln machte eine kurze Pause, wie wenn er bei sich
überlege, ob er von dieser rohen Impertinenz Notiz nehmen solle oder
nicht, dann sagte er, er glaube, daß diese Thatsache von mehr wie ei=
nem Dutzend Männer in der versammelten Menge bezeugt werden
könne und von diesen sei ein Jeder achtungswerther wie der Fragestel=
ler. Doch diese Frage schien ihn zu begeistern und er fuhr fort zu er=
läutern, was freie Satzungen für ihn gethan und ihnen die Uebel=
stände der Sclaverei, wo dieselbe auch existiren möge, klar darzulegen
und stellte dann die Frage, ob es nicht ganz natürlich sei, daß er der
Sclaverei Haß und Feindschaft entgegenbringe und gegen dieselbe
ankämpfe. „Ja," sagte er, „wir wollen unsere Stimmen für die
Freiheit und gegen alle Sclaverei erheben, so lange uns die Verfas=
sung unseres Landes freie Rede garantirt und bis kein einziger Mann
mehr in diesem großen Lande gefunden werden kann, auf den die
Sonne ihre Strahlen wirft, oder der Regen sich ergießt, oder den der
Wind anweht, während er unbelohnte Arbeiten verrichtet."

**Lincoln vertheidigt einen Pensionär aus dem Revolutions=
Krieg. — Eine interessante Episode.**

Eine alte, fünfundsiebzigjährige Frau, Wittwe eines Pensionärs
aus dem Revolutions=Kriege, kam eines Tages in sein Advokaten=
zimmer hereingetrippelt, und sich auf einen Stuhl niederlassend, klagte
sie ihm, daß der Besitzer einer gewissen Pensions=Agentur ihr die
übermäßige Gebühr von zweihundert Dollars für die Einkassirung
ihres Anspruchs berechnet habe. Herr Lincoln gelangte durch die von
der Frau gemachten Darstellungen zu der Ueberzeugung, daß sie be-
schwindelt worden sei, und zu der Kenntniß gelangend, daß sie keine
Bewohnerin der Stadt und nebenbei auch noch arm sei, gab er ihr
Geld und machte sich an's Werk, die Wiedererstattung des zu viel ge
forderten Geldes zu bewirken. Er reichte sofort eine Klage gegen den
Agenten ein, einen Theil des betrügerisch erlangten Geldes zurückfor=
dernd. Der Rechtshandel wurde zu seinen Gunsten entschieden und

die Ansprache des Hrn. Lincoln an die Geschworenen, vor welchen die
Klage verfochten wurde, machte, so viel man sich zu erinnern weiß, einen
herzbewegenden Eindruck auf die Zuhörer, besonders in Bezug auf
die Armuth der Wittwe und den Patriotismus des Gatten, den sie
geopfert, um die Unabhängigkeit der Nation sicher zu stellen. Er
hatte die Genugthuung, ihr einhundert Dollars zurückzahlen zu kön-.
nen und sie frohlockend ihres Weges ziehen zu lassen.

**Eine herzergreifende Geschichte. — Lincoln droht mit
einer zwanzigjährigen Agitation in Illinois.**

Eines Nachmittags kam eine alte Negerfrau in die Geschäftsstube
von Lincoln und Hernbon in Springfield, und klagte ihnen ihr Leid
und ihren Kummer, wobei ihr beide Rechtsgelehrten ruhig zuhörten.
Es stellte sich heraus, daß sie und ihre Sprößlinge in Kentucky als
Sklaven geboren, aber von ihrem Herrn nach Illinois gebracht
worden waren, wo sie von ihm ihre Freiheit erhielten.   Der Name
dieses Mannes war Hinkle.   Ihr Sohn war auf einem den Mississippi befahrenden Dampfer als Aufwärter oder Frachtlader angestellt.
In New-Orleans war er unvorsichtiger Weise an's Land gegangen,
und sofort von der Polizei in Haft genommen und in's Gefängniß
geworfen worden, in Uebereinstimmung mit den damaligen Gesetzen
in Bezug auf freie Neger von anderen Staaten.   Später wurde er
hervorgeholt und prozessirt.   Selbstverständlich wurde ihm eine
Geldbuße auferlegt, und da der Dampfer abgefahren war, wurde
er verkauft oder stand wenigstens in Gefahr, verkauft zu werden, um
seine Geldbuße und die Unkosten aus ihm herauszubekommen.   Herr
Lincoln fühlte sich tief ergriffen und bat Herrn Hernbon nach dem
Staatsgebäude zu gehen und den Gouverneur Bissel zu befragen, ob
er nichts dazu beitragen könne, den Neger zurückzuerlangen.   Herr
Hernbon hielt die gewünschte Nachfrage und kehrte zurück mit dem
Bericht, der Gouverneur bedauere, keine gesetzlichen oder constitutio-
nellen Rechte zu besitzen, um in diesem Falle Einspruch erheben zu
können.   Herr Lincoln erhob sich von seinem Sitz, tief aufgeregt,
und rief aus: „Beim Allmächtigen, bekomme ich den Neger nicht in
Bälde zurückgeliefert, so werde ich eine zwanzigjährige Agitation in

Illinois in's Leben rufen, bis dem Gouverneur das gesetzliche und constitutionelle Recht verliehen wird, in dieser Sache Einspruch erheben zu können." Die letztere Alternative hatte er nicht nöthig zu ergreifen — wenigstens nicht in der von ihm proponirten direkten Form. Die beiden Anwälte sandten Geld an einen New-Orlean'ser Correspondenten — eigenes Geld — womit er den Neger loskaufte und ihn seiner Mutter zurückschickte.

Lincoln als ein Geschichten-Erzähler. — Wie er von einer jeden Geschichte zu seinem eigenen Vortheil Gebrauch machte. — Ein praktisches Beispiel.

Eine seiner Methoden, sich lästiger Freunde, sowie auch lästiger Feinde zu entledigen, war, eine Geschichte zu erzählen. Diese Taktik hatte er schon in seiner Jugend verfolgt, und er wurde hierin ein wahrer Adept. Kam ihm ein Mann mit einem Thema zu nahe, auf das er sich nicht einzulassen wünschte, so erzählte er eine Geschichte, hiemit der Unterhaltung eine ganz andere Wendung gebend. Wurde er zur Beantwortung einer Frage aufgefordert, so beantwortete er sie mit der Erzählung einer Geschichte.. Er hatte für Alles eine Geschichte — an irgend einem Orte, den er einmal bewohnt, hatte sich etwas zugetragen, was jede Phase eines jedweden Gesprächsgegenstandes, mit dem er in Verbindung gerieth, erläuterte. Sein Talent in der Erfindung oder Verwendung einer Erzählung, die er einem jeden Ereigniß in der Geschichte, oder einem solchen, zu dem er in persönlicher Verbindung stand, anzupassen wußte, grenzte wirklich an's Wunderbare. Daß er gewisse von seinen Geschichten selbst erfand, und diese irgend einem Gesprächsthema anpaßte, darüber besteht wohl kein Zweifel. Es ist nicht denkbar, daß solche, welche in das Schatzkästlein seines Hirnes eingedrungen waren, nicht um vieles reicher wieder daraus hervorkommen sollten. Es ist nicht annehmbar, daß er Zeit verschwendet haben sollte, um sie auszuschmücken oder auszufeilen, sondern vermittelst eines Gesetzes der Ideenassociation, fiel ihm bei Gelegenheit eines jeden stattfindenden Ereignisses eine Geschichte ein, und durch ein fast unfreiwilliges Verfahren brachte sein Geist deren disharmonische Laute in Einklang, und die Geschichte wurde für „passend" erklärt, weil sie es schon war, ehe sie nur ausgesprochen wurde. Jede Wahrheit, oder jeder Zusammenhang von Wahrheiten, schien sich bei ihm sogleich in eine lebendige Form zu kleiden, und als solche legte er sie bei Seite für spätere Bezugnahme. Er stak voller Geschichten; und die bedeutenden, auf sein Leben Bezug habenden Thatsachen, die in seinen Geist eindrangen, schienen ihren Aufenthalt zu nehmen in diesen Geschichten, und kam es vor, daß ihnen das Gewand nicht paßte, so wurde es modifizirt bis es passend wurde.

Ein gutes Beispiel von der Wirkung, die er manchmal mit einer Geschichte erzielte, gibt uns ein Vorfall in der Legislatur. Hier befand sich ein unruhestiftendes Mitglied von Wabash County, welches sich hauptsächlich damit brüstete, ein „strammer Konstruktionist" zu sein. In einem jeden Antrag, der zur Besprechung kam, sah er etwas, was „unconstitutionell" war. Er war Mitglied des Justiz-Comite's, und verstand es ausnehmend gut, nachdem er jeden Antrag gehörig durchgehechelt hatte, die Verweisung desselben an das Justiz-Comite zu befürworten. Keine wenn auch noch so große Masse von Beweisführungen konnte dieses Mitglied von Wabash kampfesun-fähig machen. Zuletzt wurde er als Einer betrachtet, der um jeden Preis zum Schweigen gebracht werden mußte, und zu Herrn Lincoln nahm man seine Zuflucht als zem „Helfer in der Noth", um durch ihn diesen Zweck zu erreichen. Nicht lange darnach honorirte er die Tratte, die man in dieser Weise auf ihn gezogen hatte.

Ein Antrag wurde gestellt, an welchem die Constituenten Lincoln's ein Interesse hatten, als das Mitglied von Wabash sich erhob und seine sämmtlichen Batterien auf die unconstitutionellen Punkte desselben spielen ließ. Hierauf ergriff Herr Lincoln das Wort, und mit dem bestürzt und verwirrt dreinschauenden Gesichtsausdruck, den er nach Belieben anzunehmen verstand, und einem lustigen Zwinkern seiner grauen Augen, sagte er: „Herr Sprecher, der Angriff des Mitglieds von Wabash auf die Verfassungsmäßigkeit dieses Antrags, erinnert mich an einen alten Freund von mir. Dieser ist ein selt-sam aussehender Bursche, mit buschigen, herabhängenden Augen-brauen, unter welchen eine Brille hervorschaut. (Ein Jeder drehte sich um nach dem Mitgliede von Wabash und erkannte eine persönliche

Schilderung). Eines Morgens, gleich nachdem der Alte aufgestan=
den war und einen Blick durch die offene Thür geworfen hatte, bildete
er sich ein auf einem, nahe beim Hause stehenden Baume ein recht
flink herumhüpfendes Eichhörnchen zu erblicken. Er nahm auf dieses
hin sein Jagdgewehr von der Wand und feuerte einen Schuß auf das
Eichhörnchen ab; aber dieses schien das gar nicht zu beachten. Er
lud und feuerte wieder, und immer wieder, bis er, es war der drei=
zehnte Schuß gewesen, seine Flinte ungeduldig niedersetzte und zu
seinem kleinen Sohne sagte, der ihm zugeschaut hatte: „Junge, mit
dieser Flinte ist etwas nicht recht."

„Die Flinte ist recht genug, ich weiß, daß sie es ist," antwortete
der Junge, „aber wo ist denn Dein Eichhörnchen?"

„Siehst Du es denn nicht? da oben in der Mitte des Baumes
hockt es ja," sagte der Alte, dem, über seine Brille hinwegschauend,
die Sache doch etwas geheimnißvoll zu werden begann.

„Nein, ich seh' keins!" gab der Junge zur Antwort; dann sich
seinem Vater zuwendend und in dessen Angesicht schauend, rief er
aus: „Ich sehe Dein Eichhörnchen! Du hast nach einer Laus auf
Deiner Augenbraue geschossen!"

Diese Geschichte erforderte weder Anwendung noch Erklärung.
Das Haus befand sich in einem wahren Lachkrampf, denn die Ge=
schicklichkeit des Herrn Lincoln in der Erzählung einer Geschichte war
eben so groß wie seine Fähigkeit, das Sinnreiche und die Witzes=
schärfe einer solchen zu würdigen oder auch wie seine Macht, diese
letzteren in einem vorliegenden Fall zur Anwendung zu bringen. Um
das Mitglied von Wabash war es von nun an geschehen, es nahm
sich in der Folge sehr in Acht, um keine Anzüglichkeiten auf seine
Augenbrauen zu provoziren.

**Des Achtb. Newton Bateman's herzergreifende Geschichte
von Herrn Lincoln. — Der große Mann sieht nach,
wie die Prediger von Springfield gestimmt
hatten. — Seine Ueberraschung und
was Lincoln darüber sagte.**

Zur Zeit als Lincoln zu Chicago nominirt wurde, hatte Herr
Newton Bateman, Superintendent des öffentlichen Erziehungswesen

vom Staat Illinois, ein Zimmer inne, welches sich neben der Exeku=
tivhalle zu Springfield befand. Eine Thür, welche von demselben
in diese hineinführte, stand zum Oefteren offen während den Em=
pfangsceremonien Lincoln's und während den sieben Monaten und
darüber, in welchen er Besitzer dieses Zimmers war, sah er ihn bei=
nahe tagtäglich. Gar oft, wenn Herr Lincoln ermüdet war, ver=
schloß er die Außenthür gegen alle Eindringlinge und rief Herrn
Bateman zu sich herein, um still mit ihm plaudern zu können. Bei
einer von diesen Gelegenheiten nahm Herr Lincoln ein Buch auf,
welches eine sorgfältig ausgearbeitete Liste der Wahlstimmen von
Springfield enthielt (wo er damals wohnte), den Candidaten bezeich=
nend, für welchen in der kommenden Wahl zu stimmen ein jeglicher
Bürger seine Absicht kund gethan hatte. Lincoln's Freunde hatten
ohne Zweifel das Resultat ihrer Untersuchung auf sein eigenes Ver=
langen hin in seine Hände gegeben. Das war zu Ende October und
nur wenige Tage vor der Wahl. Herrn Bateman einen Sitz an sei=
ner Seite anbietend, nachdem er vorher erst alle Thüren verschlossen
hatte, sagte er: „Lassen Sie uns dieses Buch einmal durchsehen,
ich möchte vor allen Dingen erfahren, wie die Herren Pastoren von
Springfield zu stimmen beabsichtigen."

Die Blätter wurden eins nach dem andern umgeschlagen und wäh=
rend die Namen einer Prüfung unterworfen wurden, fragte Herr
Lincoln des Oefteren, ob dieser und jener nicht ein Geistlicher, oder
ein Kirchenältester, oder ein Mitglied dieser oder jener Kirche sei und
drückte mit trauriger Miene seine Ueberraschung aus, wenn seine
Fragen bejaht wurden. Auf diese Weise blätterten sie das ganze
Buch durch, dann klappte er es zu und verfiel in ein mehrere Minuten
langes Schweigen, eine Bleistift=Notiz betrachtend, die vor ihm lag.
Endlich wandte er sich mit traurig aussehendem Antlitz zu Herrn
Bateman und sagte:

„Hier haben wir dreiundzwanzig Geistliche von verschiedenen
Denominationen und mit Ausnahme von Dreien, sind sie alle gegen
mich; und hier sind sehr viele hervorragende Kirchenmitglieder, von
denen eine große Majorität gegen mich stimmen wird. Herr Bate=
man, ich bin kein Christ, Gott weiß es, ich möchte einer sein — aber

ich habe die Bibel aufmerksam gelesen und kann darin keine solche
Deutung finden;" mit diesem zog er ein Taschen-Testament hervor.
„Diese Männer wissen recht gut," fuhr er fort, „daß ich für die
Freiheit in den Territorien bin, daß ich für die Freiheit allerwegen,
so weit es die Verfassung und die Gesetze erlauben, zu kämpfen bereit bin und daß meine Gegner für die Sclaverei sind. Sie wissen
das, und doch, mit diesem Buche in ihren Händen, in dessen Lichte
menschliche Knechtschaft keinen Moment zu leben vermag, wollen sie
gegen mich stimmen; ich kann es durchaus nicht begreifen."

Hier machte Herr Lincoln eine Pause — eine mehrere Minuten
anhaltende Pause — seine Gesichtszüge waren beladen mit tiefer
Schwermuth. Dann erhob er sich und schritt im Empfangszimmer
auf und ab, sich bemühend, seine Selbstbeherrschung wieder zu erlangen und dieselbe zu behalten. Endlich hielt er inne und mit zit-
ternder Stimme und thränenfeuchten Wangen sagte er: „Ich weiß,
daß Gott lebt und daß Er Ungerechtigkeit und Sclaverei verabscheut.
Ich sehe ihn kommen, den Sturm, und weiß, daß Seine Hand ihn
führt. Wenn Er ein Plätzchen und Arbeit für mich hat und ich
meine, daß dem so ist, so glaube ich bereit zu sein. Ich bin ein
Nichts, aber Wahrheit ist Alles. Ich weiß, daß ich im Rechte bin,
weil ich weiß, daß Freiheit Recht ist und es also von Christus gelehrt
worden ist und Christus ist Gott. Ich habe ihnen gesagt, ein
Haus, welches mit sich selbst zerfallen ist, kann nicht aufrecht stehen,
und Christus und die Vernunft sagen dasselbe; und so werden sie es
auch am Ende finden.

„Douglas ist es einerlei, ob die Sclaverei herauf oder nieder-ge-
stimmt wird, aber Gott und der Menschheit ist es nicht einerlei und
mir ist es nicht einerlei; und mit Gottes Hülfe werde ich auch siegen.
Ich vermag das Ende nicht voraus zu sehen, aber kommen wird es
und ich werde gerechtfertigt sein; diese Männer aber werden erkennen, daß sie ihre Bibel nicht mit Verständniß gelesen haben."

Vieles von diesem war von ihm, als ob er mit sich selber redete,
gesprochen worden, in einer schwermüthigen, ernstlichen und feierlichen Weise, wie es zu beschreiben kaum möglich ist. Nach einer
Pause begann er wieder: „Erscheint es nicht seltsam, daß die

Menschen die moralische Seite dieses Kampfes ignoriren können? Eine himmlische Offenbarung könnte es mir nicht klarer darlegen, daß entweder die Sclaverei oder die Regierung der Zerstörung anheim fallen muß. Die Zukunft, wie ich sie mir denke, hätte für mich viel Schreckliches, wäre da nicht dieser Felsen auf dem ich stehe (auf das Testament hinweisend, welches er immer noch in seinen Händen hielt), besonders weil ich mir nun bewußt bin, wie diese Pastoren stimmen werden. Es scheint, daß Gott diese Sache (Sclaverei) so lange mit angesehen hat, bis endlich die Lehrer der Religion selbst aufgetreten sind, um sie gegen die Bibel zu vertheidigen und für sie einen göttlichen Charakter und die Gutheißung Gottes zu beanspruchen; aber jetzt ist der Kelch der Ungerechtigkeit voll bis an den Rand und die Schleußen seines Zornes werden sich über sie entladen.''

Nach diesem wurde die Unterhaltung noch lange fortgesetzt. Alles was er sagte, hatte einen eigenthümlichen, sanften und religiösen Ton und das Ganze hatte einen Anstrich von rührender Melancholie. Wiederholt sprach er seine Ueberzeugung aus, daß der Tag nicht mehr fern sei, an dem der Herr seinen Zorn ausgießen werde und daß er Theil nehmen würde an dem fürchterlichen Kampfe, der ausbrechen werde wenn die Sclaverei über den Haufen geworfen wird, obgleich er das Ende vielleicht nicht erleben werde.

Nach einer weiteren Hinweisung auf den Glauben an die göttliche Vorsehung und das faktische Vorhandensein Gottes in der Weltgeschichte, wurde die Unterhaltung auf's Gebet gelenkt. Frei und offen gab er seinen Glauben kund an die Pflichten, Privilegien und Wirksamkeit des Gebetes, und deutete an, in Ausdrücken, die nicht mißverstanden werden konnten, daß er auf diese Weise um göttliche Leitung und Gnade geflehet habe. Die Wirkung dieser Unterhaltung auf das Gemüth des Herrn Bateman (ein frommer Herr, der von Herrn Lincoln hoch geachtet wurde), war, daß in ihm die Ueberzeugung reif wurde, daß Herr Lincoln in seiner stillen Weise einen Pfad zum christlichen Standpunkt gefunden habe — daß er Gott gefunden und sich auf die ewigen Wahrheiten Gottes stütze. Als sich beide Herren trennen wollten, bemerkte Herr Bateman: ,,Ich hatte nicht vermuthet, daß Sie so viel an Gegenstände dieser Gattung zu denken pflegten, so viel aber ist gewiß, Ihren Freunden im Allgemeinen sind diese Gesinnungen, die Sie mir gegenüber an den Tag legten, voll= kommen fremd." Schnell antwortete er: „Ich weiß das, aber ich denke über diese Gegenstände mehr nach, wie über andere und pflegte das seit Jahren zu thun; und es ist mein Wunsch, Ihnen das zu wissen zu thun."

Hatten ihn seine Clienten auffallend hintergangen, so ließ er ihre Sache mitten in der Verhandlung fallen und stets weigerte er sich von Leuten Zahlung anzunehmen, denen er den Rath ertheilt hatte, nicht zu klagen. Einstmals, während er für einen wichtigen Fall engagirt war, entdeckte er, daß er sich auf der unrechten Seite befand. Sein Associé in diesem Rechtshandel wurde sogleich in Kenntniß ge= setzt, daß er (Lincoln) die Vertheidigung fallen lassen würde. Der Associé übernahm sie und der Fall wurde, zum Erstaunen Lincoln's, zu Gunsten seines Clienten entschieden. Vollkommen überzeugt da= von, daß sich sein Client im Unrecht befinde, wollte er auch nicht einen Pfennig von den neunhundert Dollars annehmen, die derselbe zahlte. Man braucht sich nicht zu wundern, wenn einer, der ihn gut gekannt hat, ihn als „widerspänstig ehrlich" kennzeichnet.

Das Capitol zu Washington.

Episoden aus dem Weißen Hause.

Ein Probeverfuch mit „Grünem" an Jacob. — Ein ernstes Experiment.

Der Schatzamtssecretär führte dem Präsidenten eines Tages eine Bankiers-Deputation vor. Einer der Gesellschaft, Herr P——, von Chelsea, Maff., nahm die Gelegenheit wahr, eine Andeutung laut werden zu laffen in Bezug auf die verschärfte Besteuerung der Staatsbanken, die durch den Congreß herbei geführt worden war.

„Ach, das erinnert mich," sagte Herr Lincoln, „an einen Vorfall, der sich in meiner Nachbarschaft zugetragen hat. Im Frühjahr waren die Farmer gewöhnlich sehr lüstern nach einem Gerichte, welches sie „Grünes" nannten, jetzt aber, wenn ich nicht irre, unter dem neumobischen Namen Spinat bekannt ist. Eines Tages, nach eingenommener Mittagsmahlzeit, erkrankten alle Mitglieder einer zahlreichen Familie. Man rief den Arzt herbei, welcher die Erkrankung dem Grünen beimaß, von welchem Alle in ziemlicher Menge genoffen hatten. In dieser Familie nun lebte ein halb närrischer Junge Namens Jacob. Bei einer späteren Veranlaffung, da man wiederum Grünes für den Mittagstisch gesammelt hatte, sagte das Haupt der Familie: „Jetzt, Buben, ehe wir uns in dieser Sache auf ein weiteres Risiko einlaffen, wollen wir mit dem Zeug da erst einen Verfuch an Jacob anstellen. Wenn er's aushält, sind wir außer Gefahr." „Und ebenso, vermuthe ich," sagte Herr Lincoln, „gedachte der Congreß erst einen Verfuch mit dieser Steuer an den Staatsbanken zu machen."

Eine kleine Geschichte die Lincoln den Predigern erzählte.

Ein Jahr und darüber vor Lincoln's Tode, machte ihm eine Delegation von Geistlichen ihre Aufwartung in Bezug auf die Ernennung von Militär-Kaplanen. Die Delegation bestand aus einem Presbyterianer, einem Baptisten und einem Episkopalisten. Sie

erklärten, daß der Character von vielen Kaplanen notorisch unmora=
lisch sei und sie wären nun gekommen, um dem Präsidenten die Noth=
wendigkeit vorzuhalten, bei diesen Ernennungen mit mehr Vorsicht zu
Werke zu gehen.

„Aber, meine Herren," sagte der Präsident, „das ist eine Sache,
mit welcher die Regierung nichts zu schaffen hat; die Kaplane werden
von den Regimentern bestimmt."

Nicht mit diesem zufrieden, drangen die Geistlichen auf eine Aen=
derung des Systems. Herr Lincoln hörte sie an bis zu Ende ohne
jegliche Bemerkung und sagte dann: „Meine Herren, ohne unehr=
erbietig scheinen zu wollen, will ich Ihnen eine „kleine Geschichte" er=
zählen."

„Einstmals in Springfield machte ich mich auf den Weg, eine
kleine Reise anzutreten und erreichte den Bahnhof etwas zu früh.
Mich gegen den Zaun, just außerhalb des Bahnhofsgebäudes leh=
nend, sah ich einen kleinen Negerjungen Namens „Dick", den ich
kannte, emsig beschäftigt, wie er mit seinen Zehen in einem Kothhau=
fen herumwühlte. Näher zu ihm tretend, sagte ich: „Dick, was
machst Du da?"

„Ich mache eine Kirche!" sagte er.

„Eine Kirche?" sagte ich, „wie meinst Du das?"

„Ja, ganz gewiß," sagte Dick, mit seiner Zehe deutend, „sehen
Sie denn nicht? das ist die Kirche; da sind die Stufen und Vorder=
thüren — hier die Bänke wo sich die Leute b'rauf setzen — und da ist
die Kanzel."

„Ja, nun seh ich," sagte ich, „aber warum machst Du denn kei=
nen Pfarrer?"

„Ja, du lieber Himmel," antwortete Dick mit einem Grinsen,
„dazu habe ich nicht Dreck genug!" --

Wie Lincoln die Partei des Wortes "Sugar coated"*) ergriff.

Der Regierungsbrucker, Herr Defrees, erzählt, daß einstmals, als eine der Botschaften des Präsidenten zum Druck befohlen worden war, er sich beunruhigt fühlte wegen des Gebrauchs des Wortes „Ueberzuckert" (Sugar coated), und zuletzt Herrn Lincoln beßwegen zur Rede gestellt habe. Da ihre Beziehungen zu einander von der vertrautesten Natur waren, so sagte er dem Präsidenten ganz offen, er möge doch bedenken, daß eine Botschaft an den Congreß eine ganz andere Sache sei; wie eine Rede an eine Massenversammlung in Illinois; daß diese Botschaft einen Theil der amerikanischen Geschichte bilden würde und demgemäß verfaßt werden müsse.

„Was ist benn jetzt los?" frug der Präsident.

„Ja, sehen Sie," sagte Herr Defrees, „Sie haben in der Botschaft Gebrauch gemacht von einem unzierlichen Ausbruck," und den Paragraphen laut vorlesend, fügte er hinzu: „ich würde an Ihrer Stelle die Struktur dieses Satzes umändern."

„Defrees," erwiderte Herr Lincoln, „dieses Wort drückt genau meine Idee aus und ich werde es nicht umändern. Niemals wird für dieses Land die Zeit kommen, da die Leute nicht genau wissen werden, was überzuckert meint."

Bei einer spätern Veranlassung, so berichtet Herr Defrees, sei ein gewisser Satz sehr ungeschickt construirt gewesen. Die Aufmerksamkeit des Präsidenten darauf hinlenkend, habe Letzterer die Begründung des Einwandes anerkannt und gesagt: „Gehen Sie nach Hause, Defrees, und sehen Sie zu wie Sie ihn verbessern können."

Am folgenden Tage brachte ihm Herr Defrees die Verbesserung. Herr Lincoln kam ihm entgegen mit den Worten: „Seward hat denselben Fehler entdeckt wie Sie und er hat den Paragraphen ebenfalls umgeschrieben." Die Uebertragung des Herrn Defrees durchlesend, sagte er: „Ich glaube, Sie haben Seward übertroffen, aber,

---

*) **Sugar coated** — die aus Zucker bestehende Decke oder Hülle eines Gegenstandes; das Wort findet aber auch Anwendung, wenn angedeutet werden soll, daß Herbes oder Beleidigendes mit einer Hülle von süßen Worten umgeben worden ist. Uebrigens ist das Wort in seiner Zusammensetzung unrichtig und daher kam es wohl auch, daß Herr Defrees die Aufmerksamkeit Lincoln's darauf hinlenkte. Anm. d. Uebers.

meiner Treu, ich denke, ich kann Euch beide übertreffen." Dann, seine Feder ergreifend, schrieb er den Satz wie er nachher im Druck erschien.

Lincoln's Rath an einen prominenten Hagestolz.

Bei Anlaß der Verlobung des Prinzen von Wales mit der Prinzessin Alexandra, richtete die Königin Victoria ein Sendschreiben an einen jeden der europäischen Herrscher, sowie auch an den Präsidenten Lincoln, die Thatsache ankündigend. Lord Lyons, ihr Botschafter in Washington — ein Junggeselle, beiläufig erwähnt — bat um eine Audienz bei Herrn Lincoln, damit er dieses wichtige Dokument persönlich überreichen konnte. Zur festgesetzten Stunde wurde er in Begleitung des Herrn Seward im Weißen Haus empfangen.

„Wenn Ew. Excellenz erlauben," sagte Lord Lyons, „ich halte hier in meiner Hand einen eigenhändig geschriebenen Brief meiner königlichen Herrin, der Königin Victoria, welchen Ihnen zu überreichen mir der Auftrag geworden ist. In ihm verkündigt sie Ew. Excellenz, daß ihr Sohn, Se. königl. Hoheit der Prinz von Wales, im Begriff steht, eine eheliche Verbindung mit Ihrer königl. Hoheit der Prinzessin Alexandra von Dänemark einzugehen."

Nachdem er in dieser Weise noch etliche Minuten weiter gesprochen hatte, überreichte Lord Lyons dem Präsidenten das Schreiben und wartete auf dessen Antwort. Diese war kurz, einfach und ausdrucksvoll, und bestand nur aus diesen Worten:

„Lord Lyons, geh' hin und thue desgleichen."

Es ist zweifelhaft ob je zuvor ein englischer Botschafter in dieser Weise angeredet worden ist und es wäre interessant zu erfahren, was für einen Erfolg er erzielt hat, nachdem er diese Antwort, in diplomatische Sprache gesetzt, Ihrer Majestät berichtet hatte.

Herr Lincoln und die schüchternen Knaben. — Er erzählt eine Geschichte von Daniel Webster.

Der Präsident stand mit einem Freunde auf der Schwelle der Thür unter der Säulen-Vorhalle des Weißen Hauses, auf den Wagen wartend, als ihm ein Brief in die Hand gedrückt wurde. Wäh=

rend er diesen las, spazierten Leute, wie es der Gebrauch ist, auf
der Promenade hin und her welche quer durch die Anlagen nach dem
Kriegsdepartement und dabei, wie bekannt, über die Säulenhalle
führt. Eine herannahende Gesellschaft zog ihre Aufmerksamkeit auf
sich, es war ein Landmann wie es schien, in schlichter Kleidung, seine
Frau und zwei kleine Knaben bei sich führend, welche offenbar umher-
streiften, um die Sehenswürdigkeiten der Stadt in Augenschein zu
nehmen. Als sie die Säulenhalle erreichten, erblickte der Vater,
welcher vorausging, die hohe Gestalt des Herrn Lincoln, der in seinen Brief vertieft war. Seine Frau und die beiden Knaben kamen
mittlerweile die Stufen heran gestiegen

Plötzlich machte der Mann Halt, streckte seine Hand aus gegen
seine Familie mit einem „Stille!" und nach einer minutenlangen
Betrachtung beugte er sich nieder zu ihnen und flüsterte: „Dort ist
der Präsident!" Dann entfernte er sich von ihnen, beschloß langsamen Schrittes einen Halbkreis um Herrn Lincoln, wobei er ihn nicht
eine Secunde aus den Augen ließ.

Als der Präsident seinen Brief beendigt hatte, sagte er: „Ach,
wir wollen nicht länger auf den Wagen warten; es wird Ihnen und
mir nichts schaden, zu Fuß hinunter zu gehen."

Da trat der Landmann schüchtern an sie heran und frug, ob es
ihm erlaubt wäre, dem Präsidenten die Hand zu geben; dann:
„Wollte er diese Freiheit wohl auch auf seine Frau und die kleinen
Knaben ausdehnen?"

Gutherzig trat Herr Lincoln an die Letzteren heran, die stehen geblieben waren wo ihnen das Haupt der Familie Halt geboten hatte;
und nach ihnen hinunter reichend, sprach er in herzgewinnender Weise
zu den blöden kleinen Bürschchen, die sich dicht an die Mutter an-
schmiegten und alle Antwort schuldig blieben. Diese einfache Handlung machte das Herz des Vaters überlaufen.

„Gott ist mit Ihnen, Herr Präsident," sagte er ehrerbietig, und
dann, einen Moment zögernd, fügte er noch mit großem Nachdruck
hinzu: „und das Volk auch, Herr; das Volk auch!"

Wenige Augenblicke später bemerkte Herr Lincoln seinem Freunde
gegenüber: „Große Männer werden gar verschieden taxirt."

Als Daniel Webster vor Jahren zurück seine Tour durch den
Westen machte, besuchte er neben anderen Plätzen auch Springfield,
woselbst man große Vorbereitungen zu seinem Empfang getroffen
hatte. Da sich der Zug durch die Stadt bewegte, zupfte ein barfüßi=
ger Negerjunge einen alten Mann Namens T — am Aermel und frug,
was die Leute dort alle auf der Straße machten.

„J, Jakobchen," war die Antwort, „weißt denn Du das nicht?
Der größte Mann in der Welt hält dort seinen Einzug."

Nun lebte in Springfield damals ein Mann Namens G—, ein
äußerst korpulenter Herr. Jakob rannte vollen Laufes die Straße
hinunter, kam aber sehr bald darauf mit getäuschter Miene zurück.

„Na, hast Du ihn gesehen?" erkundigte sich T—.

„Ja," antwortete Jakob, „aber bei Jingo, er ist nicht halb
so groß wie der alte G—"

***

Ein irländischer Soldat, der etwas stärkeres wollte, wie Soda=Wasser.

Bei der Rückkehr des Herrn Lincoln nach Washington, gleich nach
der Einnahme von Richmond, kam ein Mitglied des Cabinets zu ihm
mit der Frage, ob es schicklich sei Jakob Thompson zu erlauben, sich
in Verkleidung durch den Staat Maine zu schleichen um sich in Port=
land einzuschiffen. Der Präsident war wie gewöhnlich geneigt, Mil=
de zu üben und wollte es dem Erzrebellen möglich machen, seine
Flucht ungehindert zu bewerkstelligen; der Minister jedoch drang da=
rauf, ihn als Hochverräther festnehmen zu lassen. „Wenn Sie ihm
erlauben, sich der Strafe für das Verbrechen des Hochverraths zu ent=
ziehen," bemerkte der Minister beharrlich, „dann sanktioniren Sie
selbiges." „Wohlan," antwortete Herr Lincoln, „ich will Ihnen
eine Geschichte erzählen."

„Da war im vorigen Sommer ein irländischer Soldat, den es
nach etwas stärkerem wie Wasser verlangte. Er ging in eine Apo=
theke, wo er eines jener bekannten Sodawasser=Apparate ansichtig
wurde.

„Herr Doktor," sagte er, „geben Sie mir gefälligst ein Glas

Sodawasser, und wenn Sie, ohne daß es Jemand weiß, einige Tro=
pfen Whiskey mit 'reinlaufen lassen können, so thäten Sie mir damit
einen Gefallen."

„Jetzt nun," sagte Herr Lincoln, „wenn es dem Jakob Thomp=
son erlaubt wird, durch Maine hindurchzuwischen ohne daß Jemand es
weiß, wem kann es schaden? Also lassen Sie ihn ungehindert ziehen."

Nach „breakers"*) ausspähend. — Der Präsident erzählt ein Gleichniß.

In den Zeiten der Kleinmuth und des Verzagtseins sprachen meh=
rere Besucher von den „breakers", die man so oft in naher Ferne
vor sich erblickt hatte — „dieses Mal aber sicherlich kommen würden."

„Das," sagte er, „erinnert mich an die Geschichte von jenem
Schulknaben, der nie die Namen „Shadrach", „Meshach", und
„Abednego" aussprechen konnte. Er hatte deshalb schon unzäh=
lige Male Prügel bekommen, aber ohne Erfolg. Eines Tages sah
er diese Namen wiederum in der regulären Tagesaufgabe. Seinen
Finger auf die Stelle setzend, wandte er sich an seinen ihm zunächst
sitzenden Nachbarn, einen älteren Knaben, und flüsterte: „Hier kom=
men diese „gequälten Hebräer" schon wieder!"

„Arbeit genug für zwanzig Präsidenten" durch eine Ge= schichte von Jakob Chase erläutert.

Ein Farmer von einem County an der Grenze kam bei einer ge=
wissen Veranlassung mit der Klage zum Präsidenten, daß die Bun=
dessoldaten während des Vorüberziehens an seiner Farm nicht nur
von seinem Heu genommen, sondern sich auch noch seine Pferde an=
geeignet hätten; und er hoffe daß der betreffende Beamte aufgefordert
werde, seinen Anspruch in Erwägung zu ziehen.

„Ja, mein lieber Mann," antwortete Herr Lincoln, „wollte ich
es unternehmen einen jeden derartigen einzelnen Fall zu berücksichti=
gen, so würde ich Arbeit genug finden für zwanzig Präsidenten!

„In meinen jüngeren Jahren kannte ich einen Jakob Chase; er

---

*) Ein Fels im Meere, der die Kraft der Wogen bricht. Außerdem, die Brandung. Wird
jedoch auf Obiges in ersterem Sinne anzuwenden sein. Anm. des Uebers.

war ein Holzflößer auf dem Illinoisfluſſe, und wenn nüchtern und
ſolid, gab es keinen beſſeren Floßführer auf dem ganzen Fluſſe. Vor
fünfundzwanzig Jahren galt es als ein Meiſterſtück, die Baumſtämme
über die Stromſchnellen zu dirigiren, aber er war ungemein geſchickt
und hielt ſtets die Mitte der Strömung. Da wurde ſchließlich ein
kleines Dampfboot für den Fluß gebaut und als es fertig war, machte
man Jakob — er iſt nun todt, der arme Kerl! — zum Capitain.
Er hielt beim jedesmaligen Durchfurchen der Stromſchnellen das
Steuerrad ſelbſt. Eines Tages, während ſich der Dampfer durch
die ſchäumende Strömung hindurchwälzte und heftig rollte, ſo daß
die äußerſte Aufmerkſamkeit Jakobs herausgefordert wurde, um ihn
in der ſchmalen Strömung zu halten, zupfte ihn ein Junge am Rock-
ſchoß und rief ihm zu: „Hören Sie, Miſter Capitain! ich wollte
Sie hielten Ihr Boot eine Minute lang ſtill — mir iſt mein Apfel
über Bord gefallen!"

Spazierſtock-Philoſophie. — Die Art welche Lincoln als Knabe verfertigte und trug.

Ein Herr der eines Abends im Weißen Haus vorſprach, trug einen
Stock welcher im Laufe der Unterhaltung die Aufmerkſamkeit des
Präſidenten auf ſich zog. Ihn in die Hand nehmend, ſagte er:
„Als ich noch ein Knabe war, trug ich ſtets einen Stock. Es war
eine meiner Grillen. Mein Lieblingsſtock war ein knorriger Buchen-
ſtock, wovon ich den Griff ſelbſt geſchnitzt hatte. Es liegt eine Fülle
von Charakter in Stöcken. Meinen Sie nicht auch? Sie haben
doch jene Angelruthen geſehen, die man zu einem Spazierſtock zuſammen ſchiebt? Das war eine alte Idee von mir. Knüttel von Hage-
butten-Sträuchern wurden von meinen Kameraden immer vorgezogen.
Vermuthlich iſt es heute noch ebenſo. Hickory (der weiße nordam.
Wallnußbaum) iſt zu ſchwer, außer man benutzt ein junges Bäum-
chen. Haben Sie ſchon jemals bemerkt wie das Tragen eines Stockes
einem Menſchen ein ganz anderes Ausſehen gibt? Alte Weiber und
Heren würden ohne Stöcke nicht ſo ausſehen; Meg Merrilies*) verſteht das."

---

*) Eine halb blödſinnige Zigeunerin, welche in Walter Scott's Roman „Guy Mannering"
eine hervorragende und gefeierte Rolle ſpielt. Anm. des Ueberſ.

Die weiße Tauben Kirche.

Das bescheidene Gebäude, in welchem Abraham Lincoln in seiner Jugend den Gottesdienst besuchte.

Geschichten, das Gedächtniß Lincoln's veranschaulichend.

Das Gedächtniß des Herrn Lincoln war in der That wunderbar.
Bei einem Nachmittagsempfang im Weißen Haus schüttelte ihm ein
Fremder die Hand, und während dieses vor sich ging, erwähnte dieser
beiläufig, daß er zur selben Zeit in den Congreß gewählt worden sei
da Herrn Lincoln's Termin als Repräsentant sein Ende erreichte,
welcher Umstand sich aber schon vor vielen Jahren ereignet hatte.

„Ja wohl," sagte der Präsident, „Sie sind von — " den Na=
men des Staates nennend. „Ich erinnere mich, eines Morgens in
einer Zeitung von Ihrer Erwählung gelesen zu haben, als ich mich auf
einem Dampfboot befand, welches nach Mount Vernon fuhr."

Ein andermal redete ihn ein Herr an und sagte: „Ich vermuthe,
Herr Präsident, daß Sie meiner vergessen haben?"

„Nein," war die schnell erfolgende Antwort; „Sie heißen Flood.
Ich sah Sie zuletzt, es sind jetzt zwölf Jahre her, in — ," den Ort
und Umstand erwähnend. „Ich freue mich," fuhr er fort, „zu se=
hen, daß der Flood (die Fluth) noch fließt."

Später, nach seiner Wiedererwählung, wurde ihm vom Schatzamts=
sekretär eine Deputation von Bankiers von verschiedenen Landesdi
strikten vorgeführt. Nach einer mehrere Minuten dauernden Unter=
haltung, wandte sich Herr Lincoln zu einem von ihnen und sagte:
„Ihr Distrikt gab mir bei der letzten Wahl kein so starkes Votum wie
in 1860."

„Ich glaube, daß Sie sich im Irrthum befinden," antwortete
der Bankier. „Meine Meinung ist, daß sich Ihre Majorität bei der
letzten Wahl um ein Bedeutendes vermehrt hat."

„Nein," erwiderte der Präsident, „Ihr seid mit ungefähr sechs=
hundert Stimmen zurückgeblieben." Hierauf nahm er aus einem
Bücherschranke die offiziellen Wahlbücher von 1860 und 1864, wies
auf das Votum von jenem Distrikte hin und es fand sich, daß er mit
seiner Behauptung Recht hatte.

Gesunde Vernunft.

Der Achtb. Herr Hubbard, von Connecticut, stattete dem Präsi=
denten einstens einen Besuch ab in Betreff einer neu erfundenen Ka=

none, in Bezug auf welche ein Comite ernannt worden war, um darüber zu berichten.

Der „Bericht" wurde auf Verlangen vorgelegt und da fand sich nun, daß dieser über die Maßen inhaltsvoll war.

Herr Lincoln warf einen Blick darauf und sagte: „Ich müßte mir erst eine neue Lebensfrist ausbitten, um dieses durchlesen zu können!" Ihn auf den Tisch hinwerfend, fügte er hinzu: „Warum kann ein derartiges Comite nicht dann und wann ein klein wenig gesunde Vernunft an den Tag legen? Wenn ich einen Mann hinschicke, um ein Pferd für mich zu kaufen, so erwarte ich, daß er mir dessen H a u p t e i g e n s c h a f t e n mittheilt und nicht, wie viele H a a r e es im Schwanz hat."

Eine vertrauliche Plauderei zwischen Lincoln und einem Comite über „Grant's Whiskey."

Kurz vor der Uebergabe von Vicksburg übernahm es ein aus sich selbst hervorgegangenes Comite, welches sich sehr für das Seelenheil unserer Armeen zu interessiren schien, dem Präsidenten einen Besuch abzustatten und ihn wenn möglich zu veranlassen, General Grant abzusetzen.

Ganz erstaunt, frug Herr Lincoln: „Aus welchem Grunde?"

„Je nun," erwiderte der Wortführer, „er trinkt zu viel Whiskey."

„Ah!" versetzte Herr Lincoln, seine Unterlippe hängen lassend. „Beiläufig gesagt, meine Herren, kann mir wohl einer von Ihnen sagen von woher General Grant seinen Whiskey bezieht? denn, wenn ich das ausfindig machen könnte, so würde ich einem jeden im Felde stehenden General e i n F a ß d a v o n z u s c h i c k e n!"

Ein leidlich guter, „ziemlich respektabler Geistlicher."

Jemand machte in Gegenwart des Herrn Lincoln den Charakter eines zur Zeit in Washington lebenden Geistlichen zum Gegenstand einer Erörterung. Da sagte Herr Lincoln zu seinem Besucher:

„Ich denke, Sie thun Herrn —— Unrecht. Er erinnert mich an einen Mann in Illinois, der wegen Geldfälschung prozessirt

wurde. Es war von Zeugen beſchworen worden, daß, ehe er die ge=
fälſchte Banknote ausgab, er ſie vorerſt einem Bankkaſſirer gezeigt
und ſich deſſen Meinung darüber erbeten hatte, der ihm aber ganz
unumwunden erklärte, daß es eine gefälſchte ſei. Sein Anwalt,
welcher von dem Zeugniß wußte, das gegen ſeinen Clienten ausge=
ſagt werden ſollte, frug ihn noch kurz vor der Gerichtseröffnung:

„Brachten Sie die gefälſchte Note zu einem Bankkaſſirer und
frugen ihn, ob ſie gut ſei?“

„Ich that es,“ war die Antwort.

„Was erwiderte Ihnen denn der Kaſſirer?“

Der Schelm ſah ſich in einer Klemme, aber er befreite ſich daraus
auf folgende Manier:

„Er ſagte, es wäre eine leiblich gute, ziemlich reſpektabel aus=
ſehende Note.“ Herr Lincoln meinte, der Geiſtliche ſei ein leiblich
guter, ziemlich reſpektabel ausſehender Geiſtlicher.“

Wie Lincoln einem neugierigen Beſucher die Augen öffnete.

Herr Lincoln hatte mitunter eine ſehr wirkungsvolle Manier mit
Leuten umzugehen, die ihn mit Fragen beläſtigten. Ein Beſucher
frug ihn einſtmals, wie viel Mann Soldaten die Rebellen im Felde
hätten.

Ganz ernſt erwiderte der Präſident: „Zwölfhunderttau=
ſend, den glaubwürdigſten Quellen zufolge.“

Der Frageſteller erblaßte und ſtieß hervor: „Großer Himmel!“

„Ja, mein Herr, zwölf hundert Tauſend — zweifelsohne. Se=
hen Sie, alle unſere Generäle, wenn ſie geſchlagen werden, ſagen,
der Feind ſei ihnen numeriſch überlegen und verhalte ſich zu ihnen
wie Drei oder Vier zu Eins, und ich muß ihnen glauben. Wir haben
vierhunderttauſend im Felde und drei mal vier macht zwölf. Sehen
Sie das nicht?“

Minnehaha und Minnebuhn.

Einige Herren, friſch von einer weſtlichen Tour zurückkommend,
erwähnten während eines Beſuchs im Weißen Haus eines Gewäſſers

in Nebraska, welches einen von Indianern herstammenden Namen
führe und „weinendes Wasser" bedeute.   Herr Lincoln erwiderte
augenblicklich: „Da Longfellow zufolge „lachendes Wasser" Min-
nehaha ist, so sollte dieses offenbar „Minnebuhu" heißen."

Begegnung zwischen Präsident Lincoln und dem Maler Carpenter.

F. B. Carpenter, der berühmte Maler und Schöpfer des bekannten Gemäldes „Lincoln und sein Cabinet die Emanzipations-Proklamation erlassend",beschreibt seine erste Begegnung mit dem Präsidenten folgendermaßen:

„Zwei Uhr fand mich unter der Menge, die sich dem Hauptanzieh-
ungspunkte, dem „blauen Zimmer" zudrängte.

„Von der Schwelle des „rothen" Besuchszimmers aus wurde mir
im Vorbeigehen der Anblick von der hageren Gestalt des Herrn Lincoln in der Tiefe des Gemachs. Bleich und mit eingefallenen Wangen stand er da in völlig schwarzer Kleidung; nur an den Händen trug
er die vorschriftsmäßigen weißen Handschuhe; mir schien er inmitten
des ihn umringenden Menschenhaufens einsam und allein zu stehen,
hie und da, während der Prozedur des Händeschüttelns, eine leichte
Verbeugung machend und wie zerstreut antwortend auf die wohlge-
meinten Begrüßungen der gemischten Versammlung.

„Niemals werde ich den elektrischen Schauer vergessen, der in
diesem Momente mein Inneres durchbebte. Mir schien es als sähe
ich Strahlenlinien von allen Theilen des Erdballes ausströmen und
an jener Stelle, auf welcher der schlichte, linkisch aussehende Mann
stand, in einen Fokus zusammenlaufen; im Geiste hörte ich Millionen Gebete, „wie das Rauschen von vielen Wassern" emporsteigen
für den guten, herrlichen Mann.   Vermischt mit kläglichem Flehen
machte sich meinem Ohr eine hellklingende Simphonie des Triumphs
und Segens hörbar, anschwellend mit immer und immer zunehmen-
der Kraft.   Das waren die Stimmen der Männer, die Leibeigene
gewesen, und das waren die Stimmen der Weiber, die Leibeigene gewesen; und das große Diapason schwebte empor, hinweg von den
kommenden Jahrhunderten.

„Bald wurde mir die Vergünstigung in regulärer Reihenfolge, diese ehrwürdige Hand in die meine zu nehmen. Diese Handlung begleitend wurde ihm in halblautem Tone von einem der Gehülfs=Privatsekretäre die ihm zur Seite standen, mein Name und Beruf genannt. Meine Hand festhaltend, sah er mich einen Moment lang fragend an und sagte: „O ja, ich weiß, das ist der Maler," dann, sich zu seiner vollen Höhe emporrichtend, fügte er scherzhaft und mit einem Blinzeln seiner Augen hinzu, „was meinen Sie Herr C—, könnten Sie wohl ein schönes Bild von m i r machen?", das vorletzte Wort stark betonend. Etwas in Verwirrung gerathend durch diesen Schuß in's Centrum, der mit einem so lauten Tone gesprochen wurde, daß alle in unmittelbarer Nähe Stehenden dadurch aufmerksam gemacht wurden, gab ich eine Antwort auf's Gerathewohl, und nahm Anlaß zu fragen ob ich ihn nach Schluß des Empfanges in seinem Arbeitszimmer aufsuchen dürfe. Hierauf antwortete er in jenem eigenthümlichen Dialekt des Westens: „Ich rechne so" (I reckon), mittlerweile die mechanische und traditionelle Handübung wieder aufnehmend, welcher auszuweichen noch kein Präsident vermocht hat, und die, so herb und streng die Probe auch sein mag, diesem Amte anhaften wird, so lang die Republik dauert.

Ein passendes Gleichniß.

Im Weißen Haus waren eines Tages mehrere Herren aus dem Westen anwesend, die in Bezug auf die Amtsführung der Administration Unruhe und Bekümmerniß an den Tag legten. Der Präsident hörte ihnen geduldig zu, dann erwiderte er: „Meine Herren, wir wollen annehmen, alles Eigenthum was Sie besitzen sei Gold und Sie hätten dieses den Händen Blondin's übergeben, um es von ihm auf einem Seil über den Niagara Fluß tragen zu lassen, würden Sie an dem Seil rütteln oder ihm fortwährend zuschreien: „Blondin, richten Sie sich etwas mehr in die Höhe — Blondin, bücken Sie sich ein klein wenig mehr — gehen Sie etwas rascher — neigen Sie sich etwas mehr nördlich — neigen Sie sich etwas mehr südlich?" Nein, Sie würden ihren Athem sowohl wie auch Ihre Zungen an sich halten und Ihre Hände davon lassen bis er glücklich hinüber gekommen

ift. Die Regierung trägt eine ungeheure Laft. Nicht zu ermeſſende
Schätze befinden ſich in ihrer Obhut. Sie verſucht ihr Allerbeſtes.
Sie aber müſſen ſie nicht quälen. Verhalten Sie ſich ruhig und wir
werden Sie glücklich hinüber befördern."

Mehr Licht und weniger Lärm.

Ein Leitartikel in einem New Yorker Journal, welcher ſeiner
Wieder-Nomination Oppoſition machte, ſoll ihm folgende Geſchichte
abgelockt haben: „Ein Wandersmann weit draußen an der Grenze
hatte ſich eines Abends in eine äußerſt unwirthliche Gegend verirrt.
Um ſeine Noth noch zu vergrößern, ſtellte ſich ein fürchterlicher Ge-
witterſturm ein.

Mühſam ſuchte ſich ſein Pferd einen Weg durch das Dunkel der
Nacht, bis es vor Mattigkeit nicht mehr weiter konnte.   Die hell-
leuchtenden Blitzſtrahlen machten es ihm zuweilen möglich, die Richtung ſeines Wegs zu erkennen, das Krachen und Rollen des
Donners jedoch war grauſenerregend.   Ein Schlag, der die Erde
unter ihm erbröhnen machte, brachte ihn auf die Knie.   Obgleich er
nichts weniger war wie ein Mann des Betens, ſo war ſeine Bitte doch
kurz und zur Sache gehörig — „Oh Herr, wenn es Dir einerlei iſt,
ſo gieb uns ein wenig m e h r L i c h t u n d e t w a s w e n i g e r
L ä r m!"

Wie Lincoln „umher weidete." (Browse around.*)

Eine Geſellſchaft von Herren, unter denen ſich auch ein Doctor
der Theologie von ſehr würdevollem Benehmen befand, beſuchte das
Weiße Haus eines Tages und erhielt vom Portier den Beſcheid, daß
der Präſident bei der Mittagsmahlzeit ſei, er aber ihre Karten abgeben wolle.   Der Doctor widerſetzte ſich dem und ſagte, er würde
wieder kommen.   „Eduard" gab ihnen die Verſicherung, daß das
keinen Unterſchied mache und ging mit den Karten hinein.   Wenige
Minuten ſpäter ſchritt der Präſident mit freundlichem Gruß und der
Bitte, Platz zu nehmen, herein in's Zimmer.   Der Doctor drückte

---

*) To browse around — Umherweiden, abweiden, abknappern; bezieht ſich im gewöhnli-
chen Sinne nur auf Hornvieh, Ziegen uſw. Anm. d. Ueberſ.

ſein Bedauern darüber aus, daß ſie zu einer ſo ungelegenen Stunde gekommen wären und Se. Excellenz beim Mittageſſen geſtört hätten. „Ach! das hat nichts zu bedeuten,‟ ſagte Herr Lincoln gutlaunig. „Madame Lincoln iſt gegenwärtig abweſend und wenn ſie nicht zu Hauſe iſt, w e i b e ich gewöhnlich umher.‟

Lincoln durchſchneidet red tape.*)

„In die Amtsſtube des Präſidenten eines Nachmittags eintre= tend,‟ ſagt ein Waſhingtoner Correſpondent, „fand ich Herrn Lin= coln eifrig mit dem Zählen von Greenbacks beſchäftigt.‟

„Das, mein Herr,‟ ſagte er, „liegt etwas außerhalb meiner amtlichen Thätigkeit; aber ein Präſident der Ver. Staaten hat manigfaltige Pflichten zu erfüllen, die weder in der Verfaſſung noch in den Beſchlüſſen des Congreſſes verzeichnet ſtehen. Dieſes iſt eine derſelben. Das Geld hier gehört einem armen Neger, der im Schatzamte Portiersdienſte verrichtete, aber gegenwärtig an den Pocken darniederliegt. Er iſt im Hoſpital und konnte, da er ſeinen Namen nicht zu ſchreiben verſteht, ſeinen Gehalt nicht ziehen. Ich habe mich bedeutender Mühen unterzogen, um dieſe Schwierigkeit zu beſeitigen und das Geld für ihn zu bekommen, doch endlich iſt es mir gelungen, r o t h e s B a n d z u d u r c h ſ c h n e i d e n, wie ihr Zei= tungsleute Euch ausdrückt. Ich bin jetzt dabei, das Geld in mehrere Summen zu theilen und eine davon, wie er es von mir wünſchte, ei= genhändig in ein Couvert zu ſchließen und ſie für ihn aufzubewah= ren.‟ Ich bemerkte, wie er das Packetchen ſorgfältig ſchloß und beſchrieb.

Niemand konnte dieſe Verrichtung mit anſehen ohne von der Herzensgüte erbaut zu ſein, die den Präſidenten der Ver. Staaten

---

*) Red tape — ſchmales rothes Band, womit Akten oder ſonſtige Dokumente umbunden werden. Im weiteren Sinne aber verſteht der Amerikaner unter dieſem Ausdruck Alles was zu den amtlichen Verrichtungen innerhalb einer Amtsſtube gehört, mit Einſchluß der amtlichen Formalitäten. Auf Letztere bezieht ſich der Ausdruck „rothes Band durchſchneiden‟ (cutting red tape), und ſoll damit geſagt werden, daß in einem beſtimmten Fall eine Perſon das Außerachtlaſſen der amtlichen Formen von Seiten eines Beamten bewerkſtelligt hat.

Anm. d. Ueberſ.

bazu trieb, sich zeitweilig von seinen schweren Amtssorgen abzuwen=
ben, um einem der niebrigsten seiner Nebenmenschen in bessen Krank=
heit und Elend Hülfe zu leisten.

Eine von Lincoln's Schäkereien.

In Bezug auf eine von Präsident Lincoln's Schäkereien wird
folgendes Geschichtchen erzählt:

„Während der Rebellion bemühte sich ein österreichischer Graf
um eine Stellung im Heer. Da er vom österreichischen Gesandten
eingeführt worden war, beburfte er natürlich keiner weiteren Empfeh=
lungen; aber, als befürchte er, daß seine Bedeutung nicht gebührend
gewürdigt werden möchte, begann er zu erörtern, daß er ein Graf
sei; daß seine Familie von altem Abel und hoch geachtet sei; als ihn
Lincoln mit einem schalkhaften Zwinkern seiner Augen, während er
den aristokratischen Liebhaber von Titeln so recht väterlich auf die
Schultern klopfte, gerade als ob der Mann irgend ein Unrecht einge=
standen hätte — in einem besänft'genden Tone mit den Worten un=
terbrach:

„Lassen Sie's nur gut sein; Sie sollen trotzdem mit gleicher
Rücksicht behandelt werden!''

Eine Anecdote, welche die Methode veranschaulicht, deren sich Lincoln und Stanton zur Abweisung von Aemter = Bewerbern bedienten.

Ein Herr schreibt in einer Chicagoer Zeitung Folgendes: Im
Winter von 1864, nachbem ich drei Jahre im Unionsheere gedient
und ehrenvoll entlassen worden war, bewarb ich mich um die Stelle
eines Platz=Marketenders zu Point Lookout. Da mein Vater ein
Interesse an der Sache hatte, so wandten wir uns mit dem Gesuch
an Herrn Stanton, den damaligen Kriegssecretär. Wir erhielten
eine Audienz und ich wurde dem hochnäsigsten Manne vorgeführt,
den ich je gesehen. Als ich eintrat winkte er mit der Hand, mir da=
mit in gewisser Entfernung von ihm Halt gebietend und richtete fol=
gende Fragen an mich:

„Haben Sie drei Jahre in der Armee gedient?"

„Ja, mein Herr."

„Wurden Sie ehrenvoll entlaffen?"

„Ja, mein Herr."

„Wollen Sie mir Ihre Entlaffungspapiere zeigen?"
Ich reichte sie ihm. Er musterte sie und sagte dann:
„Wurden Sie jemals verwundet!"
Ich antwortete ihm: „Ja, in der Schlacht vor Williamsburg
am 5. Mai 1861."

Darauf sagte er: „Ich denke, wir können diese Stellung einem
Soldaten geben, der einen Arm oder ein Bein eingebüßt hat, so ei=
ner hat sie weit eher verdient," und dann sagte er, ich sehe gesund
und stark genug aus, um drei weitere Jahre dienen zu können.

Er gab mir keine Gelegenheit, meine Sache zu verfechten. Die
Audienz war zu Ende. Er winkte wieder mit der Hand und ich war
aus der Gegenwart Sr. Herrlichkeit, des Achtb. Kriegs=Secretärs,
entlaffen.

Mein Vater, der im Vorsaale auf mich gewartet hatte, las mir's
vom Gesicht ab, daß ich erfolglos gewesen war. Ich sagte zu meinem
Vater: „Laß' uns hinüber zu Herrn Lincoln gehen, vielleicht fahren
wir da beffer." Er sagte, das würde nichts nützen; aber wir gingen
hinüber. Der Empfangssalon des Herrn Lincoln war voller Da=
men und Herren als wir eintraten, und die Scene, die sich hier vor
uns abspielte, war eine die ich nie vergeffen werde. Auf ihren Knieen
lag in qualvoller Verzweiflung eine Frau, mit thränenübergoffenem
Antlitz, und flehte um das Leben ihres Sohnes, welcher desertirt war
und erschoffen werden sollte. Ich hörte wie Herr Lincoln sagte:
„Madame, beruhigen Sie sich; es ist zu qualvoll für mich. Ich
würde Ihren Sohn begnadigen, wenn es in meiner Macht stände;
aber ein Exempel muß statuirt werden, oder ich werde keine Armee
haben."

Bei dieser Rede fiel die Frau in Ohnmacht. Lincoln winkte sei=
nem Diener, der die Frau aufhob und sie hinaus trug. Alle die im
Zimmer waren weinten.

Jetzt jedoch, die Scene vom Erhabenen in's Lächerliche umgestal=

tend, kam eine große, lebhafte Irländerin als nächste in der Reihe der
Bittsteller, welche, die Arme gegen die Seiten stemmend, zu Herrn
Lincoln sagte: „Herr Lincoln, darf ich Aepfel verkaufen an der Eisen=
bahn?" Lincoln sagte: „Gewiß Madame, Sie können verkaufen
so viel Sie wollen." Da aber erwiederte sie: „Sie müssen mir
einen Paß ausstellen, sonst lassen mich die Soldaten nicht." Lin=
coln schrieb wenige Zeilen und reichte sie ihr hin, worauf sie sagte: „Ich
danke Ihnen Herr, Gott segne Sie." Dieses zeigt, wie schnell und
klar alle Entscheidungen dieses Mannes zu Tage traten.

Ich stand und beobachtete ihn während zwei langer Stunden; er
fertigte einen jeden Fall ebenso schleunig ab wie die obigen, und
zur Zufriedenheit Aller.

Bald kam ich an die Reihe. Lincoln sprach zu meinem Vater
und sagte: „Machen Sie Ihre Angelegenheit so kurz ab wie möglich,
es wird spät." Mein Vater trat zu Herrn Lincoln heran und
stellte mich ihm vor. Lincoln sagte dann: „Nehmen Sie Platz,
meine Herren, und berichten Sie Ihre Angelegenheit so rasch wie
möglich." Da stand nur ein Stuhl neben Lincoln, und somit lud
er mit einer Handbewegung meinen Vater ein, darauf Platz zu neh=
men, während ich stehen blieb. Mein Vater machte ihn mit der An=
gelegenheit bekannt, wie weiter oben schon bemerkt worden ist. Da=
rauf fragte er: „Waren Sie schon bei Herrn Stanton?" Wir sag=
ten ihm „ja", er hätte uns abgewiesen. Herr Lincoln sagte dann:
„Meine Herren, das ist Sache des Herrn Stanton; ich kann mich
nicht in seine Angelegenheiten mischen. Er besorgt alle derartigen
Fälle, und ich bedaure Ihnen nicht dienen zu können."

Er sah, daß wir in unseren Erwartungen getäuscht waren, und
versuchte sein Bestes unsern Muth aufzufrischen. Bei meinem Vater
gelang ihm das, denn der war ein Lincoln=Mann und ein treuer Re=
publikaner.

Herr Lincoln sprach nun: „Meine Herren, ich will Ihnen sagen
wie es ist; solche Gesuche wie dieses eines ist, gelangen tagtäglich Tau=
sende zu mir, aber wir können nicht einem Jeden zu Willen sein, und
zwar aus dem Grunde, weil diese Aemter viel gemein haben mit
Aemterjägern; da sind zu viele Schweinchen für die Zitzen!"

Die Damen die dieses Gespräch mit angehört hatten, hielten sich ihre Taschentücher vor's Gesicht und wandten sich ab. Doch dieser Witz des alten Abe brachte uns wieder in heitere Laune. Wir verabschiedeten uns hierauf aus der Gegenwart des größten und gerechtesten Mannes der je gelebt hat um den Präsidentenstuhl einzunehmen.

Eine von Lincoln's Zerstreutheiten.

Ein amüsanter und doch auch rührender Beweis von der Geistesabwesenheit, die sich Lincoln's zu Zeiten bemächtigte, trat bei einem seiner Lever's zu Tage, als er einem Heer von Besuchern, die an ihm in einem nicht enden wollenden Strome vorüber zogen, die Hände schüttelte. Ein genauer Bekannter von ihm wurde ebenfalls des gewöhnlichen, conventionellen Händeschüttelns und Begrüßtwerdens theilhaftig, aber bemerkend, daß er nicht erkannt wurde, blieb er, anstatt weiter zu gehen, auf seinem Platze stehen und erneuerte seinen Gruß; da erwachte der Präsident zu einem unklaren Bewußtsein, daß etwas Außergewöhnliches vorgefallen sein müsse, und wahrnehmend, wer vor ihm stand, ergriff er die Hand seines Freundes, schüttelte sie nochmals auf's Herzlichste und sagte: „Wie geht es Ihnen? Entschuldigen Sie, alter Freund, daß ich Sie nicht bemerkt habe. Ich dachte an einen Mann drunten im Süden." Er gestand später im Vertrauen ein, daß jener „Mann drunten im Süden" der damals seinen Marsch nach dem Meer ausführende Sherman war.

Lincoln und der Prediger.

Ein Regierungsbeamter kam eines Tages in's Weiße Haus, einen dem geistlichen Stand angehörenden Freund mit sich führend. „Herr Präsident," sagte er, „erlauben Sie mir, Ihnen meinen Freund, den Ehrw. Herrn F. aus —— vorzustellen. Er hat den Wunsch ausgesprochen, Sie kennen zu lernen und mit Ihnen eine kurze Unterhaltung anzuknüpfen, und ich schätze mich glücklich als Mittel zu seiner Einführung dienen zu können."

Der Präsident schüttelte Herrn F. die Hand und lud ihn ein, Platz zu nehmen, während er sich selbst auf einen Sitz niederließ.

Dann, nachdem seine Zü.e den Ausdruck geduldiger Erwartung an=
genommen hatten, sagte er: „Ich bin nun bereit, anzuhören, was
Sie mir zu sagen haben." „Aber, ich bitte Sie," sagte Herr F.,
„ich habe durchaus nichts Besonderes vorzubringen; ich machte Ih=
nen meine Aufwartung nur aus dem alleinigen Grunde, um Ihnen
meine Hochachtung darzubringen und, als einer aus den Millionen,
der Versicherung Ausdruck zu verleihen, daß Sie stets auf meine
Sympathie und Hülfsbereitwilligkeit rechnen können."

„Mein werther Herr," sagte der Präsident, und sich rasch erhe=
bend, ergriff er mit beiden Händen die des Besuchers, während ein
Zug der Erleichterung sein Antlitz umspielte, „ich bin in der That
höchlichst erfreut Sie zu sehen. Ich vermeinte, Sie wären
in der Absicht gekommen, mir etwas vorzupre=
digen."

_____

Eine häusliche Begebenheit. — Lincoln und der kleine „Tad" — (Lincoln's Sohn Thomas).

Am Tage nach der Abhaltung der Heerschau über Burnside's Di=
vision, erzählt Herr Carpenter, stellten sich mehrere Photographen
im Weißen Hause ein, um verschiedentliche stereoskopische Studien
vom Arbeitskabinet des Präsidenten für mich aufzunehmen. Sie er=
baten sich ein dunkeles Closet zur Entwickelung der Bilder, und ohne
zu vermeinen, daß ich den Rechten eines Anderen zu nahe treten
könnte, führte ich sie nach einem unbewohnten Zimmer, von welchem
der kleine „Tad" wenige Tage zuvor Besitz ergriffen hatte. Der=
selbe hatte das Zimmer mit Hülfe mehrerer Diener zu einem Mi=
niatur=Theater eingerichtet, mit Bühne, Vorhang, Orchester, Logen,
Parquett und was sonst noch dazu gehörte. Da ich wußte, daß die
beabsichtigte Benutzung dieses Zimmers seinen Arrangements in kei=
ner Weise Eintrag thun würde, so hegte ich nicht die geringsten Be=
denken, die Männer nach demselben hinzuleiten.

Es ging Alles gut von Statten und ein oder zwei Bilder waren
schon aufgenommen, da mit einem Male hörten wir lärmendes To=
ben. Der in jenem Zimmer beschäftigt gewesene Mann kam zu uns
in's Arbeitskabinet und meldete, daß „Tad" sich sehr entrüstet ge=

zeigt habe, wegen der Benutzung seines Zimmers ohne von ihm Er=
laubniß dazu erhalten zu haben. Er habe soeben die Thüre abge=
schlossen und verwehre einem Jeden den Eintritt. Die Chemikalien
befanden sich schon im Innern des Zimmers und da er den Schlüssel
mit sich genommen, so war ihnen in keiner Weise beizukommen.
Mitten in diesem Gespräch stürzte „Tad" herein, leidenschaftlich auf=
geregt. Er schob alle Schuld auf mich — und sagte, ich hätte kein
Recht sein Zimmer zu benutzen und die Männer dürften nicht mehr
hinein, auch nicht einmal, um ihre Geräthschaften zu holen. Er
habe die Thüre verschlossen und sie sollten da ja nicht mehr hingehen
— „sie hätten in seinem Zimmer nichts zu suchen!"

Herr Lincoln saß zu einer Photographie und befand sich noch auf
dem Sessel. Er sagte in mildem Tone: „Tad, geh' und schließ die
Thür auf." Tad ging murrend und brummend in das Zimmer sei=
ner Mutter und weigerte sich zu gehorchen. Ich folgte ihm nach auf
den Gang, aber da half kein Bitten und Schmeicheln, er verharrte
bei seiner Weigerung. Zum Präsidenten zurückkehrend, fand ich den=
selben noch immer geduldig auf dem Stuhle sitzend, von welchem er
sich noch nicht erhoben hatte.

Er sagte: „Hat der Junge die Thür nicht geöffnet?" Ich ant=
wortete ihm, daß wir nichts mit ihm anzufangen vermocht hätten —
er sei in der verdrießlichsten Laune davongelaufen. Die Lippen des
Herrn Lincoln zogen sich fest zusammen, dann, sich plötzlich erhebend,
schritt er über den Gang mit der Miene eines Mannes, der fest ent=
schlossen ist, Strafe zu ertheilen und verschwand in den Privatge=
mächern. Gleich darauf kehrte er mit dem Schlüssel zur Thür zu=
rück, die er selbst aufschloß. „So," sagte er, „jetzt können Sie
weiter arbeiten, es ist nun Alles in Ordnung."

Er ging darauf zurück in sein Arbeitszimmer, wohin ich ihm
folgte, und seinen Sitz einnehmend, sagte er halb entschuldigend:
„Tad ist ein eigenthümliches Kind. Als ich zu ihm kam, war er
voll des heftigsten Zornes Ich sagte: „Tad, weißt Du wohl, daß
Du Deinem Vater sehr viel Unannehmlichkeiten bereitest?" Er brach
in Thränen aus und gab mir sofort den Schlüssel.

**Ein ergreifendes Ereigniß. — Lincoln, der um seinen da-
hingeschiedenen Sohn trauert, wird von dem
Ehrw. Dr. Vinton getröstet.**

Nach dem Begräbnisse seines Sohnes, William Wallace Lincoln,
im Februar 1862, nahm der Präsident seine amtlichen Pflichten wieder auf, aber nur mechanisch und mit schwerem und betrübtem Herzen. Am darauffolgenden Donnerstag überwältigten ihn seine Gefühle derart, daß er sich von aller Gesellschaft fern hielt. Am zweiten Donnerstag war es ebenso; er wollte Niemanden sehen und
schien eine Beute der tiefsten Melancholie zu sein. Zu dieser Zeit
ungefähr war es, als sich der Ehrw. Francis Vinton, von der Drei-
einigkeitskirche zu New York, veranlaßt sah, mehrere Tage in Washington zuzubringen. Da er ein Bekannter von Frau Lincoln und
deren Schwester, Frau Edwards von Springfield, war, so ließen die
Damen ihn bitten, herauf zu kommen und Herrn Lincoln einen Besuch abzustatten. Die Beiseitesetzung des Donnerstags für die Befriedigung seines Grames hatte nun schon mehrere Wochen stattgefunden und Frau Lincoln fing an, sich ernstlich zu beunruhigen in
Bezug auf die Gesundheit ihres Gatten, und mit dieser Thatsache
wurde Dr. Vinton vertraut gemacht.

Herr Lincoln empfing ihn im Gesellschaftszimmer und bald bot
sich dem Geistlichen eine Gelegenheit dar, ihn wegen der zu Tag ge-
legten Neigung, sich den Bestimmungen der Vorsehung mit einer so
rebellischen Hartnäckigkeit widersetzen zu wollen, ernstlich zu tadeln.
Er sagte ihm frei und offen, daß die Befriedigung oder der Hang
nach derartigen Gefühlen, wenn auch natürlich, nichts destoweniger
sündhaft sei. Unwürdig sei es eines Mannes, der an die christliche
Religion glaube. Er habe den Lebenden gegenüber, als der erwählte
Vater und Führer seines Volkes, größere Pflichten zu erfüllen wie
irgend ein anderer Mann und nun, durch dieses fortgesetzte Beküm-
mert- und Betrübtsein mache er sich unfähig, seinen amtlichen Ver-
antwortlichkeiten Genüge zu leisten. Die Abgeschiedenen als verloren zu betrauern, gehöre dem Heidenthum, nicht aber dem
Christenthum an. „Ihr Sohn," sagte Dr. Vinton, „lebt im
Paradiese. Erinnern Sie sich des Satzes im Evangelium: „Gott

ist nicht der Gott der Todten, sondern der Lebendigen und a l l e leben durch ihn?''

Der Präsident hatte dies wie in einem betäubten Zustand mit angehört, bis die Worte ,,Ihr Sohn lebt'' zu seinem Ohr drangen. Von dem Sopha emporschnellend rief er aus: ,,Lebt! lebt! O sicherlich, Sie spotten meiner.''

,,Nein, mein Herr, glauben Sie mir,'' erwiderte Dr. Vinton, ,,es ist das eine sehr tröstende und erquickende Lehre der Kirche, die sich auf die eigenen Worte von Jesus Christus stützt.''

Herr Lincoln sah ihm einen Augenblick in's Antlitz, dann schnell auf ihn zugehend, schlang er seinen Arm um den Hals des Geistlichen, und seine Hand auf's Herz legend, schluchzte er laut und wiederholte: ,,Lebt! lebt!''

,,Liebster, bester Herr,'' sagte Dr. Vinton tief bewegt, seinen eigenen Arm um den weinenden Vater schlingend, ,,glauben Sie Das, denn es ist die kostbarste Wahrheit Gottes.   Suchen Sie Ihren Sohn nicht unter den Todten; da ist er nicht; er lebt heute im Paradies! Denken Sie über die volle Bedeutung der Worte nach, die ich angeführt habe.   Die Sadduzäer, als sie Jesus befragten, waren der Meinung, daß Abraham, Isaak und Jacob todt und begraben wären.   Beachten Sie die Antwort: ,,Daß aber die Todten wieder auferstehen, hat uns schon Moses bei dem Busch gezeigt, da er den Herrn den Gott Abrahams, den Gott Isaaks und den Gott Jacobs nannte.   Denn er ist nicht der Gott der Todten, sondern der Lebendigen und A l l e l e b e n d u r c h i h n!   Hat nicht der alte Patriarch seine Söhne betrauert? — Joseph ist nicht mehr, Simeon ist nicht mehr und nun wollt ihr Benjamin auch noch nehmen?''   Aber Beide, Joseph und Simeon lebten, obgleich er es nicht glaubte. Daß ihm Joseph genommen wurde, war in Wirklichkeit das Mittel, welches die Erhaltung der ganzen Familie bewirkte.   Und so auch hat Gott Ihren Sohn in das höhere Reich berufen — ein Reich und ein Dasein ebenso wahr, ja wirklicher noch wie das Ihre.   Möglich, daß auch er wie Joseph nach Gottes weisem Rathschluß der Retter der Familie s e i n e s Vaters wird.   Es ist ein Theil von Gottes liebender Fürsorge die Ihnen und den Ihrigen zum guten Ende nur

Glück und Seligkeit bringen wird. Bezweifeln Sie es nicht. Ich habe,'' fuhr Dr. Vinton fort, ,,eine Predigt die sich hierauf bezieht und welche Sie, wie ich vermeine, mit Interesse lesen werden.''

Herr Lincoln bat ihn, ihm dieselbe baldigst zu übermitteln und sprach wiberholt seinen Dank aus für seine tröstenden und hoffnungs= vollen Worte. Die Predigt wurde ihm zugesandt und vom Präsiden= ten wieder und immer wieder gelesen und, ehe er sie retournirte, ließ er sich für seinen persönlichen Gebrauch eine Copie davon anfertigen.

Lincoln trocknet seine thränenden Augen und erzählt eine Geschichte.

A. W. Clark, Congreßmitglied von Watertown, New York, er= zählt folgende interessante Geschichte: Während des Krieges kam einer meiner Constituenten zu mir und berichtete, daß einer seiner Söhne auf dem Schlachtfelde geblieben sei, ein anderer in Anderson= ville seinen Tod gefunden habe und der dritte und letzte Sohn befinde sich in Harpers Ferry auf dem Krankenlager.

Diese Unglücksfälle übten eine solche Wirkung aus auf seine Gat= tin, daß sie vom Wahnsinn befallen wurde. Er wollte nun auf die Entlassung dieses letzten und kranken Sohnes antragen und ihn nach Hause geleiten, in der Hoffnung, daß seinem armen Weibe bei Er= blickung dieses einzigen Sohnes die Vernunft wiederkehren würde. Ich ging mit ihm zum Präsidenten und legte demselben die Sache vor so gut ich vermochte, während der Vater dabei saß und weinte. Der Präsident, tief bewegt, verlangte nach den Papieren und schrieb quer darüber ,,Entlasset diesen Mann.''

Dann, sich die Thränen aus den Augen wischend, drehte er sich um nach dem Thürsteher und sagte: ,,Führe den Mann herein,'' fast als fühle er sich belästigt, was mich veranlaßte zu fragen, warum dem so sei.

Er erwiderte, es sei ein Schreibmeister, der viele Zeit dazu ver= braucht habe, seine Emancipations=Proclamation zu copiren —— sie mit unzähligen Schnörkeln verziert habe und nun erinnere ihn das

an einen Irländer, der eine Stunde gebraucht hatte, um ſein altes
Pferd einzufangen und als er deſſen endlich habhaft geworden war,
da war es keinen Pfifferling werth!

Herrn Lincoln's Commentare zu ſeiner Emanzipations-Proklamation. — Was er zu Herrn Colfax ſagte.

Die letzte Proklamation wurde am Neujahrstage 1863 unterzeich-
net. Der Präſident bemerkte am ſelben Abend Herrn Colfax gegenüber, die Unterſchrift ſei etwas ungleich und unſicher ausgefallen.
„Nicht etwa,‟ ſagte er, „als ob ich gezaubert oder gezögert hätte;
nein, aber es geſchah gleich nach dem öffentlichen Empfang und ein
dreiſtündiges Händeſchütteln iſt nicht dazu angethan, eines Mannes
Handſchrift zu verbeſſern.‟   Dann ſeinen Ton verändernd fügte er
hinzu: „Der Süden iſt genügend gewarnt worden und ſie haben es
vernommen, daß wenn ſie zu ihren Pflichten zurückzukehren ſich wei-
gerten, ich an dem Pfeiler ihrer Macht rütteln würde. Dieſes Ver-
ſprechen muß nun gehalten werden, und niemals werde ich ein einziges
Wort davon zurücknehmen.‟

Lincoln diſputirt gegen die Emanzipations-Proklamation nur, um ſich beſſer darüber zu unterrichten.

Wenn ein von Lincoln abgegebenes Gutachten, das, wenn es auch
öfters geraume Zeit zur Reife bedurfte, dann aber ſo feſt ſtand wie
die ewigen Berge; wenn dieſes, ſagen wir, eine Sache von Wichtigkeit betraf, ſo ſchien in ſeinem Sinne nichts ſo ſehr die Oberhand zu
behaupten wie die Beſtreitung ſeiner eigenen Wünſche, und darüber
plaudernd, legte er ſeine Beweisgründe dar, nur um zu ſehen ob dieſelben widerlegt werden konnten.

Dieſes wird dargethan durch eine Zuſammenkunft zwiſchen ihm
und jener Abordnung Chicagoer Geiſtlicher, die ernannt worden waren um ihn zur Erlaſſung einer Emanzipations-Proklamation zu bewegen, und die am 13. September 1862 ſtattfand, mehr wie einen
Monat nachdem er dem Cabinet die feſte Abſicht kund gegeben hatte,
daß er dieſen Schritt thun werde.

Er sagte zu diesem Comite: „Ich mag kein Dokument erlassen, von dem die ganze Welt erkennen muß, daß es nothwendigerweise ebenso wirkungslos bleiben würde, wie eine päpstliche Bulle gegen einen Kometen!" Nachdem er ihre Ansichten über diesen Gegenstand hervorgelockt hatte, schloß er die Unterredung mit diesen denkwürdigen Worten: „Verstehen Sie mich nicht unrecht weil ich diese Einwürfe erhoben habe. Diese deuten Ihnen die Schwierigkeiten an, die mich bisher von einem Handeln in der von Ihnen vorgeschlagenen Richtung zurückgehalten haben. Ich habe mich nicht g e g e n eine Proklamation der Freiheit für die Sklaven entschieden, sondern werde die Sache in Berathung ziehen. Und ich kann Ihnen die Versicherung geben, daß dieser Gegenstand bei Tag und Nacht meinen Sinn beschäftigt und mir kaum Zeit läßt, an etwas Anderes zu denken. Was auch Gottes Wille sein mag, ich werde ihn ausführen! Ich hoffe, daß ich durch meine freimüthige Weise in der Hervorrufung Ihrer Ansichten keinem von Ihren Gefühlen zu nahe getreten bin."

Lincoln's „Lachen". — Was der Achtb. J. N. Arnold darüber sagt.

Herrn Lincoln's „Lachen" war selbstständig. Das „Wiehern" eines wilden Pferdes auf seiner heimathlichen Prairie konnte nicht unverstellter und herzlicher sein. Eine Gruppe Herren, unter welchen sich sein alter Freund und Berufsgenosse, der Achtb. Isaak N. Arnold von Springfield befand, unterhielten sich eines Tages in dem Gang nahe seinem Arbeitszimmer, während sie auf Einlaß harrten. Eine aus Congreßmitgliedern bestehende Delegation war vor ihnen eingeführt worden und es währte nicht lange, da machte sich eine unverkennbare Stimme in einem Ausbruch von Fröhlichkeit durch die Bretterwand hörbar. Als der Schall hievon verklungen war, bemerkte Herr Arnold: „Dieses Lachen ist das Lebenselixir des Präsidenten."

Lincoln und die Zeitungen.

Bei einer gewissen Veranlassung bewog ein Herren-Comite den Präsidenten, eine neu erfundene „Repetir"-Büchse zu besichtigen, be-

ren Eigenthümlichkeit darin beſtand, daß ſie das Entweichen des Ga=
ſes verhinderte. Nachdem er ſie genügend inſpiziert hatte, ſagte er:
„Na, ich glaube, daß dieſe wirklich ausführt, was man ihr beimißt.
Nun aber, hat nicht vielleicht Jemand etwas von einer Maſchine oder
Erfindung gehört, die das Entweichen des „Gaſes" von Zeitungs=
etabliſſements verhindert?"

Die Kritik. — Deren Wirkung auf Herrn Lincoln. — Eine Froſchgeſchichte die er als Erläuterung zum Beſten giebt.

Heftige Kritiken, Angriffe und Verleumdungen, ob dieſe nun von
Radikalen oder Conſervativen herrührten, ſtörten den Gleichmuth des
Präſidenten ſelten, wenn ſolche zu ſeinen Ohren gelangten. Die
folgende Geſchichte, die er einſtens einem Freunde erzählte, muß mit
etwas Derartigem in Verbindung geſtanden haben:

„Vor mehreren Jahren," ſagte er, „befanden ſich ein Paar Emi=
granten, friſch von der „grünen Inſel" und Arbeit ſuchend, unter=
wegs nach dem Weſten. Eines Abends geriethen ſie ganz zufällig
an einen Weiher und wurden da von einem vollen Ochſenfroſch=Chor
(bull frogs) begrüßt — einer Sorte Muſik, die ihnen bis dahin noch
nie vorgekommen war. „Ba=u=m! B=a=u=m!"

„Ganz von Schrecken überwältigt hielten ſie ihre Shillelah's
nur um ſo feſter und ſchlichen vorſichtig vorwärts, mit ihren Augen
nach allen Richtungen hinſpähend, ob ſich der Feind nicht erblicken
laſſe; aber ſie konnten ſeiner nicht anſichtig werden!

„Zuletzt kam dem an der Spitze Schreitenden eine glückliche Idee
— er ſprang zu ſeinem Kameraden zurück und rief aus: „Und Du
kannſt Dich d'rauf verlaſſen, Jimmy, es iſt meiner Meinung nach
nichts weiter wie ein „Lärm!"

Eine Erzählung Lincoln's von einem Pudel, der an das eine Ende einer langen Stange gebunden, zum Fenſterwaſchen gebraucht wurde.

Ein Freund der mit Herrn Lincoln vom Weißen Haus nach dem
Kriegsminiſterium ſpazierte, erzählte Letzterem die Geſchichte einer

„Kontrebande," welche in die Hände von guten, frommen Leuten ge=
fallen war und von ihnen im Lesen und Beten unterrichtet wurde.

Eines Tages, sich außer aller Hörweite wähnend, begann er ein
Gebet, in welchem er sich Folgendermaßen vorstellte: „Jim Wil=
liams, ein sehr braver Nigger im Fensterwaschen; denke, wirst mich
nun schon kennen."

„Nach einem herzlichen Lachen über, was er die „direkte Art und
Weise, wie dieser seine Sache vorgebracht" nannte, sagte Herr Lin=
coln:

„Die Geschichte an die ich hierdurch erinnert werde, besitzt mit
der eben Erzählten weiter keine Aehnlichkeit, den Theil ausgenom=
men, in dem das „Fensterwaschen" vorkommt. Eine Dame in Phi=
ladelphia besaß ein Schoßhündchen, einen Pudel, der mit einem
Male ganz geheimnißvoll verschwand. Belohnungen wurden für
ihn ausgeschrieben und großes Aufheben gemacht, aber ohne Erfolg.
Mehrere Wochen waren verstrichen und alle Hoffnung auf des Lieb=
lings Rückkehr war geschwunden, als ihn ein Diener eines Tages in
einem Zustand der Beschmutzung hereinbrachte, wie er sich nicht ärger
denken läßt. Die Dame war hocherfreut ihren Liebling wieder zu
sehen, aber tief entsetzt über sein Aussehen.

„Wo fanden Sie ihn?" rief sie aus.

„O," erwiderte der Mann ganz unbefangen, „ein Neger da un=
ten an der Straße hatte ihn an's Ende einer Stange gebunden und
w u s ch F e n st e r m i t i h m."

Lincoln's kurze Rede an das Union-League Comite. — Nur nicht Pferde im Flusse wechseln.

Am Tage nach der Baltimorer Vertagung machten dem Präsiden=
ten verschiedene politische Körperschaften ihre Aufwartungen. Zuerst
kam das Conventions=Comite, welches wiederum eines von einem je=
den vertretenen Staat in sich schloß und ernannt war, ihm seine No=
mination formell anzuzeigen. Diesem folgte die Ohio Delegation
mit Menter's Musikkapelle von Cincinnati und dann die Repräsen=

tant-n der National Union League. Zu Letzteren ſagte er am Schluß
ſeiner kurzen Erwiederung:

„Ich erlaube mir nicht die Vermuthung zu hegen, daß die Convention oder die League der entſchiedenen Meinung geweſen ſein könnte,
daß ich der größte und beſte Mann in Amerika ſei; weit eher vermuthe
ich, daß ſie zu dem Schluß gelangt ſind, es ſei nicht rathſam, während des Ueberſetzens über einen Fluß Pferde zu wechſeln; und dann zu
dem weiteren Schluß, daß ich doch ein ſo übles Pferd nicht bin, um
ihrerſeits mit Sicherheit darauf rechnen zu können, daß ſie bei dem
Verſuche zu w e ch ſ e l n nicht eine T ö l p e l e i begehen würden.".

Ein entlaſſener Offizier zum Weißen Haus 'nausgeworfen.
Herr Lincoln tief beleidigt, und wie er handelte.

Unter den Beſuchern des Weißen Hauſes befand ſich eines Tages
auch ein aus dem Dienſt geſtoßener Offizier. Er hatte eine weit-
ſchweifige Vertheidigung zu Papier gebracht und verſchleuderte viel
Zeit damit dieſe dem Präſidenten vorzuleſen. Als er damit zu Ende
war, antwortete Herr Lincoln, daß auch in Berückſichtigung ſeiner eigenen Angaben über den Fall, die Thatſachen keine exekutive Ein-
miſchung zuließen. Enttäuſcht und ziemlich niedergeſchlagen zog ſich
der Mann zurück.

Wenige Tage ſpäter machte er einen zweiten Verſuch, die Ueberzeugung des Herrn Lincoln zu ändern, im Weſentlichen dieſelben Einzelheiten vorbringend und denſelben Zeitverluſt verurſachend wie das
vorige Mal, doch ohne ſeinen Zweck zu erreichen.

Auch zum d r i t t e n Mal gelang es ihm, ſich in die Gegenwart
des Herrn Lincoln zu drängen, welcher mit großer Geduld eine Wie-
derholung dieſes Thema's bis zu Ende anhörte, aber keine Antwort
von ſich gab. Der Mann ſah ihn einen Augenblick erwartungsvoll
an, erkannte dann aber am Ausdruck ſeiner Geſichtszüge, daß ſein
Sinn nach wie vor dieſelbe Richtung verfolgte. Sich mit heftiger
Geberde umdrehend, ſagte er:

„Wohl, Herr Präſident, ich ſehe Sie ſind völlig entſchloſſen, mir
keine Gerechtigkeit widerfahren zu laſſen."

Das war sogar für Herrn Lincoln zu viel. Ohne jedoch irgend welche Aufregung kund zu geben, mit Ausnahme einer leichten Zusammenziehung seiner Lippen, erhob er sich ganz ruhig, legte eine Rolle Schriften die er in der Hand hatte, vor sich auf den Tisch, und den gewesenen Offizier plötzlich beim Rockkragen packend, marschirte er ihn gewaltsam nach der Thür und sagte, während er ihn auf den Gang hinaus schob:

„Mein Herr, ich verbiete Ihnen hiermit sich in diesem Zimmer jemals wieder blicken zu lassen. Ich kann Tadel ertragen, aber keine Beleidigung!"

In weinerlichem Tone bat der Mann um seine Papiere, die er hatte fallen lassen.

„Hinweg!" sagte der Präsident, „Ihre Papiere sollen Ihnen zugeschickt werden. Kommen Sie mir niemals wieder vor die Augen!"

Lincoln und die Goldspekulanten aus der Wall Straße. — Er wünscht ihnen „ihre verteufelten Köpfe abgeschossen."

Herr Carpenter, der Künstler, ist für Folgendes verantwortlich: Die Bill, durch welche der Schatzamtsecretär bevollmächtigt werden sollte, den Ueberschuß des Goldes zu verkaufen, war kürzlich passirt und Herr Chase befand sich zur Zeit in New York, um diesem Versuch seine persönliche Aufmerksamkeit zu schenken. Gouverneur Curtin sagte zum Präsidenten, indem er dieses Umstandes Erwähnung that: „Ich sehe am Kurszettel, daß dieser Zug des Herrn Chase's das Gold schon um mehrere Prozente herunter getrieben hat."

Das gab Veranlassung zu dem derbsten Ausspruch, den ich je von den Lippen des Herrn Lincoln habe fallen hören. Seine Stirne in der Hitze der Gemüthsaufwallung in tiefe Falten legend, sagte er: „Curtin, was denken Sie von jenen Kerlen in der Wall Straße, die in einer Zeit wie die jetzige eine ist, Goldspekulationen treiben?"

„Eine Bande Gauner sind sie!" versetzte Curtin.

„Ich für meinen Theil," fuhr der Präsident fort, seine geballte Faust auf den Tisch fallen lassend, „ich wünschte einem Jeden von ihnen wäre sein verteufelter Kopf abgeschossen!"

In welchem Ansehen. „Massa Linkum" bei den Negern stand. — Eine Geschichte, die einen tiefen Eindruck auf den Präsidenten machte.

Oberst McKaye von New York, Robert Dale Owen und ein oder zwei andere Herren bildeten in 1863 ein Comite, welches die Zustände unter den befreiten Negersclaven an der Küste von Nord Carolina untersuchen sollte. Bei ihrer Rückkehr von Hilton Head erstatteten sie dem Präsidenten Bericht und im Laufe des Gespräches erzählte Oberst McKaye von den Ideen, welchen diese Leute in Bezug auf Macht und Gewalt huldigten. Er sagte:

Sie besitzen eine Vorstellung von Gott als dem Allmächtigen, haben aber auch in ihren vormaligen Verhältnissen die ganze Wucht der Gewalt ihrer Herren fühlen müssen. Bis zur Zeit, da die Bundessoldaten unter ihnen ihr Erscheinen machten, hatten sie keine Kenntniß von einer andern Macht. Ihre Herren flohen beim Herannahen unserer Soldaten und das verlieh den Sclaven einen Begriff von einer größeren Macht wie die war, der sie sich seither hatten beugen müssen. Diese Macht nannten sie „Massa Linkum."

Eine Anzahl dieser Neger versammelte sich, um ihren Gottesdienst zu verrichten, in einem großen Gebäude, welches sie „Haus des Lobes" nannten; das Haupt dieser Versammlung, ein ehrwürdiger Schwarzer, war als der „Lobpreisende" bekannt. An einem gewissen Tage, da sich eine recht ansehnliche Versammlung eingefunden hatte, entstanden unter verschiedenen Personen Streitigkeiten und Verwirrung in Bezug auf wer und was „Massa Linkum" sei. Inmitten dieser Aufregung gebot das weißköpfige Oberhaupt Schweigen.

„Brüder," sagte er, „Ihr wißt nicht wovon Ihr redet. Jetzt hört was ich Euch sagen werde. Massa Linkum sein überall und weißen Alles" Dann feierlich emporblickend, fügte er hinzu: „Er wandelt auf Erden wie unser Heiland."

Oberst McKaye sagt, daß sich Herr Lincoln von dieser Darstel=
lung tief ergriffen gefühlt habe. Er habe nicht einmal gelächelt, wie
wohl ein Anderer gethan haben würde, sondern sich von seinem Sitz
erhoben und schweigend ein paar Mal im Zimmer auf und ab gegan=
gen. Als er seinen Sitz wieder eingenommen, habe er mit großem
Nachdruck gesagt:

„Es ist eine bedeutungsvolle Sache, der Vorsehung zum Werk=
zeug zu dienen in der Befreiung einer Menschenrasse.''

Eine von Lincoln's letzten Erzählungen.

Eine der letzten Erzählungen die man von Herrn Lincoln gehört
hat, bezog sich auf John Tyler, für den er, wie man annehmen
durfte, keine sonderliche Achtung hegen konnte, da er (Lincoln) wie
bekannt, ein alter Henry Clay Whig war. „Ein oder zwei Jahre
nach Tylers Besteigung des Präsidentenstuhles,'' sagte er, „beabsich=
tigte er eine Lustreise nach irgendwohin zu unternehmen und beauf=
tragte seinen Sohn, einen Eisenbahnzug zu bestellen. Zufälliger=
weise war der Eisenbahn=Superintendent ein sehr starker Whig.
Nachdem „Bob'' seinen Auftrag ausgerichtet, theilte ihm dieser Be=
amte in barscher Weise mit, daß seine Bahn keine Spezial=Züge für
den Präsidenten zur Disposition habe.

„Was!'' sagte „Bob,'' „haben Sie nicht einen Spezial=Zug
für's Begräbniß von General Harrison geliefert?''

„Ja,'' sagte der Superintendent, seinen Bart streichend, „wenn
Sie mir Ihren Vater in d e r Gestalt bringen wollen, so sollen Sie
den schönsten Zug auf der Bahn haben!''

Die Gewohnheiten Lincoln's im Weißen Haus.—Derselbe „alte Abe''. — Eine heitere Handschuh=Geschichte.

Die Gewohnheiten Lincoln's im Weißen Haus waren ebenso ein=
fach wie sie es waren in seiner alten Heimath in Illinois. Er sprach
nie von sich als dem „Präsidenten'' oder als einem der die „Präsi=
bentschaft'' inne hat; sein Amt bezeichnete er stets mit „dieser Platz''.
„Nenne mich Lincoln'', sagte er zu einem Freunde — „Herr Präsi=

dent", deſſen war er überdrüſſig. „Wenn Sie einen Zeitungsjungen
da unten auf der Straße ſehen ſollten ſo ſchicken ſie ihn hier herauf,"
ſagte er zu einem Paſſanten als er an ſeiner Pforte ſtand und auf die
Morgenneuigkeiten wartete.

Seine Freunde ermahnten ihn öfters zur Vorſicht, wenn er ſich inmitten ſeiner Feinde ſo öffentlich zeigte, aber er beachtete ſolches nicht.
Gar oft wanderte er zur Nachtzeit ganz unbeſchützt durch die Straßen
und eine Einſchränkung ſeiner freien Bewegungen betrachtete er als
eine große Beſchwerde. Sehr erfreulich war es für ihn, ſeine fami-
liären Freunde aus dem Weſten zu ſehen, und ſtets hieß er ſie herzlich
willkommen. Er verkehrte mit ihnen auf altem, vertrautem Fuß,
und fiel ſogleich in ſeine alte Gewohnheit des Plauderns und Geſchich-
tenerzählens zurück.

Ein alter Bekannter von ihm beſuchte Waſhington einſtmals in
Begleitung ſeiner Gattin. Herr und Frau Lincoln ſchlugen nun dieſen
Freunden eine Fahrt vor, wozu ſie ſich des Präſidentſchafts-Wagens
bedienen wollten. Hier muß jedoch im Voraus bemerkt werden, daß
dieſe beiden Männer ſich gegenſeitig noch nie zuvor mit Handſchuhen
bewaffnet geſehen hatten, ausgenommen wenn ſie als Schutzmittel
gegen Kälte benutzt worden waren.

Bei einem Jeden nun — Herrn Lincoln im Weißen Haus und ſeinem Freund im Hotel — war die Frage die: ſollte er Handſchuhe anziehen oder nicht. Die Damen natürlich drangen auf Handſchuhe;
Herr Lincoln aber ſteckte ſeine, zum Gebrauch oder Nichtgebrauch, je
nachdem die Umſtände es erheiſchten, in die Taſche.

Als der Präſident mit ſeiner Geſellſchaft im Hotel eintraf um die
Freunde abzuholen, fanden ſie den Herrn, der den Ueberredungskünſten
ſeiner Gattin erlegen war, wunderſchön behandſchuht. Im Moment
da er ſeinen Sitz einnahm, begann er jedoch ſeine feſtſitzenden Bockleder-
nen auszuziehen, während Herr Lincoln damit beſchäftigt war, die ſei-
nigen anzuziehen!

„Nein! nein! nein!" proteſtirte ſein Freund, an ſeinen Handſchuhen zerrend. „Ich habe die Sache nicht angezettelt; thun Sie
Ihre Handſchuhe nur weg, Herr Lincoln!"

Nun ſtanden die beiden alten Freunde auf gleichmäßigem und ver=
trautem Fuß und genoſſen ihre Spazierfahrt nach ihrer alten herge=
brachten Weiſe.

Lincoln zollt den amerikaniſchen Frauen hohes Lob.

Eine Fair zum Beſten der Soldaten, im Patentamt zu Waſhing=
ton abgehalten, zog auch Herrn Lincoln herbei, welcher der Veranſtalt=
ung großes Intereſſe ſchenkte. Es wurde ihm jedoch nicht erlaubt ſich
zu entfernen, ohne einige Worte an die Anweſenden zu richten. „In
dieſem außerordentlichen Kriege", ſagte er, „haben ſich außerordent=
liche Entwickelungen gezeigt, wie ſie in keinem früheren Krieg zu Tag
getreten ſind; und unter dieſen Kundgebungen iſt keine bemerkens=
werther wie dieſe Fairs zum Beſten der leidenden Soldaten und deren
Familien; und in dieſen Fairs ſind die Frauen die wirkende Kraft. Ich
bin es nicht gewohnt eine lobredneriſche Sprache zu führen; noch nie habe
ich die Kunſt ſtudirt, Frauen Complimente zu machen; aber ſoviel muß
ich ſagen, daß wenn alle jene Lieder, die ſeit Erſchaffung der Welt
von Sängern und Dichtern dem Lob der Frauen geſungen worden
ſind, auf die Frauen Amerika's angewendet würden, ſo würde ihnen
in Bezug auf ihr Verhalten während des Krieges noch keine Gerech=
tigkeit widerfahren. Zum Schluß ſage ich: Gott ſegne die Frauen
Amerika's!"

Lincoln in der Stunde tiefer Trübſal. — Er ruft ſich die Gebete ſeiner Mutter in's Gedächtniß zurück.

Im Februar 1862 wurde Herr Lincoln von einer ſchweren Be=
trübniß heimgeſucht, herbeigeführt durch den Tod ſeines liebreizenden
Söhnchens Willie, und der ſchweren Erkrankung ſeines Sohnes Tho=
mas, ſchlechthin „Tad" genannt. Das war eine neue Bürde, und
die Heimſuchung, die er in ſeinem feſten Glauben an die Vorſehung
als von dieſer ausgehend betrachtete, war gewiſſermaßen unerklärlich.
Eine fromme Dame von Maſſachuſetts, welche zur Zeit in einem der
Spitäler als Krankenwärterin fungirte, kam herbei um die kranken
Kinder zu verpflegen. Sie berichtet, daß Herr Lincoln ſich mit ihr in

die Verpflegung der Kleinen theilte und zum Oefteren im Gemach auf und ab schritt, traurig ausrufend:

„Das ist die schwerste Prüfung meines Lebens; warum denn nur? Warum denn nur?"

Im Laufe einer Unterhaltung befragte er sie in Bezug auf ihre Lage. Sie sagte ihm, daß sie Wittwe sei, ihr Gatte und zwei Kinder wären im Himmel; dann fügte sie bei, daß sie hierin die Hand Gottes erkenne und sie Ihn zuvor nie so geliebt habe, wie seit ihrem Mißgeschick.

„Wie ist das aber möglich?" erkundigte sich Herr Lincoln.

„Ganz allein durch das Vertrauen auf Gott und das Bewußtsein, daß Er Alles zum Besten führen wird," antwortete sie.

„Hatten Sie sich beim ersten Verlust dem Willen Gottes schon gänzlich unterworfen?" frug er.

„Nein," erwiderte sie, „nicht ganz; doch, nachdem Schlag auf Schlag erfolgte und sie mir Alle genommen wurden, konnte ich mich demüthigen und that es auch, und bin glücklich gewesen."

Er versetzte: „Es freut mich, das von Ihnen zu hören. Ihre Erfahrungen werden mir eine Stütze sein in der Ertragung meiner Kümmernisse."

Als man ihm die Versicherung gab, daß viele Christen am Morgen des Begräbnisses für ihn beteten, trocknete er sich die Thränen, die ihm in die Augen getreten waren und sagte:

„Es freut mich das zu hören. Sie sollen für mich beten. Ich bedarf ihrer Gebete."

Als er sich hinausbegab zum Begräbnisse, drückte ihm die gute Dame ihr Beileid aus. Er dankte ihr mit freundlicher Milde und sagte:

„Ich will versuchen zu Gott zu gehen mit meiner Trübsal."

Wenige Tage nachher frug sie ihn ob er Gott vertrauen könne. Er antwortete:

„Ich glaube es zu können und ich will es versuchen. Ich wollte ich besäße jenes kindliche Vertrauen von dem Sie mir sagten, aber ich hoffe, daß Er es mir verleihen wird."

Und dann sprach er von seiner Mutter die er draußen in der Wild-

niß von Indiana vor so vielen Jahren schon in die Erde gebettet
hatte. In dieser schweren Stunde der Prüfung gedachte er mit den
zärtlichsten Erinnerungen ihrer, die ihn so oft an ihren mütterlichen
Busen gedrückt und in den Anfechtungen seiner Kindheit getröstet
hatte. „Ich erinnere mich ihrer Gebete," sagte er, „und die ha=
ben mich stets begleitet. Sie haben fest gehalten
an mir durch's ganze Leben."

Ein betender Präsident. — „Gebet und Lobpreisung."

Nach der zweiten Niederlage bei Bull Run schien Herr Lincoln
sehr niedergeschlagen über die Zahl der Getödteten und Verwundeten
und sagte deßhalb zu einer Freundin: „Ich habe gethan was ich
vermocht. Ich habe Gott gebeten mich zu leiten und nun muß ich
den Ausgang ihm überlassen."

Bei einer anderen Veranlassung, nachdem man ihm berichtet hatte,
daß an einem entfernten, wichtigen Punkte eine Schlacht im Gange
sei, trat er matten und sorgenvollen Antlitzes in das Zimmer, in wel=
chem diese Dame mit der Verpflegung eines kranken Mitglieds seiner
Familie beschäftigt war und sagte, er sei so besorgt und aufgeregt,
daß er nichts genießen könne. Die Möglichkeit einer Niederlage
lastete schwer auf ihm; die Dame sagte, er solle Vertrauen haben
und zu Gott beten.

„Ja," sagte er, und eine Bibel ergreifend ging er in sein Zim=
mer.

Hätte alles Volk dieser Nation das ernste Flehen hören können,
welches von diesem Gemach emporstieg und wie solches zu den Ohren
der Wärterin drang, so wäre es auf die Knie niedergefallen in thrä=
nenvoller und ehrerbietiger Theilnahme.

Um ein Uhr des Nachmittags erhielt er ein Telegramm, einen
Sieg des Bundesheeres verkündend; schnurstracks eilte er in's Zim=
mer mit freudestrahlendem Antlitz und rief: „Frohe Botschaft!
Frohe Botschaft! Der Sieg ist unser und Gott ist gütig."

„Es geht nichts über's Gebet," meinte die fromme Dame, die
einen direkten Zusammenhang sah zwischen dem Erfolge und den vor=
hergehenden Gebeten.

„O ja, doch," antwortete er, „Lobpreifung — Gebet und Lob=
preifung."

Die gute Dame, welche diefe Begebenheiten mittheilt, befchließt
diefelben mit den Worten: „Ich glaube, er war ein guter Chrift,
nur befaß er fehr wenig Selbftvertrauen."

Erzählen einer Geschichte und Begnadigung eines Solda= ten. — Wie Lincoln Beides that.

General Fist, einftmals einem Empfang im Weißen Haufe bei=
wohnend, gewahrte im Vorzimmer fitzend einen armen, alten Mann
aus Tenneffee. Sich neben ihm niederlaffend, erkundigte er fich nach
feinem Begehr und vernahm von ihm, daß er fchon feit drei oder vier
Tagen auf eine Audienz warte und daß von einer Befprechung mit
Herrn Lincoln wahrfcheinlicher Weife das Leben feines Sohnes ab=
hänge, der wegen eines militärifchen Vergehens zum Tode verur=
theilt fei.

General Fist fchrieb diefen Fall in kurzen Umriffen auf eine
Karte und fandte diefe hinein mit der befonderen Bitte, daß der Prä=
fident die en Mann vorlaffen möge. Im nächften Augenblick kam
der Befehl; und vorbei an Senatoren, Gouverneuren und Genera=
len, die ungeduldig auf Einlaß warteten, fchritt der alte Mann in
die Gegenwart des Präfidenten.

Er zeigte Herrn Lincoln feine Papiere und fie hinnehmend fagte
diefer, er würde den Fall unterfuchen und ihm am folgenden Tage
das Refultat mittheilen.

Der alte Mann, voll peinlicher Beforgniß, fah empor zu des
Präfidenten theilnahmsvollem Antlitz und mit angftbeklommener
Stimme rief er aus:

„Morgen möchte es zu fpät fein! Mein Sohn ift zum Tode ver=
urtheilt! O, treffen Sie die Entfcheidung jetzt!" und feine fließen=
den Thränen zeigten feine tiefe Bewegung.

„Nun, wohlan," fagte Herr Lincoln, „warten Sie ein Weil=
chen und ich will Ihnen eine Gefchichte erzählen;" und nun erzählte
er dem alten Mann General Fist's Gefchichte von dem fluchenden
Fuhrmann, wie folgt:.

Der General betrat seine militärische Laufbahn als Oberst und als er sein Regiment in Missouri organisirte, machte er seinen Leuten den Vorschlag, daß er das Fluchen des Regimentes allein besorgen wolle. Sie erklärten sich damit einverstanden und während mehre= ren Monaten ereignete sich nichts, wodurch ein Wortbruch hätte kon= statirt werden können. Der Oberst hatte einen Fuhrmann Namens John Tobb, welcher, da die Landstraßen nicht immer die besten wa= ren, zum Oefteren große Mühe hatte,.. sein Temperament und seine Zunge im Zaum zu halten. Nun begab es sich, daß John mit einem Gespann Maulesel durch eine Reihe tiefer Sumpflöcher fahren mußte, die noch etwas bodenloser waren wie gewöhnlich, da aber, nicht im Stande noch länger an sich zu halten, entfuhr ihm ein Strom der allerkräftigsten, energischsten Flüche. Der Oberst notirte sich die= ses Vergehen und zog John deshalb zur Rechenschaft.

„John," sagte er, „hast Du nicht versprochen, mir das Fluchen. für's Regiment zu überlassen?"

„Ja, das that ich Herr Oberst," erwiderte er, „aber die Sache war die, das Fluchen mußte gerade an Ort und Stelle ge= schehen oder gar nicht, und Sie waren ja nicht dort, um es zu besorgen."

Während er diese Geschichte vortrug, vergaß der Alte sein Leib= wesen um seinen Sohn, und der Präsident und sein Zuhörer brachen beim Schluß.derselben in ein herzliches Lachen aus. Dann schrieb er wenige Worte auf ein Blatt Papier die der Alte überlas und die ihm neuen Anlaß zu Thränen boten, aber die Thränen waren Freu= denthränen, denn diese Worte retteten seinem Sohne das Leben.

In allen bedeutungsreichen Vorkommnissen seiner letzten Jahre, war Lincoln's Vertrauen auf die Leitung und Hülfe die von Oben kommt, oftmals überaus rührend.

„Unzählige Male sah ich mich gezwungen niederzusinken auf mei= ne Knie," bemerkte er einstens, „weil ich überzeugt war, daß mir kein anderer Weg offen stand. Meine eigene Weisheit und Alles was um mich war, schien mir an einem solchen Tage ungenügend."

Das National Lincoln-Monument.

Auf dem Oak Ridge Friedhof zu Springfield, Ill. Der Sockel dieses Monuments mißt 72½ Fuß im Quadrat, und, einschließlich des kreisförmigen Vorsprungs der Gruft im Norden und der Gedächtnißhalle im Süden hat das Ganze eine Länge von 119½ Fuß. Höhe der Terrasse bis zur Spitze des Obelisken 82 Fuß, 6½ Zoll. Von der Grabirung bis zum Gipfel der vier runden Piedestale 28 Fuß, 4 Zoll, und bis zur Spitze des Piedestals der Lincoln Statue 35½ Fuß. Totale Höhe vom Boden bis zur Spitze des Obelisken 98 Fuß, 4½ Zoll. Kosten des Baues ungefähr $200,000.

Kriegsgeschichten.

Lincoln's Kriegsgeschichte von Andy (Andreas) Johnson. — Andy nimmt einen zweifelhaften Antheil an den Gebeten des Obersten Moody.

Oberst Moody, „der kriegerische Methodisten Prediger," wie er in Tennessee genannt wurde, traf in Philadelphia, wo er einer Methodisten-Conferenz beiwohnte, mit dem Präsidenten zusammen und erzählte diesem folgende Geschichte, die wir hier wiedergeben wie sie Herr Lincoln einem Freunde mittheilte:

„Er erzählte mir," sagte er, „eine Geschichte von Andy Johnson und dem General Buel, die mich lebhaft interessirt hat. Der Oberst befand sich an dem Tage, an dem es hieß, General Buel habe sich entschlossen, die Stadt zu räumen, zufällig in Nashville. Die Rebellen befanden sich, glaubwürdigen Berichten zufolge, nur noch zwei Tagesmärsche von der Hauptstadt entfernt. Natürlich herrschte die größte Aufregung in der Stadt. Moody bemühte sich Johnson aufzufinden, und fand ihn gegen Abend in seiner Office in geheimer Berathung mit zwei Herren, die, einer an jeder Seite von ihm gehend, mit ihm im Zimmer auf und ab spazierten. Wie er eintrat zogen sie sich zurück und ließen ihn allein mit Johnson, der auf ihn zukommend, tief erregt sagte: „Moody, wir sind schmählich betrogen! Buel ist ein Verräther! Er will die Stadt räumen und in zweimal vierundzwanzig Stunden befinden wir uns in den Händen der Rebellen! Hierauf begann er im Zimmer auf und ab zu schreiten, seine Hände ringend und wie ein gefangener Tiger tobend, ganz und gar unempfindlich für die Bitten seines Freundes, sich zu beruhigen. Plötzlich drehte er sich um und sagte:

„Moody, können Sie beten?"

„Das ist meine Sache, als einem Prediger des Evangeliums," sagte der Oberst.

„Nein, gewiß Moody, ich wünschte, daß Sie beteten," sagte

Johnson und sofort fielen Beide an entgegengesetzten Seiten des Zimmers nieder auf ihre Knie.

Als das Gebet inniger und wärmer wurde, responbirte er nach echter Methobisten=Manier. Es währte nicht lange, da rutschte er auf den Knieen herüber an die Seite Moody's, schlang seinen Arm um ihn und gab die tieffste Gemüthsbewegung kund. Das Gebet mit einem herzlichen „Amen" beschließend, erhoben sie sich.

Johnson holte tief Athem und sagte mit Nachbruck: „Moody, ich fühle besser!" Gleich darauf frug er:

„Wollen Sie zu mir halten?"

„Gewiß werde ich das!" war die Antwort.

„Wohlan, Moody, ich kann mich also auf Sie verlassen; Sie sind ein einziger aus Hunderttausend!" Hierauf nahm er seine Zimmerwanderung wieder auf. Mit einem Male hielt er an, sein Gebankenlauf hatte eine andere Richtung genommen und er sagte: „Aber hören Sie, Moody, Sie müssen nicht glauben, daß ich ein frommgläubiger Mann geworden sei, weil ich Sie ersucht habe zu beten. Es thut mir leib es sagen zu müssen, aber ich bin nichts Derartiges und habe noch niemals auf Frommgläubigkeit Anspruch gemacht. Das weiß Niemand besser wie Sie; doch das Eine will ich sagen, Moody — ich glaube an den Allmächtigen Gott! Ich glaube auch an die Bibel und ich sage, verd—t will ich sein, wenn Nashville übergeben werden soll!"

Und Nashville wurde nicht übergeben.

Ein Soldat, welcher keine königliche Würde kannte.

Hauptmann Mix, weiland Anführer der Leibwache des Präsidenten, erzählte einem Freunde folgende Geschichte:

Von der Soldaten=Heimath an einem trüben Morgen zur Stadt zurückkehrend, stießen sie auf ein Regiment, welches in die Stadt hinein marschirte. Ein „Nachzügler", schwer bepackt mit Lager=Utensilien, wurde vom Präsidenten mit der Frage angeredet:

„Mein Junge, was ist das?" Bezug nehmend auf die Benennung des Regimentes.

„'s ist ein Regiment," sagte der Soldat kurz, dabei seinen Weg mit fest auf den Boden gerichtetem Blick weiter verfolgend.

„Ja, das seh' ich," versetzte der Präsident, „ich möchte aber wissen was für eins."

„—— Pennsylvania," antwortete der Mann im selben Tone, weder rechts noch links schauend.

Als der Wagen weiter fuhr, drehte sich Herr Lincoln um nach dem Hauptmann Mir und sagte fröhlich auflachend, „es ist augenscheinlich, daß der Patron in unserem Aufzug hier kein „königliches" Blut riechen konnte.

Ein Soldatenknabe, gegen welchen sich Lincoln zu verbeugen wünschte.

„Präsident Lincoln," sagt der Achtb. W. D. Kell, „war ein großer und vielseitiger Mann, und dennoch von solcher Einfachheit, daß sich ihm auch Keiner, nicht einmal ein Kind, nähern konnte ohne zu fühlen, daß er einen theilnehmenden Freund an ihm gefunden habe.

Ich erinnere mich, ihn von der Thatsache in Kenntniß gesetzt zu haben, daß ein Knabe, der Sohn eines Bürgers meiner Heimathstadt, ein Jahr an Bord des Kanonenbootes „Ottawa" gedient und zwei bedeutende Gefechte mit durchgemacht habe. Im ersten wurde er als Pulverjunge verwendet, wobei er sich mit solcher Kaltblütigkeit betrug, daß er im zweiten schon zum Kapitains-Laufburschen avancirte; und ich machte den Präsidenten darauf aufmerksam, daß er ermächtigt sei jährlich drei Knaben, von deren ein jeder mindestens ein Jahr in der Marine gedient haben mußte, auf die Marineschule zu schicken.

Er schrieb sofort einige Zeilen an den Marinesekretär, wobei er sich der Rückseite eines Briefes bediente, den ich ihm vom Kommandanten des „Ottawa" überreicht hatte, und diese lauteten: „Sollten die Ernennungen für dieses Jahr noch nicht gemacht sein, so sehen Sie zu, daß dieser Knabe ernannt wird." Die Ernennungen waren noch nicht erfolgt und ich brachte die seinige mit nach Hause. In dieser wurde der Knabe angewiesen, sich im Juli in der Schule zur Prüfung einzufinden. Gerade als er sich dorthin auf den Weg begeben wollte, machte sein Vater, der die hierauf bezüglichen Gesetze einer

Durchsicht unterworfen hatte, die Entdeckung, daß er sich nicht mel=
ben könne bis er sein vierzehntes Jahr erreicht hatte, und dieser Fall
trat erst im darauffolgenden September ein. Das arme Kind setzte
sich hin und weinte. Er befürchtete nun, die Schule gar nie besuchen
zu dürfen, tröstete sich jedoch bald wieder als man ihm sagte, der Prä=
sident könnte das schon rechtmachen. Am anderen Morgen war ich
so glücklich, mit ihm und seinem Vater an der Thüre des Executiv=
Gebäudes zusammen zu treffen.

Das kleine Kerlchen bei der Hand fassend — klein für sein Alter,
im blauen Matrosen=Anzug — schritt ich mit ihm auf den Präsiden=
ten zu, welcher in seinem gewöhnlichen Sessel saß, und sagte:

„Herr Präsident, mein kleiner Freund, Willie Blaben, findet,
daß ihm in Bezug auf seine Ernennung ein Hinderniß im Wege steht.
Sie haben ihn angewiesen, sich im Juli auf der Schule zu melden,
aber er hat noch nicht die vollen vierzehn Jahre." Doch noch ehe ich
Obiges halb beendet hatte, legte Herr Lincoln seine Brille nieder,
erhob sich und sagte: „J, der Tausend! ist das der Junge der sich in
jenen zwei Gefechten so tapfer benommen hat? Da sollte ich mich ja
vor ihm verbeugen und nicht er gegen mich!" Das kleine Kerlchen
hatte ihm nämlich einen graziösen Diener gemacht.

Der Präsident ließ sich die Papiere überreichen, und nachdem er
sich überzeugt hatte, daß ein Aufschub bis zum September genüge,
ordnete er an, daß der Knabe sich in jenem Monat melden solle; dann
seine Hand auf Willie's Haupt legend, sagte er:

„So, mein Junge, nun geh' nach Hause und amüsire Dich gut
während diesen zwei Monaten, denn das werden wohl so ziemlich die
letzten Feiertage sein, die Du erhältst. Der Kleine verbeugte sich
nochmals während er rücklings durch die Thüre schritt, und nahm das
Gefühl mit sich von dannen, daß der Präsident, wenn auch ein großer
Mann, doch einer sei, mit dem er sich ein klein wenig herumbalgen
möchte.

Die Geschichte von Sallie Ward's praktischer Philosophie.

Als das Telegramm von Cumberland Gap Herrn Lincoln über=
reicht wurde, welches anzeigte, daß der Donner von Geschützen in der

Richtung von Knoxville gehört würde, sagte er, das freue ihn. Eine anwesende Persönlichkeit, welcher das Gefahrvolle von Burnside's Position zumeist im Sinn lag, konnte nicht begreifen warum sich Lincoln freuen sollte, und sprach sich auch dahingehend aus.

„Ja, sehen Sie," versetzte der Präsident, „es erinnert mich an Sallie Ward, einer Nachbarin von mir, die eine sehr große Familie hatte. Dann und wann konnte man einer ihrer zahlreichen Sprößlinge in irgend einem entlegenen Winkel schreien und heulen hören, worauf Frau Ward gewöhnlich ausrief:

„Da ist eins von meinen Kindern, welches noch nicht todt ist!"

Lincoln begnadigt einen Soldaten während er im Bett liegt.

Der Achtb. Herr Kellogg, Repräsentant von Essex County, New York, erhielt eines Abends eine Depesche von der Armee, die ihm anzeigte, daß ein junger Mann aus seiner Ortschaft, der durch sein Hinzuthun sich hatte anwerben lassen, wegen eines ernsten Vergehens von einem Kriegsgericht verurtheilt worden sei und am folgenden Tage erschossen werden sollte. In großer Aufregung begab sich Herr Kellogg zum Kriegssecretär und drang mit allen ihm zu Gebote stehenden Mitteln auf eine Suspension des Urtheils. Stanton war unerbittlich.

„Schon bei zu vielen derartigen Fällen hat man Gnade obwalten lassen," sagte er, „und es ist Zeit, daß ein Exempel statuirt wird."

Sein rednerisches Talent umsonst erschöpft habend, sagte Herr Kellogg: „Nun gut, Herr Secretär, ich sage Ihnen nur so viel, der Junge wird nicht erschossen!"

Das Kriegsministerium verlassend, ging er schnurstracks hinüber zum Weißen Haus, obgleich die Stunde schon weit vorgerückt war. Die Schildwache, die auf Posten stand, sagte ihm, daß der spezielle Befehl ertheilt worden sei, Niemanden mehr heute Nacht einzulassen. Nach einer langen Unterhandlung und nachdem der Congreßmann sein Wort verpfändet hatte, daß er alle Verantwortung in Bezug auf diese Sache auf sich nehmen werde, wurde ihm der Eintritt gestattet.

Der Präsident hatte sich schon zurückgezogen, doch alle Etiquette und Ceremonien bei Seite setzend, überstieg Richter Kellogg alle Hindernisse, die sich ihm auf dem Wege zum Schlafzimmer des Herrn Lincoln entgegenstellten, und erreichte endlich das ersehnte Ziel. Mit einer vor Aufregung zitternden Stimme berichtete er dem Präsidenten, daß die Depesche soeben in seine Hände gelangt sei, in welcher ihm die Stunde, die zur Vollstreckung des Urtheils angesetzt sei, angezeigt werde.

„Dieser Mann darf nicht erschossen werden, Herr Präsident,'' sagte er. „Was er gethan haben mag, daran kann ich natürlich nichts ändern; aber er ist ein alter Nachbar von mir und ich kann es nicht zugeben, daß er erschossen wird!''

Herr Lincoln war in seinem Bett verblieben und hörte den heftigen Protestationen seines alten Freundes (sie waren zusammen im Congreß gewesen) ruhig zu. Endlich sagte er: „Na, ich glaube auch nicht, daß ihm das E r s c h i e ß e n etwas nützen wird. Geben Sie mir 'mal die Feder her.'' Und dieses sagend, wurde "red tape" ohne viele Umstände durchschnitten und eines armen Teufels Lebensfrist indefinitiv verlängert.

Was Lincoln als das „größte Ereigniß des neunzehnten Jahrhunderts'' bezeichnete. — Lincoln's Gelübde vor Gott.

Das folgende Begebniß, seiner bedeutungsvollen Thatsachen halber merkwürdig, wird von Herrn Carpenter, dem Maler, erzählt:

Herr Chase, sagt Herr Carpenter, machte mir einstens die Mittheilung, daß in der Cabinetsversammlung die unmittelbar nach der Schlacht von Antietam und kurz vor der Erlassung der September-Proklamation stattfand, der Präsident die vorliegenden Geschäfte mit den Worten aufgenommen habe: „Die Zeit zur Verkündigung der Emanzipations-Politik kann nicht mehr länger hinausgeschoben werden. Die Gesinnung des Volkes wird sie unterstützen — viele meiner wärmsten Freunde und Anhänger verlangen sie — u n d i c h h a b e e s m e i n e m G o t t g e l o b t a l s o z u t h u n!'', Der

letzte Satz wurde mit gedämpfter Stimme ausgesprochen und wurde
scheinbar nur vom Minister Chase gehört, der in seiner Nähe saß.
Er frug den Präsidenten, ob er ihn recht verstanden habe. Herr
Lincoln antwortete:

„Ich habe vor Gott ein heiliges Gelübde ge=
than, daß, wenn General Lee aus Pennsylvanien
zurückgetrieben werden sollte, ich dem Resultat
durch die Proklamation der Freiheit für die
Sclaven die Krone aufsetzen würde.“

Im Februar 1865, wenige Tage nach dem Amendement zur
Staatsverfassung, reiste ich nach Washington und wurde von Herrn
Lincoln mit eben derselben Herzlichkeit und Vertrautheit aufgenom=
men, wie ich es von ihm von früher her gewohnt war. Ich sagte ihm
wie stolz ich darauf sei, der Künstler zu sein, welcher zuerst auf die
Idee gekommen war, ein Gemälde herzustellen zum Andenken an die
Emanzipations=Akte; daß mich nachträgliche Ereignisse nur in mei=
ner früher ausgesprochenen Meinung bestärkt hätten, daß dieses
Werk das erhabenste moralische Ereigniß unserer Landesgeschichte sei.
„Ja,“ sagte er — und ich müßte mich nicht zu entsinnen, daß ich
an ihm jemals mehr ernstliche Feierlichkeit wahrgenommen hätte —
„wie sich die Sachlage nun gestaltet, ist es das Hauptwerk
meiner Administration und das große Ereigniß
des neunzehnten Jahrhunderts.“

Lincoln will sich von einem seiner Generäle „die Armee borgen.“

Bei einer gewissen Gelegenheit sagte der Präsident zu einem
Freunde, er befände sich in großer Bedrängniß; er sei in General
McClellan's Wohnung gewesen und der General habe ihn nicht zu
sprechen verlangt, und da er doch zu Jemanden reden müsse, so habe
er General Franklin und mich herbei rufen lassen, um unsere Mei=
nung zu hören in Betreff der Thunlichkeit, mit der Potomac=Armee
baldmöglichst aktive Operationen zu unternehmen. Seinen eigenen
Ausspruch gebrauchend, wenn nicht bald etwas geschehen würde, so

werde der ganzen Geschichte der Boden ausfallen; und wenn Mc=
Clellan von der Armee keinen Gebrauch machen wolle, so möchte er
sie von ihm l e i h e n, jedoch mit dem Beding, daß er vorerst Klar=
heit darüber haben müßte, wie diese nutzbringend anzuwenden sei.

Lincoln konnte einem Soldaten nicht erlauben, höflicher zu sein wie er selbst.

Die Miene und Geberde mit welcher der Präsident die Salutation
der Wache vor dem Weißen Hause entgegennahm, sagt Herr Carpen=
ter, war wahrhaft rührend. Sobald er sich in der Säulenhalle
zeigte auf dem Wege nach dem Kriegs= oder Schatz=Amte, oder auch
von daher kommend, so war das natürlich für die auf Posten stehende
Schildwache das Zeichen, das Gewehr zu präsentiren und die Wache
herauszurufen.

Das nun wurde von Herrn Lincoln jedes Mal mit einer eigen=
thümlichen Verbeugung und Berührung seines Hutes erwiedert,
mochte das den Tag über so oft passiren wie es wollte, und mir schien
es Seinerseits jedes Mal ebenso sehr eine schmeichelhafte Anerken=
nung der Ehrerbietigkeit der Soldaten zu sein, wie es für Letztere
ein Zeichen der Pflicht und der ihm zu zollenden Achtung darstellte.

Ein interessanter Besuch in den Hospitälern. — Wie die Soldaten ihn aufnahmen. — Er trifft auf einen ver= wundeten Conföderirten, der ihn um Verzeihung anfleht. — Der Präsident weint.

Am Montag vor dem Meuchelmord, als sich der Präsident auf
der Rückreise von Richmond befand, hielt er in City Point an. Den
obersten Militärarzt daselbst aufsuchend, sagte er diesem, daß er alle
unter seiner Aufsicht sich befindenden Lazarethe zu besuchen wünsche
und Verlangen hege, einem jeden Soldaten die Hand zu drücken. Der
Arzt fragte ihn, ob er auch wisse, was das auf sich hätte, da sich fünf
oder sechs Tausend Soldaten an dem Platze befänden und es keine
geringe Aufgabe für seine Kräfte sein würde, alle die verschiedenen
Abtheilungen zu durchgehen und einem jeden Soldaten die Hand zu

schütteln. Herr Lincoln antwortete mit einem Lächeln, er glaube sich
der Aufgabe gewachsen; er wolle es auf alle Fälle versuchen und so
weit gehen wie er könne. Er würde die armen Jungen vielleicht nicht
wieder sehen, und er wünsche ihnen den Beweis zu liefern, daß er zu
würdigen wisse, was sie für ihr Land gethan.

Erkennend, daß es nutzlos sein würde, ihm sein Vorhaben auszu-
reden, trat der Arzt die Runde mit dem Präsidenten an, welcher von
Bett zu Bett gehend, einem Jeden die Hand reichte, diesen einige
freundliche Worte der Theilnahme zusprach und bei jenen sich in herzgewinnender Weise nach ihrem Befinden u. s. w. erkundigte, wobei er
von allen mit der größten Herzlichkeit bewillkommnet wurde.

Auf ihrer Wanderung gelangten sie auch in eine Abtheilung, in
welcher ein verwundeter Rebellengefangener lag. Als die hohe Gestalt des liebevollen Besuchers sichtbar wurde, erkannte der Rebellen-
soldat den Präsidenten, richtete sich auf seinen Ellbogen gestützt im
Bette in die Höhe und wartete in dieser Lage das Herankommen des
Präsidenten ab, dem er, während ihm die Thränen über die Wangen
rollten, seine Hand entgegenstreckte und sprach:

„Herr Lincoln, schon lange habe ich mich nach Ihnen gesehnt, um
Sie um Verzeihung bitten zu können, daß ich jemals meine Hand gegen die alte Flagge erheben konnte.‘‘

Herr Lincoln war hievon so bewegt, daß ihm die Thränen selbst in
die Augen traten. Herzlich schüttelte er dem reumüthigen Rebellen
die Hand, versicherte ihn seines Wohlwollens und ging, ihm noch
einige gute Rathschläge ertheilend, weiter.

Nachdem etliche Stunden mit der Besichtigung der Lazarethe ver-
bracht worden waren, kehrte der Präsident mit dem Arzt in dessen
Office zurück. Kaum hatten sie dieselbe betreten, da erschien auch
schon ein Bote mit der Meldung, daß eine Abtheilung übergangen
worden sei und die „Buben‘‘ den Präsidenten sehen wollten. Der
Arzt der sehr ermüdet war und wußte, daß bei Lincoln dasselbe der
Fall sein mußte, versuchte ihn von einem nochmaligen Gange abzu-
halten. Aber der gute Mann sagte, er müsse gehen, da er wissentlich
keinen übergehen wolle; denn die Buben würden sich in ihren Er-

wartungen all' zu sehr getäuscht fühlen. Also machte er sich mit dem Boten auf den Weg, schüttelte den erfreuten Soldaten die Hand und begab sich wieder zurück nach der Office. Der Arzt sprach die Befürchtung aus, daß der Arm des Präsidenten von dem vielen Händeschütteln so erlahmt sein müsse, daß derselbe ihn sicherlich schmerze. Herr Lincoln lächelte, und seiner „starken Muskeln" erwähnend, trat er hinaus durch die offene Thür, ergriff eine große, schwere Axt, die da bei einem gefällten Baumstamme lag und hieb damit einige Momente lang in so lebhafter Weise auf denselben ein, daß die Spähne nach allen Richtungen flogen. Nach einer Pause streckte er seinen Arm der vollen Länge nach aus, die Axt damit in horizontaler Richtung haltend, ohne daß diese auch nur im Mindesten gezittert hätte, während er sie hielt. Starke Männer die diesem zusahen — Männer die an harte Arbeit gewöhnt waren — konnten diese Axt auch nicht einen Moment lang in derselben Richtung halten. Wieder eintretend in die Office, trank er ein Glas Limonade; stärkere Getränke schlug er aus. Und während er sich hier drinnen befand, wurden die von ihm abgehackten Spähne durch einen Krankenwärter gesammelt und sorgfältig aufbewahrt, weil es „die Spähne waren, die Vater Abraham gehauen hatte".

Herr Lincoln und ein Geistlicher.

Bei der halbjährlichen Versammlung des New Jersey'er historischen Vereins, die kürzlich in Newark, N. J., abgehalten wurde, verlas der Ehrw. Dr. Sheldon von Princeton ein Denkschreiben ihres verstorbenen Präsidenten, des Ehrw. R. K. Rodgers, worin sich folgende bisher unbekannte Episode aus Lincoln's Leben während der Kriegsjahre vorfindet:

„Dr. Rodgers erhielt eines Tages während der Kriegszeit den Besuch eines zu seiner Gemeinde gehörigen Mannes, der ihm mit allen Zeichen tiefer Betrübniß mittheilte, daß sein Sohn, ein im Heer dienender Soldat, wegen Desertion kriegsrechtlich erschossen werden sollte, und bat nun um des Predigers Vermittelung. Der Doktor begab sich nach Washington in Begleitung der ihr kleines Kind mit sich tragenden Gattin des Verurtheilten, und ließ sich vermittelst seiner Karte bei Herrn Lincoln anmelden. Als er vorgelassen worden war, sagte der Präsident:

„Sie sind, glaube ich, ein Geistlicher? Was kann ich für Sie thun, mein Freund?"

Die Antwort war: „Ein junger Mann von meiner Gemeinde im Heer, hat seiner Pflichten gegen sein Land und seinen Gott in soweit uneingedenk sein können, seinen Fahneneid zu brechen und ist nun zum Tode verurtheilt worden. Ich bin gekommen, um für sein Leben zu bitten."

Mit charakteristischer Sonderbarkeit antwortete der Präsident: „Dann wollen Sie ihm also nicht weh gethan wissen, wie?"

„O nein," sagte der Bittsteller, „so meinte ich es nicht; er verdient Strafe, aber ich bitte für ihn, daß ihm Zeit vergönnt sein möge, sich vorzubereiten für sein Erscheinen vor Gott."

„Sagten Sie, er habe Vater, Frau und Kind?" bemerkte Herr Lincoln. „Ja." „Wo sagten Sie, daß er sich befinde?"

Nachdem ihm dies gesagt worden war, drehte er sich um nach seinem Secretär und sagte diesem wenige Worte in halblautem Tone, welche dieser Beamte zu Papier brachte, und gegen Herrn Rodgers gewendet fügte er hinzu, „Ihre Bitte ist erfüllt. Sagen Sie seinen Angehörigen, daß ich ihm eine weitere Frist gewährt hätte."

„Mit einem „Gott segne Sie, Herr Präsident," verabschiedete sich Dr. Rodgers, um der bekümmerten Familie die frohe Botschaft zu überbringen."

Ein merkwürdiger Brief Lincoln's an Gen. Hooker.

Der folgende merkwürdige Brief Lincoln's an General Hooker war geschrieben worden, nachdem Letzterer im Januar 1863 den Oberbefehl über die Potomac=Armee erhalten hatte. Während der Präsident den Brief noch im Besitz hatte, befand sich eines Abends ein vertrauter Freund bei ihm in seinem Cabinet, und diesem las der Präsident den Brief vor, bemerkend, „ich werde dieses keinem Andern vorlesen, nur möchte ich gerne wissen, was es auf Sie für einen Eindruck macht."

Im Laufe des folgenden April's oder Mai's, während die Poto=
mac Armee gegenüber von Fredericksburg lag, begleitete dieser Freund
den Präsidenten bei einem Besuche, den dieser dem Hauptquartier von
General Hooker abstattete.   Eines Abends, da sich General Hooker
mit diesem Herrn allein in seinem Zelte befand, sagte er:
„Der Präsident sagt, er habe Ihnen diesen Brief gezeigt," und
damit zog er das Dokument hervor, welches aus einem eng beschrie=
benen Bogen Briefpapiers bestand.   Die Thränen standen in den
hellblauen Augen des Generals als er fortfuhr: „Das ist ein Brief
wie ihn ein Vater an seinen Sohn schreiben würde und doch hat er
mich schmerzlich berührt."   Dann sich die Augen trocknend, sagte er:
„Sobald ich in Richmond gewesen sein werde, soll dieser Brief ver=
öffentlicht werden."

Das war vor mehr wie sechzehn Jahren und eben jetzt erst ist
dieser Brief an's Tageslicht gekommen.   In ihm befinden sich ge=
wisse scharfschneidige Stellen, deren sich nach einem Zeitverlauf von
so vielen Jahren keiner von Denen, die den Brief in 1863 gelesen
haben, deutlich genug mehr erinnern kann, um dieselben als wahr
anzuerkennen.   Andere wiederum scheinen zu fehlen.   Doch trotz
alledem muß der Brief, der hier folgend im Abdruck erscheint, von
Lincoln geschrieben worden sein:

Executiv=Gebäude, Washington, D. C., ⎞
ben 26. Januar 1863. ⎠

An den General=Major Hooker.

General! Ich habe Sie an die Spitze der Potomac=Armee ge=
stellt.   Natürlich hatte ich dazu meine guten Gründe, aber doch
glaube ich in Ihrem Interesse zu handeln, wenn ich Sie damit be=
kannt mache, daß da verschiedene Dinge sind, in Bezug auf welche ich
mit Ihnen nicht ganz zufrieden bin.   Daß Sie ein tapferer und
tüchtiger Soldat sind, bezweifle ich nicht und ist mir natürlich sehr
lieb.   Ich glaube auch nicht, daß Sie Politik in Ihren Beruf mit
einmischen, woran Sie sehr recht thun.   Sie besitzen Vertrauen zu
sich selber, das ist eine werthvolle, wenn nicht sogar unerläßliche
Eigenschaft.   Sie sind ehrgeizig, was in gewissem Maße mehr Vor=
theil wie Nachtheil bringt, aber ich denke, daß Sie während der
Oberbefehlsherrschaft General Burnside's mit ihrem Ehrgeiz zu viel
Rath gepflogen und dem General Hindernisse in den Weg gelegt ha=

ben, wo Sie nur konnten, womit Sie sich gegen das Land sowohl wie auch gegen einen äußerst verdienten und ehrbaren Offizier ver= gangen haben. Ich habe von glaubwürdiger Seite gehört, daß Sie erst kürzlich gesagt haben sollen, daß das Heer sowohl wie auch die Regierung eines Dictators bedürfte. Natürlich übergab ich Ihnen das Kommando nicht um dessentwillen, sondern trotzdem. Nur erfolgreiche Generäle vermögen es einen Dictator aufzustellen. Was ich nun von Ihnen verlange, ist militärischer Erfolg, die Dic= tatur will ich dann schon riskiren. Die Regierung wird Sie unter= stützen soweit ihre Macht reicht — was nicht mehr und nicht weniger ist, als wie sie allen andern Befehlshabern gegenüber zu thun Wil= lens ist. Ich befürchte sehr, daß der Geist, welcher durch Ihr Zu= thun dem Heere eingeflößt worden ist, der Geist des Tadels und des Mißtrauens gegen ihren Befehlshaber, nunmehr auf Sie zurückfallen wird. Ich werde Ihnen so weit ich es vermag, in der Unterbrückung desselben behülflich sein. Weder Sie, noch Napoleon, wenn der noch am Leben wäre, vermöchte etwas zu leisten mit einer Armee, in wel= cher ein solcher Geist herrscht. Und nun verwahren Sie sich gegen alle Unvorsichtigkeiten Verwahren Sie sich dagegen und gehen Sie mit Energie und steter Wachsamkeit voran, und erkämpfen Sie uns Siege. Ganz der Ihre

A. Lincoln.

Eine amüsante Anecdote von einem Pantoffelhelden.

Als General Phelps zu Anfang des Krieges Besitz ergriff von Ship Island nahe bei New Orleans, erließ er bekanntlich eine Pro= klamation etwas hochtrabenden Tones, worin er die Befreiung der Sclaven anordnete. Zur Verwunderung vieler Leute auf beiden Seiten unterließ es der Präsident, hievon amtliche Kenntniß zu neh= men. Nach Verlauf einer gewissen Zeit stellte ihn eines Tages ein Freund zur Rede wegen seiner scheinbaren Gleichgültigkeit einer so wichtigen Sache gegenüber.

„Ja nun," sagte Herr Lincoln, „ich hege von dieser Sache ganz dieselbe Ansicht, wie sie ein Mann, den ich einstens gekannt und den ich „Jones" nennen will, in Bezug auf seine Frau geäußert hat. Er war einer von den sanften Heinrichen und stand im Rufe eines großen Pantoffelhelden. Da sah man endlich eines Tags wie ihn seine Frau zum Hause hinausprügelte. Ein oder zwei Tage darauf begegnete ihm ein Freund auf der Straße und sagte:

„Jones, ich habe bisher immer Deine Partei ergriffen, wie Du weißt; aber von nun an werde ich es bleiben lassen. Ein Mann, der sich ruhig hinstellt und sich von seiner Frau eine Tracht Prügel aufzählen läßt, verdient öffentlich durchgepeitscht zu werden.'' Jones sah zu ihm auf mit einem Blinzeln, und seinen Freund auf die Schulter klopfend, sagte er: „Nicht doch, es hat mir ja gar nicht weh gethan; und Du glaubst gar nicht, was für ein großes Vergnügen es meiner Sarah bereitet hat!''

Lincoln giebt einem Geistlichen eine kurze Antwort.

Keine eblere Erwiderung ist noch je von den Lippen eines Herrschers gefallen wie jene, welche Präsident Lincoln einem Geistlichen gab, der es während des Krieges in seiner Gegenwart gewagt hatte zu sagen, er hoffe, „der Herr sei auf unserer Seite.''

„Darüber bin ich gänzlich unbesorgt,'' antwortete Herr Lincoln, „denn ich weiß, daß der Herr stets auf der Seite des Rechtes ist. Meine beständige Sorge jedoch und meine Gebete sind darauf gerichtet, daß ich und diese Nation auf der Seite des Herrn stehen mögen.''

Eine kurze praktische Predigt.

Bei einer gewissen Gelegenheit stellten sich dem Präsidenten zwei Damen von Tennessee vor, um die Befreiung ihrer Gatten nachsuchend, die sich auf Johnson's Island als Kriegsgefangene befanden. Er vertröstete sie auf den folgenden Freitag, und als sie ihr Wiedererscheinen machten, verschob er die Sache wiederum auf Samstag. Bei einer jeden der Zusammenkünfte hob die eine der Damen besonders hervor, daß ihr Gatte ein christlich gesinnter Mann sei. Am Samstag, da der Präsident die Entlassung der Gefangenen anordnete, sagte er zu dieser Dame:

„Sie sagen, Ihr Gatte sei ein christlich gesinnter Mann; sagen Sie ihm, wenn Sie ihn sehen, daß ich gesagt hätte, ich sei zwar kein großer Kenner der Religion, sei aber der Meinung, daß die Religion, welche Menschen zur Rebellion antreibt und sie einen Kampf

Das Douglas Monument.

An ben Ufern bes Michigan See's, nahe bem Fuß ber 35. Straße in Chicago, inmitt
Parkes. Es ist von Granit, aus Hollowell in Maine, hergestellt, hat eine Höhe von 104 Fuß u
$100,000. Douglas und Lincoln traten zusammen in's öffentliche Leben als Mitglieder ber Ill
Obgleich fie in politischer Beziehung verschiedenen Ansichten huldigten, so waren sie boch in 1
ünglicße Freunbe

gegen ihre Regierung unternehmen läßt, weil, wie jene meinen, diese
Regierung m a n ch e n von ihnen nicht genügenden Vorschub leistet,
um es ihnen zu ermöglichen ihr Brod im Schweiße von a n d e r e n
Menschen ihren Angesichtern zu essen, nicht die Sorte von Religion
sei, durch welche Leute in den Himmel gelangen können."

Ein berühmter Rechtsfall mit „Lincoln = ähnlicher" Ge= schwindigkeit betrieben.

Der zu damaligen Zeiten Aufsehen erregende Fall von Franklin
W. Smith und Bruder war einer von jenen, die am meisten mit dazu
beigetragen haben, Militär=Tribunale in öffentlichen Verruf zu brin=
gen. Diese zwei Herren wurden arretirt und in's Gefängniß gewor=
fen, man bemächtigte sich ihrer Papiere, richtete ihr Geschäft zu
Grunde, verdarb ihren guten Ruf und ein Marine=Kriegsgericht,
„eingesetzt um sie schuldig zu finden," verfolgte sie mit unerbittlicher
Strenge, bis eine weisere Hand der Bosheit der Verfolger Halt ge=
bot. Es ist bekannt, daß Präsident Lincoln, nachdem er den Fall
genau untersucht hatte, das ganze Verfahren für null und nichtig er=
klärte; aber merkwürdig ist es, daß eine offizielle Abschrift dieser
Entscheidung niemals vom Marine=Ministerium verabfolgt wurde.
Da eine genaue Copie nicht zu erhalten war, so wurde der Boston'er
Handelskammer Folgendes als eine möglichst wortgetreue Wieder=
gabe der Entscheidung des verstorbenen Präsidenten überreicht:

„S i n t e m a l e n Franklin W. Smith mit dem Marine=Mi=
nisterium in Geschäftsverbindung zum Betrage von einer Million
Dollars gestanden hat und s i n t e m a l e n er Gelezenheit hatte eine
Viertelmillion zu stehlen, nun aber angeklagt ist nur zweiundzwanzig
hundert Dollars gestohlen zu haben — und es jetzt fraglich geworden
ist ob er auch nur ein hundert gestohlen hat — so glaube ich nicht,
daß er das G e r i n g s t e gestohlen hat. Somit erkläre ich die Ver=
handlung und das über ihn ausgesprochene Urtheil für null und nich=
tig, und die Angeklagten sind hiermit entlassen."

„Es würde schwierig sein," sagt die New Yorker „Tribune,"

„das Recht und Unrecht in jener Angelegenheit kürzer zusammen zu faſſen wie es hier der Fall iſt, oder einen Paragraphen zu finden der charakteriſtiſcher oder unverkennbarer auf Herrn Lincoln hindeutet."

Des Richter William Johnſon's Erinnerungen an den Kriegs-Präſidenten.

„Ich erwies," ſagt Richter Johnſon, „Herrn Lincoln verſchieden= artige Dienſte zu meiner Zeit. Als ich nach Waſhington kam, be= merkte ich, daß derſelbe nur wenige Freunde unter den Congreßmit= gliedern und anderen Männern von hoher Stellung beſaß. Mont= gomery Blair war der Einzige, den ich in Bezug auf eine Wiederer= wähluug Lincoln's ſprechen hörte. Das war ungefähr in der Mitte ſeiner erſten Adminiſtration. Ich reiſte damals über Columbus nach Waſhington, und G. Tod bat mich, Herrn Lincoln eine mündliche Botſchaft zu überbringen, die dahin ging, daß gewiſſe Elemente exiſti= ren, die zu einem erfolgreichen Kriege unerläßlich ſeien, welche aber durch Kundgabe feindſeliger Geſinnungen gegen McClellan ernſtlich gefährdet würden.

„Ich muthmaße, daß eine freie Ueberſetzung der Sprache Tod's alſo lauten würde: „Ich halte die demokratiſchen Soldaten im Feld, und wollt ihr dem McClellan nicht freie Hand laſſen, ſo bin ich das zu thun nicht länger fähig." Das gab uns allen zu denken. Mc= Clellan war ſeines Commando's enthoben worden, und eines mond= hellen Abends ſah ich ein Regiment — ich glaube, es waren meiſten= theils Pennſylvanier — vom Capitol die Pennſylvania Avenue hin= unter marſchiren, ſich heiſer ſchreiend mit „Hurrah für den kleinen Mac!" Vor dem Weißen Hauſe anhaltend, begannen ſie das Plärren und Hurrahrufen für McClellan auf's Neue.

Früh am andern Morgen ſuchte ich Herrn Lincoln auf und frug ihn, ob er die Aufführung vom vorhergehenden Abend mit angeſehen habe, was er bejahte. Auf meine weitere Frage, was er davon denke, meinte er, die Sache ſei höchſt unangenehm. Da ſagte ich, ich ſei ge= kommen, ihm einen Vorſchlag zu machen. Ich wollte ihm nämlich einen jungen Mann von großer Bildung und guter Erziehung vorſtel= len, der im Dienſt einen Arm eingebüßt habe. Mein Vorſchlag gehe

dahin, daß er einem seiner Minister die Weisung ertheile, dem jungen
Manne eine gute Stelle im Civildienste zu verschaffen, und zu gleicher
Zeit sollte er die Gelegenheit benutzen, um zu erklären, daß es die
Politik der Administration erheische, allen Denen, die im Dienste des
Landes zu Krüppeln geschossen worden seien, im Civildienst den Vor=
zug zu geben. Er sagte, das wäre eine Idee, über die er noch nach=
denken möchte und frug mich, wie zeitig ich ihn am andern Morgen
besuchen könne. Ich sagte, mir wäre irgend eine Stunde angenehm;
und um 7 Uhr begab ich mich zu ihm und fand ihn in den Händen
des Bartkünstlers. Da sagte er: „Ich habe über Ihren Vorschlag
nachgedacht und habe eine Frage an Sie zu stellen: Kennen Sie
Oberst Smith von Rockford, Ill.?" Ich sagte, ich wäre ihm vorge=
stellt worden als ich Theil nahm an der Vertheidigung von Gouver=
neur Bebb. „Sie wissen," sagte er, „daß er vor Vicksburg gefal=
len ist, daß ihm eine Kanonenkugel den Kopf abgerissen hat. Er
war Postmeister und nun wünscht seine Frau die Stelle," und er
frug mich, ob das meiner Idee entspreche; wir machten uns hierauf
an's Werk und schrieben einen Brief — ich habe die Correspondenz
in meinem Besitz — an General=Postmeister Blair, ihn anweisend,
die Wittwe vom Obersten Smith als Postmeisterin an Stelle ihres
verstorbenen Gatten, der auf dem Schlachtfelde geblieben sei, zu er=
nennen und erklärten, daß in Rücksicht auf Das, was unsern
Schlachtenkämpfern von Rechtswegen gebühre, er (der Präsident)
sich entschlossen habe, den hinterlassenen Familien der Gefallenen
und den im Dienst untauglich gewordenen Soldaten, sobald sie die
nöthigen Fähigkeiten besitzen, stets im Civildienst den Vorzug zu
geben."

Ich sagte ihm, daß ich mit Blair nicht persönlich bekannt sei und
darauf gab er mir ein Empfehlungsschreiben mit und den Brief. Ich
bemerkte Herrn Blair gegenüber, daß ich eine Copie von Herrn Lin=
coln's Brief zu erhalten wünsche, welche er auch von einem Schrei=
ber anfertigen ließ. Ich trug den Brief nach der „Chronicle" Office
in Washington, in welchem Blatt er auch veröffentlicht wurde und am
folgenden Morgen sprang ich in eine Ambulance und fuhr hinaus
in's Lager der Convalescenten, in welchem sich damals ungefähr

7000 Mann befanden, viele davon aus Ohio; und als ich mich un=
ter ihnen zeigte, verlangten sie eine Rede von mir. Ich erklomm
eine Terrasse und hielt eine kurze Ansprache, und an die schon breit
getretene Stelle kommend, „daß Republiken stets undankbar seien,"
sagte ich, für die Republik könne ich nicht gut sagen, aber ich glaubte
gut sagen zu können für den Mann an der Spitze der Administration
und dieser habe schon über den Gegenstand gesprochen; und als ich
Lincoln's Brief vorlas, warfen die armen Jungen die Hüte in die
Luft und waren außer sich vor Freude.   Ich eilte zurück zur Stadt
und mit einer Scheere schnitt ich den Brief Lincoln's aus dem „Chro=
nicle," fügte diesem einige editorielle Bemerkungen bei und dieser
Brief machte die Runde und wurde, glaube ich, in einer jeden freund=
lich gesinnten Zeitung in den Ver. Staaten abgedruckt.   Zur selben
Zeit ungefähr passirte der Congreß einen Beschluß der dasselbe be=
wirken sollte, nämlich, daß alle Diejenigen, die im militärischen
Dienste des Landes untauglich geworden waren und sich qualificiren
konnten, allen Andern vorgezogen werden sollten.   Dieses mag als
eine geringfügige Sache betrachtet werden, aber es machte trotzdem
einen wunderbaren Eindruck auf die Armee.

Eine Schlange im Bett bei zwei Kindern.

Eine Anzahl Kentucky'er verlangten vom Präsidenten, er solle
keine Truppen mehr durch ihren Staat befördern lassen zum Zwecke
der Säuberung Tennessee's von Rebellensoldaten.   Der Präsident
war mit sich uneinig was er thun sollte und doch drangen diese Män=
ner auf sofortigen Bescheid.

„Es geht mir, sagte er, „fast ebenso wie jenem Farmer, welcher,
als er an einem Winterabend nach Hause zurückkehrte, seine zwei
kleinen Bübchen schlafend im Bett liegend fand, während sich eine
häßliche Schlange über ihre kleinen Körper bewegte.   Er konnte nicht
nach der Schlange hauen ohne seine Kinder zu verletzen oder gar zu
tödten, und somit wartete er ganz ruhig bis sie fort gekrochen war.

„So nun möchte auch ich in dieser Angelegenheit nicht übereilig handeln; ich mag Niemanden in Kentucky wehe thun, aber aus Tennessee muß ich die Schlange vertreiben"

Und er marschirte doch durch Kentucky, den Buschkleppern Andrew Johnson's hülfreiche Hand leistend.

Eine Kirche die Gott für die Bundessoldaten haben wollte.

Unter den verschiedenen Bittstellern die sich eines Tags im Weißen Haus eingestellt hatten, befand sich auch eine elegant gekleidete Dame, die, ohne die geringste Verlegenheit in ihrem Benehmen zu zeigen, vortrat und den Präsidenten ansprach. Ihre Person genau musternd sagte er:

„Nun, Madame, was kann ich für Sie thun?"

Sie begann ihm zu erzählen, daß sie in Alexandria wohne und daß die Kirche in welcher sie ihren Gottesdienst verrichte, in ein Spital umgewandelt worden sei.

„Was für eine Kirche, Madame?" frug Lincoln in schneller, nervöser Weise.

„Die —— Kirche," erwiderte sie, „und da nur zwei oder drei verwundete Soldaten in ihr liegen, so bin ich gekommen, um zu fragen, ob Sie uns dieselbe nicht überlassen wollten, da wir sie sehr nothwendig brauchen, um Gott darin anzubeten."

„Madame, haben Sie sich schon wegen dieser Sache an den Platz-Chirurgen in Alexandria gewandt?"

„O ja; aber mit ihm war nichts anzufangen."

„Ganz gut, er befindet sich dort, um sich eben solcher Angelegenheiten, wie diese eine ist, anzunehmen und es steht billiger Weise zu erwarten, daß er in derartigen Sachen besser weiß was zu thun ist wie ich. Hören Sie: Sie sagen, Sie wohnen in Alexandria; vielleicht eignen Sie Besitzthum dort. Wie viel wollen Sie dazu hergeben, um ein Spital bauen zu helfen?"

„Sie wissen, Herr Lincoln, unser Eigenthum ist durch den Krieg bedeutend im Werthe gesunken; — deshalb könnte ich wirklich für einen solchen Zweck nicht viel hergeben."

„Wohlan, Madame, bald benke ich, wird wieder eine Schlacht geschlagen werden und es ist meine aufrichtige Meinung, daß Gott diese Kirche ebensogut für die armen ver= wundeten Bundessoldaten haben will, wie für Se= cessionisten die ihre Anbetung darin verrichten wollen."

Sich zu seinem Tisch wendend, sagte er ganz kurz, „Sie werden mich entschuldigen, ich kann nichts für Sie thun. Guten Tag, Ma= dame."

Wie Lincoln General Rosecrans seines Commando's enthob.

General James B. Steedman, gewöhnlich „Alter Chickamauga" genannt, erzählt Folgendes: Mehrere Wochen nach der unglücklichen Schlacht von Chickamauga und während sich Chattanooga im Bela= gerungszustande befand, wurde General Steedman eines Tags mit einer von Abraham Lincoln abgeschickten Depesche überrascht, die ihn nach Washington berief. General Thomas aufsuchend, unterbreitete er diesem das Telegramm und erhielt von ihm die Weisung, sich sofort auf den Weg zu machen   Sich nach dem Weißen Haus bege= bend, wurde er daselbst von Herrn Lincoln mit großer Herzlichkeit aufgenommen. Herrn Lincoln's erste Frage war kurz und zur Sache kommend:

„General Steedman, was ist Ihre Meinung von General Rose= crans?"

General Steedman, einen Moment zögernd, sagte: „Herr Prä= sident, über einen mir vorgesetzten Offizier möchte ich lieber keine Meinung aussprechen."

Herr Lincoln sagte: „Es ist aber gerade die Meinung eines Mannes, der eine solche nicht aussprechen mag, nach welcher mich zu hören verlangt. Von allen Seiten werde ich mit Rathschlägen be= stürmt. Ein jeder Tag bringt mir Briefe von Armee=Offizieren, die mich bitten, sie nach Washington kommen zu lassen, da sie mir wich= tige Dinge mitzutheilen hätten."

„Wohlan, Herr Präsident," sagte General Steedman, „Sie

sind der Oberbefehlshaber der Armee und wenn Sie mir befehlen zu sprechen, so werde ich Folge leisten."

Herr Lincoln sagte: „Ich befehle es."

Darauf antwortete Herr Steedman: „Da Sie mir den Befehl ertheilt haben, so will ich bemerken, daß General Rosecrans ein ausgezeichneter Mann ist, um eine siegreiche Armee zu befehligen."

„Ja, aber was für ein Mann ist er denn, eine geschlagene Armee zu befehligen?" sagte Herr Lincoln.

Vorsichtig sagte General Steedman: „Ich bin der Meinung, daß sich in dieser Heeresabtheilung zwei oder drei Männer befinden, die vorzuziehen sein würden.

Dann, mit einem schlauen Lächeln, stellte Herr Lincoln diese Frage: „Wer außer Ihnen, General Steedman, befindet sich noch in jenem Heer, der einen besseren Befehlshaber abgeben würde?"

Ohne sich zu besinnen, sagte General Steedman: „General Georg H. Thomas."

„Es freut mich, Sie also sprechen zu hören," versetzte Herr Lincoln, „das ist genau meine Meinung. Nun aber ist Stanton gegen ihn eingenommen und gestern erst war eine einflußreiche New Yorker Delegation hier, die gegen seine Einsetzung protestirte, weil er aus einem Rebellenstaat komme und ihm in Folge dessen nicht zu trauen sei."

Da sagte General Steedman: „Ein Mann, der seinen eigenen Staat verläßt (Thomas war ein Virginier), seine Freunde und alle seine Verbindungen aufgibt, um der Fahne seines Landes zu folgen, dem ist zu trauen in einer jeglichen Stellung zu welcher er berufen werden mag."

Jene Nacht noch sah den Befehl von Washington abgehen, welcher General Rosecrans des Commando's der Cumberland Armee enthob und Thomas an dessen Stelle ernannte.

Ein interessanter Vorfall in Verbindung mit der Unterzeichnung der Emanzipations-Proklamation.

Die Rolle, welche die Emanzipations-Proklamation enthielt, wurde am ersten Tage des Januars 1863, um die Mittagsstunde, von Mi-

nifter Seward und deſſen Sohne Frederick, Herrn Lincoln überbracht. Wie ſie dann aufgerollt vor ihm lag, nahm Herr Lincoln
eine Feder, tauchte damit in die Tinte, ſetzte ſeine Hand an die Stelle
wo die Unterſchrift hingehörte, hielt ſie da für die Dauer eines Augen-
blicks und zog ſie dann, die Feder hinwegwerfend, wieder davon ab.
Nach einigem Zögern ergriff er wieder die Feder und führte dieſelben
Bewegungen aus wie zuvor.   Herr Lincoln drehte ſich dann um zu
Herrn Seward und ſagte:

„Ich habe ſeit heute Morgen um neun Uhr Hände ſchütteln müſſen
und nun iſt mein Arm faſt wie gelähmt.   Sollte mein Name jemals
in die Geſchichte übergehen, ſo geſchieht es wohl hauptſächlich dieſer
Handlung halber und meine ganze Seele iſt dabei betheiligt.   Wenn
nun meine Hand zittert, während ich die Proklamation unterzeichne,
ſo werden alle Diejenigen, die dieſes Dokument ſpäterhin in Augen-
ſchein nehmen, ſagen: „Er zauderte.‟

„Er wendete ſich wieder dem Tiſche zu, nahm nochmals die Feder
in die Hand und langſam aber feſt ſchrieb er „Abraham Lincoln‟, wovon heutigen Tags die ganze Welt unterrichtet iſt.   Er blickte dann
auf, lächelte und ſagte: „So iſt's gut.‟

**Ein bedeutungsvoller Traum. — Was Lincoln zum Ge-
neral Grant hierauf bezüglich ſagte.**

Bei der Cabinetsverſammlung die am Morgen des Tages ſtattfand, an welchem der Meuchelmord verübt wurde, trug ſich, wie man
ſich ſpäter erinnerte, ein merkwürdiger Umſtand zu.   General Grant
war anweſend, und während einer Pauſe in den Unterhandlungen,
wandte ſich der Präſident zu ihm und frug, ob er etwas von General
Sherman vernommen habe.   General Grant verneinte die Frage,
ſagte aber, er erwarte ſtündlich eine Depeſche, die Waffenſtreckung
Johnſon's verkündend, von ihm zu erhalten.

„Paſſen Sie auf,‟ ſagte der Präſident, „Sie werden jetzt bald
Nachricht bekommen und zwar wird dieſe von ſehr großer Wichtigkeit
ſein.‟

„Warum glauben Sie das?‟ ſagte der General.

„Weil ich,‟ ſagte Herr Lincoln, „vorige Nacht einen Traum

hatte; diesen selben Traum träumte ich, von Anbeginn des Krieges an gerechnet, vor einem jeden eintretenden militärischen Ereignisse." Er führte hierauf beispielsweise Bull Run, Antietam, Gettysburg u. s. w. an und sagte, vor einer jeden dieser Schlachten habe er den selben Traum gehabt; sich an Herrn Welles wendend, sagte er: „Das schlägt auch in ihr Fach, Herr Welles. In diesem Traume sah ich ein sehr schnell segelndes Schiff und ich bin überzeugt, daß das ein wichtiges nationales Ereigniß bedeutet."

Später am Tage, nachdem er alle amtlichen Angelegenheiten ab= gefertigt hatte, wurde der Wagen zu einer Spazierfahrt befohlen. Als ihn Frau Lincoln frug, ob er wünsche, daß ihn Jemand begleite, antwortete er:

„Nein; ich ziehe es vor, wenn wir heute allein fahren."

Später sagte Frau Lincoln, daß sie ihn noch nie so überglücklich gesehen habe, wie bei dieser Veranlassung.

In Erwiderung auf eine hierauf bezügliche Frage, sagte der Prä= sident:

„Wohl darf ich mich glücklich fühlen, Marie, denn mit dem heu= tigen Tage können wir den Krieg als beendet betrachten." Dann fügte er noch hinzu: „Wir Beide müssen der Zukunft heiterer und fröhlicher entgegen schauen; der Krieg und der Verlust unseres herzi= gen Willie's hat uns Elend genug bereitet."

Lincoln und Richter Baldwin.

Richter Baldwin von Californien befand sich einstmals in Wash= ington und benutzte die Gelegenheit den General Halleck aufzusuchen, den er, auf eine früher in Californien mit ihm gepflogene Bekannt= schaft pochend, um einen Paß anging, mit dem er durch die Vor= postenlinien nach Virginien gelangen wollte, um seinem dort ansäßi= gen Bruder einen Besuch abzustatten; einer abschlägigen Antwort war er nicht gewärtig, da sein Bruder sowohl wie auch er selbst gute Unionsleute waren.

„Wir sind schon zu oft angeführt worden," sagte Gen. Halleck, „und ich bedaure, Ihnen nicht dienen zu können."

Richter Baldwin ging hierauf zu Herrn Stanton und wurde mit demselben Erfolg ganz kurz abgefertigt. Zuletzt gelang es ihm eine Unterredung mit Herrn Lincoln herbeizuführen und ihm den Fall zu unterbreiten.

„Haben Sie sich schon an General Halleck gewendet?" erkundigte sich der Präsident.

„Ja, und erhielt eine abschlägige Antwort," erwiederte Richter Baldwin.

„Dann müssen Sie Herrn Stanton aufsuchen," fuhr der Präsident fort.

„Das that ich, und auch da erzielte ich dasselbe Resultat," war die Antwort.

„Ja dann," sagte Herr Lincoln mit einem Lächeln, „kann auch ich nichts thun; denn Sie müssen wissen, daß ich auf diese Administration einen nur sehr geringen Einfluß ausübe."

Lincoln und Stanton beschließen über einen Friedens=Vertrag.

Am Abend des 3. März befanden sich der Kriegssekretär und einige andere Mitglieder des Cabinets in Gesellschaft des Präsidenten im Capitol, die Annahme der wenigen noch übriggebliebenen Bills von Seiten des Congresses abwartend. In den Intervallen, die zwischen dem Lesen und Unterzeichnen dieser Dokumente lagen, besprach man sich über die militärische Situation — die lebhafte Unterhaltung gewann noch einen lebhafteren Charakter durch die begeisterten und hoffnungsvollen Berichte über General Grant und dessen Geschicklichkeit als Feldherr, sowie durch die Angabe, daß nach seiner festen Ueberzeugung Richmond sich nach Ablauf von nur noch wenigen Tagen in unserem Besitz befinden und Lee's Truppen entweder total zersprengt oder sammt und sonders zu Gefangenen gemacht sein würden — als das Telegramm von Grant anlangte, worin er meldete, daß Lee um eine Zusammenkunft nachgesucht habe, um sich in Betreff der Friedensbedingungen mit ihm zu verständigen. Herr Lincoln war hoch erfreut, und in seiner Herzensgüte gab er deutlich zu verstehen, daß man den besiegten Rebellen günstige Bedingungen stellen müsse.

Stanton hörte, seine Gefühle bemeisternd, lange stillschweigend zu. Endlich aber machte er seinem Herzen Luft. „Herr Präsident," sagte er, „morgen ist Inaugurationstag. Wenn Sie nicht der Präsident eines gehorsamen und einigen Volkes sein werden, so wäre es besser Sie würden nicht inaugurirt. Ihr Werk ist schon gethan, wenn eine andere Authorität als die Ihrige auch nur für die Dauer eines Augen= blickes anerkannt oder Bedingungen gestellt werden sollten, die nicht darthun, daß Sie das Oberhaupt der Nation sind. Wenn es den Generälen im Felde gestattet wird Frieden zu schließen, oder einem anderen Staatsoberhaupte auf diesem Continente Anerkennung ge= zollt werden soll, so sind Sie überflüssig, und sollten lieber den Amts= eid gar nicht leisten."

„Stanton, Sie haben Recht!" sagte der Präsident mit ganz verändertem Ton; „geben Sie mir eine Feder."

Herr Lincoln setzte sich an den Tisch und schrieb wie folgt: „Der Präsident weist mich an Ihnen mitzutheilen, daß es sein Wunsch ist, daß Sie sich auf keine Unterredung mit Lee einlassen, außer es würde damit die Waffenstreckung seiner Armee bezweckt oder nur unbedeutende oder rein militärische Angelegenheiten betreffen. Er trägt mir ferner auf Ihnen mitzutheilen, daß Sie über keine politischen Fragen ent= scheiden, diskutiren oder berathschlagen sollen. Ueber solche Fragen hat nur allein der Präsident zu entscheiden und will diese keiner mili= tärischen Berathschlagung oder Zusammenkunft unterwerfen. Mitt= lerweile werden Sie Ihre militärischen Vortheile soviel wie möglich zu erweitern suchen."

Der Präsident las das soeben Geschriebene durch und überreichte es dem Kriegsminister mit den Worten:

„Stanton, nun datiren und unterzeichnen Sie dieses Schriftstück, und schicken es an Grant. Wir wollen diese Friedensangelegenheiten schon allein besorgen."

Der Auftrag wurde nur zu freudig von dem energischen Minister ausgeführt.

Der barmherzige Präsident.

Ein persönlicher Freund vom Präsidenten Lincoln sagt: „Ich machte ihm eines Tages zu Anfang des Krieges meine Aufwartung. Er hatte eben eine Begnadigung für einen jungen Mann ausgefertigt, welcher verurtheilt worden war erschossen zu werden, weil er auf Posten geschlafen hatte. Während er mir dieselbe vorlas, bemerkte er:

„Ich konnte mich nicht mit dem Gedanken vertraut machen, in das Jenseits hinüber zu gehen, während das Blut dieses armen jungen Mannes an meinem Gewande klebt." Dann fügte er hinzu: „Es ist gar nicht zu verwundern, daß ein Junge, der groß geworden auf einer Farm und wahrscheinlich schon beim Dunkelwerden zu Bett zu gehen gewohnt war, einschlief, als man Wachsamkeit von ihm verlangte und kann ich nicht zugeben, daß er eines solchen Zuwiderhandelns wegen erschossen wird."

Diese Geschichte mit ihrer Moral wird noch vervollständigt durch den Ehrw. Newman Hall von London, welcher in einer Predigt, die er nach Lincoln's Tode hielt und worin er diesen zum Thema erwählt hatte, sagte, daß der leblose Körper dieses Jünglings auf dem Schlachtfelde von Fredericksburg gefunden worden sei, eine Photographie seines einstmaligen Lebensretters über dem Herzen tragend, auf den untern Rand von welcher der dankbare Junge geschrieben hatte: „Gott segne Präsident Lincoln."

Derselben Predigt entnehmen wir noch eine Anecdote, viel Aehnlichkeit mit der Vorhergehenden habend und welche offenbar authentisch ist. Ein Offizier der Armee sagte in einer Unterhaltung mit dem Prediger unter Anderem Folgendes:

„Während der ersten Woche meiner Commandoführung wurden vierundzwanzig Deserteure vom Kriegsgericht zum Tode verurtheilt und die Vollziehungsbefehle dem Präsidenten zur Unterzeichnung eingeschickt. Er weigerte sich dessen. Ich begab mich selbst nach Washington und stellte mich ihm vor. Ich sagte:

„Herr Präsident, wofern an diesen Männern kein Exempel statuirt wird, so wird die Armee selbst gefährdet. Milde gegen Einzelne ist Unbarmherzigkeit gegen die Masse."

Er antwortete: „Herr General, wir haben ohnedem schon genug weinende Wittwen in den Ver. Staaten. Verlangen Sie um Gottes Willen nicht von mir, daß ich deren Zahl noch vergrößern soll, denn das werde ich nicht thun.‟

Keine Barmherzigkeit für den Menschenräuber. — Lincoln bedient sich einer heftigen Sprache.

Der Achtb. John B. Alley von Lynn in Massachusetts war Ueberbringer eines Begnadigungsgesuches, das ihm von einem im Gefängniß zu Newburyport sitzenden Mann überschickt worden war, mit der Bitte, es dem Präsidenten vorzulegen. Er war zu einer fünfjährigen Gefängnißstrafe und zur Zahlung einer Geldbuße von Tausend Dollars verurtheilt worden.

Dem Gesuch war ein Brief an Herrn Alley beigefügt, in welchem der Gefangene sein Verbrechen eingestand und das Gerechte seines Urtheils anerkannte. Er war sehr reumüthig — auf dem Papier wenigstens — und hatte seine Strafe schon insoweit abgebüßt, wie sich diese auf seine Einkerkerung bezog; doch war er aus der Haft noch nicht entlassen worden, weil er die Geldbuße nicht zu entrichten vermochte. Herr Alley las dem Präsidenten den Brief vor, welcher durch die in demselben enthaltenen flehentlichen Bitten auf's Tiefste gerührt wurde; nachdem er das eigentliche Gesuch durchgelesen hatte, sah er empor und sagte: „Mein Freund, hierin wird auf's Ergreifendste an unsre Gefühle appellirt. Sie wissen wohl, daß es meine schwache Seite ist, nur zu oft Gnade vor Recht ergehen zu lassen, zumal wenn man mich mit Bitten und Flehen erweicht und umgestimmt hat, und wenn dieser Mann des gräßlichsten Mordes, den eine Menschenhand zu begehen fähig ist, angeklagt vor mir stände, so würde ich ihm auf dieses flehentliche Gesuch hin verzeihen; ein Mann aber, der nach Afrika gehen und jenes Land seiner Kinder berauben und diese in eine endlose Knechtschaft verkaufen kann, von keinem andern Beweggrunde geleitet, als dem des schnöden Gewinnes, ist weit schlimmer wie der verruchteste Mörder und niemals hat so einer eine Begnadigung aus meinen Händen zu erwarten. Nein! Eher soll er im Gefängniß verfaulen, eh' er durch eine von mir ausgehende

Handlung seine Freiheit erhält.'' Ein unvorherbedachtes Ver=
brechen, dem eine starke Versuchung unterlag, war in seinen Augen
verzeihlich sobald er gewahr wurde, daß der Missethäter ernste Reue
fühlte; aber das berechnende, geldsüchtige Verbrechen des Menschen=
raubs und der Seelenverkäuferei, mit allen den Grausamkeiten, die
einen wesentlichen Theil dieses Geschäftes bilden, konnte von ihm,
als dem Schutzherrn eines Volkes, keine Begnadigung zu vergewär=
tigen haben.

Eine ergreifende Scene aus dem Leben Lincoln's.

Wenige Tage vor dem Tode des Präsidenten, reichte Minister
Stanton ein Gesuch um seine Entlassung aus dem Kriegsdeparte=
ment ein.   Diese Handlung begleitend zollte er der dauernden
Freundschaft Lincoln's und dessen inniger Vaterlandsliebe den höch=
sten Tribut; nebenbei bemerkend, er habe dieses Amt nur für die
Dauer des Krieges übernommen und er betrachte nun sein Werk als
vollendet und sein Pflichtgefühl gebiete ihm abzudanken.

Herr Lincoln war von diesen Worten seines Ministers tief be=
wegt, dann aber, das Schriftstück, welches das Entlassungsgesuch
enthielt, in kleine Fetzen zerreißend, schloß er den Minister in seine
Arme und rief aus:

,,Stanton, mir waren Sie ein lieber, guter Freund und dem
Volke ein treuer Diener, und nicht Ihnen steht es zu, zu sagen, „man
bedarf Meiner hier nicht mehr.''

Freunde von beiden Männern waren bei dieser Scene gegenwär=
tig und von ihnen behielt keiner ein trockenes Auge.

Eigenschaften Gen. Grant's, die von Lincoln als hervor= ragend gekennzeichnet wurden.

Während die Schlachten der Wilderniß am heftigsten wütheten,
wurde dem Präsidenten von Herrn Carpenter, dem Maler, die Frage
vorgelegt, welchen Eindruck Gen. Grant im Vergleich mit anderen
Heeresoffizieren, besonders aber mit jenen, die sich vor ihm im Com=
mando befunden hatten, persönlich auf ihn gemacht hätte.

„Die hervorragendsten Eigenschaften Grant's sind meiner Mei=
nung nach seine seltene Kaltblütigkeit und seine Be=
harrlichkeit die er entfaltet, wenn er ein vorgestecktes Ziel erreichen
will. Ich glaube nicht, daß er leicht in Aufregung geräth, das ist
ein wesentlicher Bestandtheil eines Offiziers und sobann besitzt er
die Hartnäckigkeit eines Bullenbeißers! Hat er erst einmal
seine „Zähne" eingesetzt, so ist da Nichts was ihn abzuschütteln im
Stande ist."

Lincoln's zweite Nomination. — Wie er einen sonderba= ren Umstand damit in Verbindung bringt. — Lincoln sieht ein zwiefaches Bild von sich in einem Spiegel.

Es geschah, daß die Depesche, welche Lincoln's nochmalige No=
mination für die Präsidentschaft anzeigte, vom Kriegsministerium
nach seiner Office geschickt worden war, während er sich zum Essen
verfügt hatte. Von da zurückkehrend hatte er sich gleich nach dem
Kriegsministerium begeben, ohne vorerst seine Räumlichkeiten betre=
ten zu haben. Während er da verweilte, langte die Depesche an, die
da verkündete, daß Johnson für Vize=Präsident nominirt worden sei.

„Was!" sagte er zum Telegraphisten, „nominiren die denn
einen Vize=Präsidenten eh' sie einen Präsidenten nominirt haben?"

„Ja aber!" versetzte der erstaunte Beamte, „haben Sie denn
von Ihrer eigenen Nomination noch nichts gehört? Die Mel=
dung hiervon wurde schon vor zwei Stunden nach dem Weißen Haus
befördert."

„Gut," war die Antwort, so werde ich sie bei meiner Rückkehr
vorfinden."

Herzlich lachend über dieses Mißverständniß, sagte er gleich da=
rauf: „Vor vier Jahren, am Tage meiner Nomination zu Chicago,
ereignete sich ein sehr sonderbarer Umstand, an den ich heute zurück=
denken muß. Am Nachmittag jenes Tages stieg ich, von einem Gang
aus der Stadt zurückkehrend, die Treppe hinauf, die zu dem Lesezim=
mer der Frau Lincoln führte. Daselbst angekommen, warf ich mich
etwas ermüdet auf ein Ruhebett, welches sich der, mit einem Spiegel

verſehenen Kommode gegenüber befand. Wie ich mich zurücklegte,
fielen meine Augen auf jenen Spiegel, und in demſelben ſah
ich deutlich zwei Bilder meines eigenen Ich's einander genau ähnlich ſehend, mit dem einzigen Unterſchied, daß das eine etwas blaſſer ausſah wie
das andere. Ich erhob mich und lehnte mich dann wieder zurück,
erzielte aber kein anderes Reſultat. Dieſes flößte mir mehrere Minuten lang ein höchſt unbehagliches Gefühl ein, doch traten bald mehrere von meinen Freunden in's Zimmer, und die Sache entſchwand
meinem Gedächtniß. Am nächſten Tage, während ich auf der Straße
dahinſchritt, fiel mir dieſer Umſtand plötzlich wieder ein, und das durch
denſelben hervorgerufene unbehaglicheGefühl beſchlich mich neuerbings.
Noch niemals zuvor war mir etwas Derartiges begegnet, und ich konnte
aus der Sache nicht klug werden.

„Ich beſchloß, nach Hauſe zurückzukehren und dieſelbe Stellung
wiederum einzunehmen, und ſollte ſich die geſtern hervorgebrachte Wirkung wiederholen, ſo wollte ich zu glauben verſuchen, es ſei das natür-
liche Reſultat gewiſſer, ſich auf die Refraction oder Optik beziehender
Grundſätze, und der Sache keine weitere Beachtung ſchenken.

„Ich machte den Verſuch; die Wirkung war dieſelbe. Wie ich mit
mir übereingekommen war, betrachtete ich die Sache als eine naturge-
mäße Folge von Lichtreflexionen, und unterließ alles weitere Nach-
grübeln. Nun aber," fuhr er fort, „verſuchte ich unlängſt, dieſes
Phänomen hier hervorzurufen, indem ich einen Spiegel und ein
Ruhebett in derſelben Weiſe arrangirte, und da war ich erfolglos."

Er ſagte bei dieſer Gelegenheit nicht, ob er oder Frau Lincoln dieſem Phänomen eine Vorbedeutung beigemeſſen, doch iſt bekannt, daß
letztere daſſelbe als ein Zeichen betrachtete, daß der Präſident wieder-
gewählt werden würde.

Wie Lincoln erklärte was mit Jeff. Davis geſchehen ſollte.

Eine der letzten Geſchichten die Herr Lincoln erzählt hat, gab
dieſer einſtens einer Geſellſchaft von Herren zum Beſten, die ihm zur

Zeit des gänzlichen Zerfalles der Conföderation die Frage vorlegten, „was er mit Jeff. Davis anzufangen gedächte?"

„Da war einmal ein Junge in Springfield," antwortete Herr Lincoln, „der all' sein Geld aufsparte und sich dafür einen kleinen Waschbären kaufte, welcher ihm aber, nachdem die Neuheit ihren Reiz verloren hatte, überaus lästig und beschwerlich wurde.

„Er führte ihn eines Tages durch die Straßen und hatte alle Hände voll zu thun, sich den kleinen Plagegeist vom Leibe zu halten, der ihm schon die Kleider halb abgerissen hatte. Zuletzt, ganz ermattet, setzte er sich hin an den Rinnstein; er konnte nicht mehr. Ein seines Wegs daher kommender Mann gewahrte den betrübt und traurig aussehenden Knaben, blieb stehen und erkundigte sich nach der Ursache seiner Bekümmerniß.

„Ach," war die erfolgende Antwort, „dieser Waschbär bereitet mir großes Aergerniß."

„Ja, warum entledigst Du Dich seiner denn nicht?" fragte der Herr.

„Stille!" flüsterte der Junge, „sehen Sie denn nicht wie er seinen Strick durchnagt? Er soll es meinetwegen thun, ich gehe sodann nach Hause und sage meinen Leuten er sei mir entwischt!"

Lincoln ertheilt der conföderirten Commission eine schneidende Antwort. — Seine Geschichte von „Wühl' Schwein oder stirb."

Bei einer sogenannten „Friedensconferenz", zuwege gebracht durch die freiwillige und unzuverlässige Vermittelung von Herrn Francis P. Blair, welche am 3. Februar 1865 zwischen Präsident Lincoln und Herrn Seward, die Regierung vertretend, und den Herren Alexander H. Stephens, J. A. Campbell und R. M. T. Hunter, die rebellischen Staaten vertretend, auf dem Dampfer „River Queen" in Hampton Roads stattfand, erwiederte Herr Hunter, daß die Anerkennung der Macht Jeff. Davis' den ersten und unerläßlich n Schritt zur Wiederherstellung des Friedens bilde, und um seine Behauptung durch ein Beispiel zu erläutern, wies er hin auf die Correspondenz zwischen König Karl dem Ersten und seinem Parla=

ment als einem zuverläſſigen Präzedenzfalle, wo ein verfaſſungs=
mäßiger Herrſcher mit Rebellen unterhandelt habe.   In den Zügen
Lincoln's ſpielte jener unbeſchreibliche Ausdruck, der gewöhnlich ſei=
nen gewaltigſten Treffern vorausging; er bemerkte:

„In Bezug auf hiſtoriſche Fragen muß ich Sie an Herrn Sew=
ard verweiſen, er weiß damit Beſcheid, während ich von mir nicht
daſſelbe behaupten kann; aber ſo viel ich mich dieſer Sache noch un=
deutlich zu erinnern weiß, ſ o b ü ß t e j a w o h l K a r l ſ e i n e n
K o p f e i n.“   _

Bei derſelben Veranlaſſung bemerkte Herr Hunter, die Sclaven
wären es nicht anders gewohnt als wie unter Anwendung von
Zwangsmaßregeln unter einem Aufſeher zu arbeiten, ſie würden,
wenn plötzlich befreit, nicht nur ſich ſelbſt, ſondern auch die ganzen
geſellſchaftlichen Zuſtände des Südens unwiderbringlich zu Grunde
richten.   Arbeit würde dann keine mehr verrichtet werden, Schwarze
und Weiße würden miteinander verhungern müſſen.   Der Präſident
glaubte, Herr Seward würde dieſes Argument beantworten; doch da
dieſer Herr zögerte, nahm er das Wort:

„Herr Hunter, Sie ſollten von dieſer Sache weit beſſer unterrich=
tet ſein wie ich, da Sie ſtets unter dem Syſtem der Sclaverei gelebt.
In Erwiederung Ihrer Angaben über die zur Sprache gelangten Punkte
kann ich nur ſagen, daß ich dadurch an einen Mann, draußen in Illi=
nois — Caſe heißt er — erinnert worden bin, der vor mehreren Jah=
ren den Verſuch machte, eine große Heerde Schweine zu züchten.   Sie
alle zu füttern verurſachte ihm viel Mühe und Arbeit, und er rieth hin
und her, wie das wohl zu vereinfachen wäre.   Endlich kam er auf die
Idee, eine immenſe Fläche Landes mit Kartoffeln anzupflanzen, und
ſobald dieſe groß genug geworden waren, ließ er die ganze Heerde auf
das Feld los und ſie darauf nach Belieben ſchalten und walten, wo=
durch er nicht nur die Arbeit des Schweinefütterns, ſondern auch die=
jenige des Aushackens der Kartoffeln ſparte!   Ganz bezaubert von ſei=
nem eigenen Scharfſinn, ſtand er eines Tages gegen den Zaun ge=
lehnt und zählte ſeine Schweine, als ein Nachbar des Weges daher=
kam.

„Na, na, na,‟ sagte der, „das ist alles recht schön und gut, Herr Cafe. Ihre Schweine wachsen und gedeihen auf das Vortrefflichste. Aber wie wollen Sie's denn machen, wenn frühzeitiger Frost eintritt, was ja hier in Illinois, wie auch Sie wissen werden, so häufig vor= kommt, und dann der Erdboden einen Fuß dick gefriert?‟ Von die= ser Seite hatte Herr Cafe die Sache noch nicht betrachtet. Die Zeit des Schweineschlachtens fiel erst in den Monat Dezember oder Ja= nuar. Er kraute sich in den Haaren und stammelte dann hervor:

„Ja nun, ihren Rüsseln wird es natürlich arg mitspielen; aber ich sehe nicht, wie es anders zu machen ist. Da wird es halt heißen: „Wühl', Schwein oder stirb!‟

Heimath der Familie Lincoln in Indiana.

Situirt nahe Gentryville in Spencer County, und etwa halbwegs zwischen Evansville und Louisville. Die Lincoln's siedelten von hier aus über nach diesem Platze in 1816; hier wohnten sie dreizehn Jahre.

Vermischte Geschichten.

Ein Besuch in Henry Ward Beecher's Kirche. — Was Lincoln über Beecher aussagte.

Herr Nelson Sizer, einer der Galleriebiener in Henry Ward Beechers Kirche, theilte einem Freunde mit, daß Herr Lincoln in jenem Zeitraum, in welchen seine im Cooper Institut abgehaltene Rede fiel, zweimal beim Morgengottesdienste in dieser Kirche gegenwärtig gewesen sei. Das erste Mal wurde er von seinem Freunde, Georg B. Lincoln, begleitet und nahm Platz auf einem der sich in der Mitte befindenden Sitze. An einem späteren Sonntage, nicht lange darauf, war die Kirche gedrängt voll wie gewöhnlich und der Gottesdienst war schon bis zur Verkündigung des Textes vorgeschritten, als sich die Galleriethür zur Rechten der Orgel öffnete und die hohe Gestalt des Herrn Lincoln durch dieselbe herein trat. Sich wieder einmal über Sonntag in der Stadt befindend, machte er sich allein auf den Weg die Kirche zu besuchen, in welcher er auch ziemlich verspätet eintraf. Ein jeder Sitz war besetzt; doch der gefällige Thürsteher trat ihm sofort seinen eigenen ab und sich zurückziehend, gab sich dieser der interessanten Beschäftigung hin, die Wirkung zu beobachten, welche die Predigt auf den Redner aus dem Westen ausüben würde. Wie Beecher sein Thema mehr und mehr ausspann und entwickelte, neigte sich die Gestalt Lincoln's immer mehr nach vorn, seine Lippen öffneten sich und er schien zuletzt ganz und gar vergessen zu haben wo er sich befand, hie und da seine Befriedigung über eine geschickte Redewendung oder Erläuterung durch einen, schon mehr indianerartigen, Ausdruck — „Uch!" — kund gebend, nicht hörbar außerhalb seiner unmittelbaren Nähe natürlich, aber doch s e h r ausdrucksvoll! Von da an zollte Herr Lincoln dem berühmten Pastor der Plymouth-Kirche die höchste Bewunderung. Er bemerkte dem Ehrw. Henry M. Field von New York gegenüber einstmals,

„daß weder die Biographien des Alterthums noch die der Jetztzeit solch einen f r u c h t b a r e n Geist aufzuweisen hätten, wie er sich uns in der Laufbahn Henry Ward Beecher's offenbare." .

Lincoln's Liebe zum kleinen Tad.

Mochte bei dem Präsidenten sein wer da wollte, oder er selbst noch so sehr vertieft sein, sein kleiner Sohn Tad war ihm zu jeder Zeit willkommen. Wo sein Vater auch hinging, selten, daß er ihn nicht begleitete. Einstens auf einer Reise nach Fort Monroe betrug er sich überaus wild und ausgelassen. Der Präsident wurde von der Unterhaltung, die er mit seinen Begleitern unterhielt, sehr in Anspruch genommen und sagte zuletzt:

„Tad, wenn Du ein artiger Junge sein willst und bis wir Fort Monroe erreicht haben, Niemanden mehr belästigst, so gebe ich Dir einen Dollar."

Die Aussicht auf diese Belohnung bewirkte zwar zeitweiliges, ruhiges Verhalten seinerseits, doch nach Jungenart vergaß Tad sein Versprechen gar bald und war so lärmend wie vorher. Als jedoch das Reiseziel erreicht war, sagte er sofort: „Vater, gieb mir meinen Dollar."

Herr Lincoln drehte sich um nach ihm, mit der Frage: „Tad, meinst Du, Du habest ihn verdient?"

„O ja," war die herzhafte Antwort.

Herr Lincoln sah ihn einen Augenblick halb vorwurfsvoll an, dann aber aus seiner Geldtasche einen Dollarschein nehmend, sagte er: „Nun gut, mein Sohn, ich will w e n i g s t e n s m e i n e r V e r p f l i c h t u n g i n d i e s e m H a n d e l n a c h k o m m e n."

Während er dem Commodore Porter zu Fort Monroe einen Besuch abstattete, ereignete sich ein Umstand, welcher später von Lieutenant Braine, einem der Offiziere des Flaggenschiffes, dem Ehrw. Dr. Ewer von New York mitgetheilt wurde.

Bemerkend, daß die Ufer des Stromes über und über mit Frühlingsblumen bedeckt waren, sagte der Präsident im Tone eines um eine besondere Gunst Bittenden: „Commodore, Tad ist ein großer

Freund von Blumen; — würden Sie wohl einigen von Ihren Leuten den Auftrag geben wollen, ein Boot zu nehmen und mit Tad ein oder zwei Stunden lang an den Ufern entlang zu fahren, damit er Blumen pflücken kann? Es würde ihm ein großes Vergnügen bereiten."

Eine intereſſante Geſchichte. — Lincoln in dem „Five Point's Houſe of Induſtry" zu New York.

Als Herr Lincoln in 1860 New-York beſuchte, intereſſirte er ſich lebhaft für die Beſſerungsanſtalten für jugendliche Verbrecher. Unter anderen beſuchte er auch, von Niemanden begleitet, das „Five Points Houſe of Induſtry," und der Superintendent der Sonntagsſchule daſelbſt beſchreibt das Ereigniß folgendermaßen:

„An einem Sonntag Morgen ſah ich einen hochgewachſenen, anſehnlichen Mann das Zimmer betreten und ſich auf einen Sitz unter uns niederlaſſen. Er hörte unſeren Andachtsübungen mit großer Aufmerkſamkeit zu, und ſeine Züge drückten ein ſo aufrichtiges Intereſſe aus, daß ich mich nicht enthalten konnte, auf ihn zuzutreten und ihn zu fragen, ob er nicht vielleicht einige Worte zu den Kindern zu ſprechen geneigt ſei. Er nahm die Einladung mit augenſcheinlichem Vergnügen an, und vortretend hielt er eine einfache Anſprache, die ſogleich jeden Anweſenden beſtrickte und allgemeines tiefes Schweigen hervorrief. Seine Sprache war auffallend ſchön, und ſeine Stimme, in welcher die tiefſte Gefühlsbewegung nachklang, war rein und melodiſch. Die jugendlichen Geſichter neigten ſich in traurigem Schuldbewußtſein als er Worte ernſter Ermahnung laut werden ließ, leuchteten aber auf wie heller Sonnenſchein, ſo oft frohe, hoffnungsvolle Verheißungen von ſeinen Lippen quollen. Wiederholt ſuchte er ſeine Rede zu ſchließen, aber immer zwangen ihn die gebieteriſchen Rufe: „Fahren Sie fort! O, bitte, reden Sie weiter!" wieder von Neuem anzufangen.

„Als ich die hagere und ſehnige Geſtalt dieſes Fremden ſo betrachtete, ſein kühn gewölbtes Haupt und dieſe entſchloſſenen Züge, die nun unter den Eindrücken des Augenblickes eine weichere Färbung angenommen hatten, da entſtand in mir ein nicht zu unterdrückender

Wunsch, diesen Mann näher kennen zu lernen, und in dem Moment als er sich eben ruhig aus dem Zimmer entfernen wollte, bat ich ihn, mir seinen Namen zu nennen. Höflich antwortete er: „Mein Name ist Abraham Lincoln, von Illinois."

Lincoln und sein neuer Hut.

Herr G. B. Lincoln erzählt von einem amüsanten Vorfall, wel= cher sich in Springfield, gleich nach der Nomination des Herrn Lin= coln in 1860 zugetragen hat. Ein Hutmacher von Brooklyn ver= schaffte sich im Geheimen das Maß vom Haupte des künftigen Präsi= denten, und verfertigte für ihn einen eleganten Hut, welchen er durch seinen Mitbürger Lincoln nach Springfield befördern ließ. Zur Zeit da er überreicht wurde, hatten sich auch noch von verschiedenen anderen Landestheilen her liebende Beweise von ähnlichem Charakter einge= funden. Nachdem Herr Lincoln den Hut bezüglich dessen Güte und Feinheit einer Musterung unterworfen hatte, setzte er ihn auf und stellte sich damit vor den Spiegel. Seinen Blick von dem eigenen, ihm aus dem Spiegel entgegenschauenden Bilde auf Frau Lincoln überlenkend, sagte er mit dem ihm eigenen Augenzwinkern: „Na Frau, etwas kommt für uns bei der Sache doch heraus. Wir bekommen wenigstens neue Kleider!"

Lincoln's Kraftstück mit einer Axt im Schiffsbauhofe zu Washington.

Eines Nachmittags im Sommer des Jahres 1862 begleitete der Präsident mehrere Herren nach dem Washington'er Schiffsbauhofe, um daselbst dem Experimentiren mit einer neu erfundenen Kanone beizuwohnen. Darauf begab sich die Gesellschaft an Bord eines an den Werften liegenden Dampfers.

Eine Debatte entspann sich in Bezug auf die Vorzüge der Erfin= dung, inmitten von welcher Herr Lincoln mehrerer Aerte ansichtig wurde, die außerhalb der Kajüte an der Wand aufgehängt waren. Die Gruppe verlassend, schritt er still von bannen, nahm eine von den Aerten und mit derselben zurückkehrend, sagte er:

„Meine Herren! Sie mögen von ihren „Raphael Repetirern"
und „elfzölligen Dahlgrens" ſprechen ſo viel Sie wollen, aber hier
iſt eine Erfindung, über welche ich beſſer unterrichtet bin, wie irgend
einer von Ihnen." Mit dieſem ſtreckte er die Art auf Armeslänge
von ſich, ſie bei dem Stiel oder „Helm," wie ihn die Holzhauer be-
nennen, haltend — ein Kraftſtück, welches kein anderes Mitglied der
Geſellſchaft auszuführen vermochte, obgleich alle den Verſuch machten.

Durch ſolche Handlungen, welche da zeigten, daß er ſich ſeiner
ſchlichten Herkunft nicht ſchämte oder deren vergeſſen hatte, offen-
barte der gute Präſident den wahren Edelmuth ſeines Charakters.
Er entſprach ganz und gar dem Bilde ſeines Lieblings-Dichters:

„Der Rang iſt nur des Goldſtück's Stempel,
Der Mann iſt's Gold, da ſucht den Werth!"

**Lincoln fallirt als Geſchäftsmann. — Er zahlt jedoch ſechs
Jahre ſpäter die „National-Schuld."**

Es iſt intereſſant, auf die Thatſache zurückzukommen, wie ſich
Herr Lincoln einſtmals ernſtlich mit dem Projekt beſchäftigte, Huf-
ſchmied zu werden. Er ſah ſich gänzlich von Mitteln entblößt und
fühlte die dringende Nothwendigkeit, ein brodbringendes Handwerk
zu erlernen. Während er dieſes Projekt hin und wieder in Erwägung zog, geſchah es, daß ſich ein Umſtand ereignete, welcher ihm in
ſeiner Unentſchloſſenheit eine Erfolg in Ausſicht ſtellende Bahn nach
einer andern Richtung hin zu eröffnen ſchien.

Ein Mann Namens Reuben Radford, Beſitzer eines kleinen
Krämerladens in New Salem, hatte ſich auf irgend eine Weiſe das
Mißfallen der Clary's Grove Buben zugezogen, die ihre „reguli-
renden" Vorrechte durch ein „unreguläres" Einwerfen ſeiner Fenſter
ausgeübt hatten. William G. Greene, ein Freund des jungen Lincoln, fuhr eines Tages an dem Laden Radford's vorüber, da rief ihn
dieſer an und machte ihm die Mittheilung, daß er auszuverkaufen be-
abſichtige. Herr Green trat ein in den Laden, warf einen Blick auf
Einrichtung und Waarenvorrath, und bot ihm auf's Gerathewohl

vierhundert Dollars für das Ganze.   Das Angebot wurde sofort
acceptirt.

Am nächsten Tage kam Lincoln zufällig in den Laden, und da er
Waarenkenntniß besaß, beauftragte ihn Herr Greene ein Inventar
aufzunehmen, um dadurch zu ermitteln, was für einen Handel er
wohl geschlossen habe.   Das geschah und es stellte sich heraus, daß
der Vorrath einen Werth von sechshundert Dollars besaß.   Lincoln
bot ihm hierauf einhundert und fünfundzwanzig Dollars als Gewinn
an dem abgeschlossenen Handel, mit der Bedingung jedoch, daß er
selbst, und ein Mann Namens Berry als sein Associé, auf den an
Rabford ausgestellten Schuldscheinen seine (Greene's) Stelle einneh=
men sollte.   Herr Greene erklärte sich hiermit einverstanden, Rab=
ford aber erhob Einwand und wollte nur unter der Bedingung da=
rauf eingehen, daß Greene für die Beiden Sicherheit leiste, welche
Herr Greene endlich auch gewährte.

Berry entpuppte sich als ein ausschweifendes, nichtswürdiges
Subjekt und bald erlitt das Geschäft Schiffbruch.   Herr Greene
sah sich nicht allein veranlaßt Lincoln bei Abschluß der geschäftlichen
Angelegenheiten hülfreiche Hand zu leisten, sondern mußte auch noch
die fälligen Noten an Rabford bezahlen.   Alles was Lincoln von dem
Laden mit sich fort nahm war: erstens, eine werthvolle Erfahrung und
zweitens eine Schuldenlast die er an Herrn Greene zu entrichten hatte
und die er in seinen Plaudereien mit Letzterem stets als die N a t i o=
n a l = S c h u l d bezeichnete.   Diese National=Schuld aber, gänzlich
abweichend von der Mehrzahl derer die diesen Namen führen, wurde
in späteren Jahren bei Heller und Pfennig bezahlt.

Herr Greene, der von den Gesetzen die sich auf solche Fälle be=
ziehen, nichts wußte und sich darüber auch nicht weiter erkundigt
hatte, war seitdem nach Tennessee übergesiedelt, da wurde er sechs
Jahre später von Herrn Lincoln benachrichtigt, daß er bereit sei ihm
Alles zurückzuzahlen was er für Berry habe entrichten müssen — er
(Lincoln) fühle sich gesetzlich verpflichtet, den Verbindlichkeiten seines
Associés nachzukommen.

Gedächtnißrede am Grabe von Lincoln's Mutter. — Der alte Paſtor und der junge Lincoln. — Eine intereſſante Feier.

Mehrere Monate nach dem Tode von Lincoln's Mutter, welcher erfolgte, da er erſt wenige Jahre alt war, ſchrieb er, ſo klein und jung er auch war, an Pfarrer Elkin, der vormals, als ſie noch in Kentucky gewohnt hatten, ihr Seelenhirt geweſen und erſuchte ihn nach Indiana zu kommen, um ihr eine Leichenpredigt zu halten.

Das war aber keine geringe Gunſt, um die er ſeinen früheren Pfarrer erſuchte, denn dieſer hatte einen Ritt von hundert Meilen durch eine faſt unburchdringliche Wildniß zu machen, um zu ihm zu gelangen; und es gereicht dem umherreiſenden Prediger zur großen Ehre, daß er ſich unter ſolchen Umſtänden willig zeigte, jener Frau ſeinen Tribut zu zollen, die ihn und ſein heiliges Amt ſtets ſo hoch in Ehren gehalten hatte. Er antwortete auf Abraham's Einladung, daß er die Grabrede an dem und dem Sonntage halten wolle und erlaubte ihm, die Nachbarn von der bevorſtehenden Feier zu benachrichtigen.

Als der feſtgeſetzte Tag herannahte, wurde die ganze Nachbarſchaft, welche eine jede in einem Umkreiſe von zwanzig Meilen wohnende Familie in ſich ſchloß, davon in Kenntniß geſetzt. Ei n Nachbar benachrichtigte den andern. In einem jeden Schulhäuschen wurde es verkündet. Wohl nicht eine einzige Familie gab es da, die über das ſehnlich erwartete Ereigniß nicht Kunde erhalten hätte.

An einem freundlichen Sonntagmorgen machten ſich die Anſiedler jener Region auf den Weg nach der Hütte Lincoln's; und wie ſie ſo nach und nach ankamen, geſtaltete ſich das Ganze zu einem Bilde, welches werth geweſen wäre von dem berühmteſten Meiſter auf Leinwand übertragen zu werden. Manche von ihnen langten an in Karren von der allerprimitivſten Bauart, deren Räder nichts andere; waren wie von rieſigen Baumſtämmen abgeſägte Scheiben, und alle andern Theile Erzeugniſſe der Art und des Bohrers; andere kamen zu Pferd, zwei und drei hintereinander auf demſelben Thiere ſitzend; wieder andere kamen in Wagen angefahren die mit Ochſen beſpannt waren, und noch andere kamen zu Fuß. Zweihundert Perſonen wa

ren versammelt als der Pfarrer Elkin zur Thür der Lincoln'schen
Hütte heraustrat, begleitet von der kleinen Familie, und dem Baume
zuschritt, unter welchem die theure Asche einer Gattin und Mutter
ruhte.

Die Versammlung, die sich auf Klötzen und Baumstumpen um
das Grab herum gruppirt hatte, begrüßte den Prediger und die trau=
e nde Familie mit einem tiefen Schweigen, das nur hie und da durch
das Lied eines sich in den Zweigen schaukelnden Vogels, oder dem
vielstimmigen Gesumme der Insekten oder auch dem Quieken eines
spät ankommenden Karrens unterbrochen wurde. Sich am Fuße
des Grabes hinstellend, erhob Pfarrer Elkin seine Stimme zum Ge=
bet und heiligem Gesang, und begann hierauf seine Predigt.

Die Versammlung, die gespannten Gesichter um ihn und alle die
süßen Einwirkungen des herrlichen Morgens, begeisterten ihn zu einer
ungewöhnlichen Beredsamkeit und Innbrunst; und das flackernde
Sonnenlicht wie es durch die vom Winde getheilten Zweige funkelte,
traf auf manche Thräne auf den gebräunten Wangen seiner Zuhörer,
während Vater und Sohn von dem auf's Neue erweckten Grame ganz
überwältigt schienen. Er sprach von der frommen Frau, die dahin
gegangen sei und all' das Lob, das man ihr gezollt, reichlich ver=
dient habe, und bezeichnete sie als ein Muster der echten Weiblichkeit.

Diejenigen die das zarte und ehrfurchtsvolle Gemüth Abraham
Lincoln's in späteren Jahren zu kennen Gelegenheit gehabt haben,
werden nicht daran zweifeln, daß er zu seiner heimathlichen Hütte zu=
rückkehrte, tief ergriffen von dem was er vernommen. Auf's Neue
waren ihm die Lehren und frommen Eigenschaften seiner gottesfürch=
tigen Mutter in's Gedächtniß gerufen worden. Er erinnerte sich,
wie sie ihm in der bemuthsvollen Ertragung aller Mißgeschicke mit
gutem Beispiele vorangegangen, wie sie versucht hatte, ihn zu reinen
und edlen Motiven zu begeistern, ihn belehrt hatte über die göttliche
Wahrheit, wie sehr sie ihn geliebt und wie unendlich zahlreich die
mütterlichen Liebesdienste waren, die sie ihm in seiner zarten Kindheit
erwiesen.

Dem Leben dieser frommen Frau entsproß der Keim der seinen
Charakter bilden sollte. Die Wurzeln und Fasern wurden von der

Liebe dieſer frommen Frau gepflegt und Diejenigen, welche die Ernſt-
haftigkeit und Wahrhaftigkeit ſeines g e r e i f t e n Charakters bewundert haben, mögen bedenken, daß der Baum ja nur dem Boden
entſprach, dem er entſproſſen.

Etwas über die religiöſen Anſichten des Herrn Lincoln.

Der Ehrw. Herr Willets von Brooklyn berichtet über eine Unterhaltung die zwiſchen einer mit der „Chriſtlichen Commiſſion" in Verbindung ſtehenden Dame ſeiner Bekanntſchaft und Herrn Lincoln
ſtattgefunden. Dieſe Dame hatte während der Ausübung ihrer
Dienſtpflichten mehrere Zuſammenkünfte mit ihm.

Wie es ſchien hatte der Ernſt und Eifer womit die Dame ihre
Sache verfolgte, einen tiefen Eindruck auf den Präſidenten hervorgebracht und bei einer weiteren derartigen Veranlaſſung, nachdem ſie
den Zweck ihres Beſuches angedeutet, ſagte er zu ihr:

„Madame ——, ich hege eine hohe Meinung von Ihrem chriſtlichen Charakter und da wir uns gerade allein befinden, ſo möchte ich
Sie fragen, worin Ihrer Anſicht nach die wahre Frömmigkeit be-
ſteht."

Die Dame erwiderte hierauf des Längeren, angebend, daß ihrer
Meinung nach dieſelbe aus einer Ueberzeugung von der eigenen
Sündhaftigkeit und Schwachheit, und einem innerlichen Bedürfniſſe
nach dem Beiſtand und der Hülfe des Heilandes beſtehe, daß die
doctrinären Anſichten wohl verſchiedenartiger Natur ſeien, das wirkliche Gefühl eines Bedürfniſſes nach göttlicher Hülfe aber und das
Verlangen nach Stärkung und Leitung durch den heiligen Geiſt ſchon
genügenden Beweis liefern, daß ein Menſch wieder geboren worden
ſei. Das war der Hauptinhalt ihrer Antwort.

Nachdem ſie geendet hatte, verblieb Herr Lincoln während mehrerer Augenblicke ſehr gedankenvoll. Endlich ſagte er mit großem
Ernſt: „Wenn das, was Sie mir gegenüber ſoeben ausgeſprochen
haben, eine richtige und wahre Anſchauung dieſes erhabenen Gegen-
ſtandes iſt, ſo kann ich aufrichtig ſagen, daß ich ein Chriſt zu ſein
glaube. Ich lebte," fuhr er fort, „ohne dieſe Dinge als etwas

Wirkliches zu betrachten, bis mein Sohn Willie starb. Der Schlag zerschmetterte mich. Ich erkannte meine Schwachheit wie noch nie zuvor und wenn ich Das, was Sie dargelegt haben, als R i ch t= s ch n u r annehmen darf, so glaube ich von der U m w a n d l u n g von welcher Sie sprachen, etwas gewahr worden zu sein; und nun will ich noch hinzufügen, daß ich schon lange die Absicht mit mir her= umgetragen, bei einer passenden Gelegenheit ein öffentliches, kirch= liches Glaubensbekenntniß abzulegen."

Thurlow Weed's Erinnerungen.

In einem Briefe an den New Yorker Lincoln=Club bemerkt unter Anderem Thurlow Weed Folgendes: Ich begab mich in 1860 nach Chicago, um an der Whig National=Convention Theil zu nehmen; die Nomination des Gouverneurs Seward war mein inniger Wunsch und wurde von mir zuversichtlich erwartet. Die Vereitelung mei= ner lang gehegten Hoffnungen war für mich eine bittere Pille. Ich acceptirte mit einem gewissen Widerwillen eine Einladung, Herrn Lincoln in seiner Springfielder Häuslichkeit zu besuchen, woselbst mir während einer interessanten Unterhaltung und während ich noch unter den Eindrücken der Ungerechtigkeit litt, die Herrn Seward wi= berfahren war, Vertrauen zu Herrn Lincoln's klarem Verstande, Tüchtigkeit und Redlichkeit eingeflößt wurde.

Ein Wahlfeldzugs = Programm wurde entworfen und zurückkeh= rend nach Albany, arbeitete ich für ihn ebenso eifrig und freudig, als wie ich für Seward gearbeitet haben würde, wäre er als Präsident= schafts=Candidat nominirt worden.

Die Einsetzung Lincoln's bewirkte auch gleichzeitig die Rebellion. Bald darauf folgende Ereignisse bewiesen, daß die Chicagoer Con= vention wohlweislich von der göttlichen Vorsehung geleitet wor= ben war. Dem Lande standen in den Stunden der bittersten Drang= sal zwei, anstatt nur einer seiner größten und besten Männer zur Seite.

Lincoln als Präsident und Seward als Staatsminister, da konnte es nicht fehlen; da war der rechte Mann auf dem rechten Fleck.

Da ich reichlich Gelegenheit fand, den Character Lincoln's gründ=
lich zu ſtudiren, erkühne ich mich zu behaupten, daß ſein Pflicht= und
Ehrgefühl ebenſo unantaſtbar und ſein Patriotismus von ebenſolcher
Vaterlandsliebe durchwärmt war, wie das bei Georg Waſhington
der Fall geweſen iſt.

Ihre Namen und ihr Andenken ſollten künftigen Generationen
als nachahmungswürdige Vorbilder überliefert werden.

Ein amüſantes Beiſpiel.

Herr Lincoln erzählte einmal von einem Manne, welcher, wäh=
rend er die Reife um eine Tonne mit Hammer und Triebel bearbei=
tete, um dieſe auf beiden Enden zu ſchließen, durch das öftere Ein=
fallen des Deckels in Aerger gerieth. Zuletzt kam er auf die kluge
Idee, ſeinen kleinen Jungen in die Tonne hinein zu ſtellen und ihn
den Deckel ſo lange halten zu laſſen, bis dieſer nicht mehr herunter
fallen würde. Das that er, ohne daß ſich ihm jedoch auch nur ein
einziges Mal die Frage aufgedrängt hätte, wie bekommſt du deinen
Jungen da wieder heraus; daran dachte er erſt, nachdem er ſein
Werk vollendet hatte. „Das,‟ ſagte Lincoln, „iſt ein Beiſpiel von
der Art und Weiſe, wie manche Leute ihre Geſchäfte betreiben.‟

Zwei hübſche Geſchichten. — Wie Lincoln ſeine Höhe maß. — Eine prophetiſche Schale Milch.

Gleich nach Herrn Lincoln's Nomination für die Präſidentſchaft,
wurde ihm die Exekutiv=Halle, ein feines geräumiges Gemach im
Staatsgebäude zu Springfield, überlaſſen, woſelbſt er bis nach der
Wahl die Beſuche des Publikums entgegennahm.

Um die Natur von vielen der ihm zu Theil werdenden Beſuche zu
veranſchaulichen, erzählte ein Augenzeuge Herrn Holland folgende
Thatſachen:

„Eines Tages, als Herr Lincoln mit einem Herrn in traulicher
Unterredung beiſammen ſaß, traten zwei ungehobelt ausſehende, ein=
fach gekleidete junge „Suckers‟*) herein, und blieben mit ſchüchter=

* Ein Spitzname, den man den Bewohnern des Staates Illinois beigelegt hat. Anm. d. Ueb.

nem Zögern in der Nähe der Thüre stehen. Sobald er sie gewahr
wurde und ihre Verlegenheit bemerkte, stand er auf und ging auf sie
zu, indem er sagte: „Wie geht es Ihnen, meine lieben Freunde?
Womit kann ich Ihnen dienen? Wollen Sie sich nicht setzen?" Der
Wortführer des Paares, von Beiden der Kleinere, lehnte es ab sich zu
setzen, und erklärte den Zweck ihres Kommens folgendermaßen. Es
sei über das beziehungsweise Höhenmaß des Herrn Lincoln und sei=
nes Begleiters eine Streitfrage entstanden, und er habe die Behauptung
aufgestellt, daß Beide gleich groß wären. Nun sei er hieher gekom=
men, um die Richtigkeit seiner Behauptung bestätigt zu sehen.

Herr Lincoln lächelte, ging und holte seinen Stock und sagte, in=
dem er das untere Ende gegen die Wand hielt: „Kommen Sie her,
junger Mann, stellen Sie sich 'mal hier d'runter."

Der junge Mann that wie ihm geheißen. Herr Lincoln paßte
den Stock genau seiner Höhe an und fuhr dann fort: „So, nun kom=
men Sie hervor und halten S i e den Stock."

Das geschah, und Herr Lincoln stellte sich darunter. Seinen Kopf
gegen denselben vor= und rückwärtsreibend, um anzuzeigen, daß sich
dieser unter dem Meßstabe bewegen könne, trat er hervor und erklärte
dem scharfsinnigen, neugierig dreinschauenden Burschen, daß sich seine
Muthmaßung mit bemerkenswerther Genauigkeit bewahrheitet habe
—daß sie beide ein und dasselbe Maß hätten. Hierauf schüttelte er
den Burschen die Hände und ließ sie ziehen. Der Gedanke, sie mit
dem Eindruck hinweg zu schicken, als hätten sie ihn in irgend einer
Weise in seiner Würde verletzt, lag ihm ebenso ferne wie derjenige,
sich seine rechte Hand abschneiden zu wollen.

Kaum waren die Zwei verschwunden, da machte eine alte, beschei=
den gekleidete Dame ihr Erscheinen. Sie kannte Herrn Lincoln, doch
konnte er sich ihrer nicht sogleich entsinnen. Hierauf versuchte sie es,
ihm gewisse Vorfälle in Verbindung mit seinen „Kreis=Bereisungen",
besonders aber den Umstand in's Gedächtniß zurück zu rufen, daß er
zu verschiedenen Malen in ihrem Hause an der Landstraße gespeist
habe. Da entsann er sich ihrer und ihrer Häuslichkeit. Nachdem es
ihr somit gelungen war, ihrer eigenen Persönlichkeit ein Plätzchen in
seinem Gedächtniß zurückzuerobern, bemühte sie sich, ihn an eine ge=

Wohnhaus von Abraham Lincoln in Springfield, Ill.

wisse karge, aus Brod und Milch bestehende Mahlzeit zu erinnern, die er einstens in ihrem Hause eingenommen. Das wollte ihr aber nicht gelingen — er wußte nichts anderes, als daß er in ihrem Hause stets reichlich zu essen vorgefunden habe.

„Ach, wissen Sie's wirklich nicht mehr?" sagte sie; „Sie kamen eines Tages an, als wir unsere Mittagsmahlzeit schon beendet hatten und alles aufgezehrt war. Ich konnte Ihnen nichts weiter als eine Schale Milch und Brod anbieten, und nachdem Sie das karge Mahl eingenommen hatten, standen Sie auf und sagten, das wäre gut genug für den Präsidenten der Vereinigten Staaten!"

Die gute Frau war eine Strecke von acht oder zehn Meilen Weges herbeigekommen, um Herrn Lincoln diesen Vorfall zu erzählen, der in ihrem Geiste wahrscheinlich die Gestalt einer Prophezeiung angenommen hatte. Herr Lincoln unterhielt sich mit der biederen Frau auf das Vertraulichste, plauderte mit ihr von alten Zeiten, wobei es ihr immer leichter um's Herz wurde, und entließ sie zuletzt in der glücklichsten und heitersten Stimmung.

Lincoln's Liebe zu den Kindern.

Bald nach seiner Erwählung zum Präsidenten und während er sich in Chicago zum Besuch befand, bemerkte er eines Abends in einer Privatgesellschaft ein kleines Mädchen, das sich ihm schüchtern zu nähern suchte. Er rief es sogleich zu sich heran und frug das kleine Mädchen nach seinem Begehr.

Das Kind antwortete, es wünsche seine Autographie.

Herr Lincoln blickte hinter sich in das Zimmer und sagte:

„Ja, da sind aber noch andere kleine Mädchen — die würden betrübt sein, wenn ich nur Dir allein meinen Namen aufschreiben würde."

Das kleine Mädchen erwiderte, daß im Ganzen acht von ihnen hier beisammen seien.

„Dann," sagte Herr Lincoln, „bringe mir acht Bogen Papier, und Feder und Tinte, ich will dann sehen was sich für Euch thun läßt."

Das Papier war herbeigeschafft und Herr Lincoln setzte sich in dem gefüllten Gesellschaftszimmer nieder und schrieb auf jeden Bogen einen Satz, seinen Namen beifügend; auf diese Weise trug ein jedes der kleinen Mädchen ein Andenken von ihm mit sich fort.

Während desselben Chicago'er Aufenthaltes und bieweil er einen Empfang in einem der Hotels abhielt, führte ein zärtlicher Vater sein Söhnchen zu ihm, welches das Verlangen ausgesprochen hatte, den Präsidenten zu sehen. Sobald das Kind die Schwelle zum Empfangssalon überschritten hatte, riß sich der Kleine aus eig'nem Antrieb und zum Erstaunen seines Vaters das Mützchen vom Kopfe und dasselbe in der Luft schwenkend, rief er: „Hurrah für Lincoln!"

Viele Menschen waren anwesend, aber sobald sich Herr Lincoln des Kleinen bemächtigen konnte, hob er ihn zu sich empor und ihn hoch gegen die Zimmerdecke haltend, rief er lachend: „Hurrah für Dich!"

Das war augenscheinlich ein erfrischender Zwischenfall für Lincoln in der ermüdenden Arbeit des Händeschüttelns.

Eine interessante Anecdote von Lincoln, erzählt von dem Ehrw. J. P. Gulliver.

Am Morgen, welcher auf die Rede folgte die Lincoln zu Norwich, Conn., gehalten hatte, traf Herr Gulliver mit Herrn Lincoln auf einem Eisenbahnzug zusammen und begann eine Unterhaltung mit ihm. Von seiner Rede sprechend, bemerkte Herr Gulliver, daß er diese als eine der Merkwürdigsten betrachte, die er noch je gehört.

„Ist das Ihre aufrichtige Meinung?" frug Herr Lincoln.

„Ich meine genau was ich sage," erwiderte der Geistliche. „In der That," fuhr er fort, „ich habe gestern Abend mehr von der Kunst des öffentlichen Vortrages gelernt, als wie es mir möglich gewesen wäre zu lernen, hätte ich einem vollen Cursus von Vorlesungen über Rhetorik mit beigewohnt."

Hierauf unterrichtete ihn Herr Lincoln von einem „ganz außerordentlichen Vorfall", welcher sich wenige Tage zuvor in New-Haven zugetragen. Ein Professor der Rhetorik am Yale College war, wie man ihm gesagt hatte, herbei gekommen, um seiner Rede zu lauschen, hatte sich dann Notizen davon angefertigt und seiner Classe am folgenden Tag eine Vorlesung darüber gehalten; mit diesem jedoch noch nicht zufrieden, sei er ihm am darauf folgenden Abend bis nach Meriden nachgereist und habe ihm da, denselben Zweck verfolgend, nochmals zugehört. Das Alles schien Herrn Lincoln „sehr außerordentlich." Er hatte im Westen Gelegenheit genug gehabt, über seinen Erfolg zu staunen, hegte dorten aber keine großen Erwartungen hinsichtlich eines besonderen Erfolges im Osten, unter literarisch und wissenschaftlich gebildeten Männern aber erst recht nicht.

„Nun aber," sagte Herr Lincoln, „möchte ich doch gerne wissen, was das in meiner Rede eigentlich war, das Ihnen so bemerkenswerth erscheint und meinen Freund, den Professor, so sehr interessirt hat?"

Herrn Gulliver's Antwort war: „Die Klarheit Ihrer Darstellungen, die Unwiderlegbarkeit Ihrer Schlußfolgerungen, besonders aber Ihre Erläuterungen, welche Dichtung, und Pathos, und Scherz, und Logik, Alles in Einem waren."

Nachdem Herrn Gulliver's Wißbegierde durch eine weitere Entfaltung der eigenthümlichen Macht des Politikers vollständig befriedigt worden war, sagte Herr Lincoln:

„Ich danke Ihnen für diese Erklärung. Schon lange hegte ich den Wunsch Jemanden zu finden, der mir bei der Lösung dieser Frage behülflich sein könnte. Sie haben einen Gegenstand beleuchtet, der mir bisher dunkel erschienen war. Daß ein solches Vermögen, wie Sie meiner Rednergabe ein's beimessen, eine derartige Wirkung erzielen muß, finde ich nun völlig begreiflich. Ich hoffe, daß Sie Ihrer Schätzung keine Schmeicheleien mit beigemischt haben. Wahr ist es, für einen Mann von meiner beschränkten Bildung ist der von mir erzielte Erfolg wunderbar zu nennen."

Eine Erzählung Lincoln's von den schmutzigen Händen Daniel Webster's. — Wie Daniel einer Prügelstrafe entging.

Mit vielem Gusto erzählte Herr Lincoln dem Achtb. Herrn Odell und Anderen bei einer gewissen Veranlassung folgende Geschichte vom jungen Daniel Webster:

Als kleines Knäbchen die Schule besuchend, hatte sich Daniel ei=
nes Tages schwer gegen die Schulregeln versündigt. Er war auf
der That ertappt und vom Lehrer zur Bestrafung aufgerufen worden.
Diese sollte nach alter Sitte durch Schläge mit einem Lineal auf die
flache Hand an ihm vollzogen werden. Zufällig waren seine Hände
überaus schmutzig. Das wissend, spukte er auf dem Wege zum
Lehrer auf die Fläche seiner rechten Hand, diese an der Seite sei=
ner Hose abwischend.

„Gieb mir Deine Hand, Schlingel," sagte der Lehrer ernsten
Blickes."

Ohne Weiteres streckte er die theilweise gereinigte Hand von sich.
Der Lehrer betrachtete diese einen Augenblick und sagte:

„Daniel! wenn Du in diesem Schulzimmer noch eine so unsau=
bere Hand wie diese eine ist finden kannst, so erlaß ich Dir für dieses
Mal die Strafe."

Schnell wie der Blitz kam hinter seinem Rücken die linke Hand
hervor.

„Hier ist sie, Herr Lehrer," war die schnelle Antwort.

„Das genügt," sagte der Lehrer, „Du kannst für dieses Mal
auf Deinen Platz gehen."

Lincoln und das kleine Kind. — Ein ergreifender Vorfall.

Der „alte Daniel," zu Lincoln's Zeiten Thürsteher im Weißen
Haus, ist für nachfolgende rührende Geschichte verantwortlich:

Eine arme Frau aus Philadelphia, ein kleines Kind auf den Ar=
men tragend, hatte schon mehrere Tage darauf gewartet, dem Präsi=
denten vorgeführt zu werden. Wie sie erzählte, hatte ihr Gatte dem
Heere einen Substituten gestellt, war aber nachträglich, in betrunke=
nem Zustande, überredet worden, sich auch noch anwerben zu lassen.
Nachdem er den Platz erreicht hatte, wo sein Regiment stationirt war,
desertirte er, bei sich denkend, die Regierung sei zu seinem Militär=
dienst nicht berechtigt. Nach Hause zurückgekehrt, wurde er fest ge=
nommen, prozessirt, überführt und zum Tode durch die Kugel verur=
theilt. Das Urtheil sollte an einem Samstag vollzogen werden.

Am Montag war die arme Frau von Hauſe abgereiſt mit der Abſicht, den Präſidenten um Gnade zu bitten.

Daniel ſagt, „Sie hatte ſchon drei Tage gewartet und noch immer wollte ſich keine Gelegenheit darbieten, ſie vorzulaſſen. Spät am Nachmittag des dritten Tages ging der Präſident durch den Corridor nach ſeinem Privatzimmer, um eine Taſſe Thee zu ſich zu nehmen. Auf dem Wege dorthin hörte er das Kind weinen. Sogleich machte er Kehrt, ging zurück in ſeine Office und klingelte.

„Daniel,“ ſagte er, befindet ſich denn eine Frau mit einem Kinde im Vorzimmer?“

Ich ſagte, daß das der Fall ſei und wenn er mir erlauben wolle es zu ſagen, ſo möchte ich ihm die Dringlichkeit der Angelegenheit dieſer Frau beſonders an's Herz legen; Leben oder Tod ſtehe dabei auf dem Spiele.

Da ſagte er: „Schicken Sie mir dieſe Frau ſogleich herein!“

Sie trat ein, erzählte ihre Geſchichte und der Präſident begnadigte ihren Gatten.

Als die Frau wieder aus ſeiner Gegenwart heraustrat, hatte ſie den Blick erhoben und ihre Lippen bewegten ſich wie im Gebet, während ihr die Thränen über die Wangen träufelten.

Daniel ſagt weiter: „Ich trat an ſie heran und ſie am Shawl zupfend ſagte ich: „Madame, wiſſen Sie auch, das hat das Kind gethan.“

D. L. Moody's Erzählung von Lincoln's mitleidsvollem Erbarmen. — Wie ein kleines Mädchen mit Lincoln zu Werke ging, um ihren Bruder zu retten.

Aus der Zeit des Krieges, ſagt D. L. Moody, erinnere ich mich eines jungen Mannes, der noch keine Zwanzig zählte, und der im Felde kriegsgerichtlich zum Tode durch die Kugel verurtheilt worden war. Der Sachverhalt war ungefähr folgender: Der junge Mann hatte ſich einreihen laſſen. Er hatte es nicht nöthig, war aber mit einem anderen jungen Mann, einem Buſenfreunde, gemeinſchaftlich eingetreten. Eines Abend ließ er ſich von dieſem Freund erbitten, an deſſen Stelle Vorpoſtendienſt zu thun. Am darauffolgenden Abend

wurde er selbst dazu beordert, und da es die zweite Nacht war, die ihn
des Schlafes beraubte, so erlag er dieser ihm ungewohnten Anstren=
gung, indem er auf seinem Posten einschlief. Dieses Vergehens
wegen wurde er vor ein Kriegsgericht gestellt und zum Tode verur=
theilt. Das war gleich nach dem vom Präsidenten erlassenen Befehl,
wonach in derartigen Fällen keine Einsprache erhoben werden durfte.
Aehnliche Fälle hatten sich zu häufig ereignet, und nun sollte diesem
Krebsschaden einmal ein Ende gemacht werden. Als die Trauerbot=
schaft zu den Eltern nach Vermont gelangte, wollte den alten Leuten
fast das Herz brechen. Der Gedanke, daß ihr Sohn erschossen wer=
den sollte, war zu fürchterlich für sie; daß durch ihr Zuthun Rettung
möglich sei, wagten sie nicht zu hoffen. Sie besaßen aber ein kleines
Töchterlein; das hatte „das Leben Abraham Lincoln's" gelesen und
wußte, wie sehr er seine eigenen Kinder liebte. „Wenn Abraham
Lincoln wüßte, wie sehr meine Eltern meinen Bruder lieb haben, so
würde er ihn nicht erschießen lassen;" so dachte das kleine Mädchen
über die Sache und beschloß, den Präsidenten aufzusuchen. Es kam
an's Weiße Haus, und wurde von dem auf Wache stehenden Soldaten,
der dessen flehentliche Blicke bemerkte, ungehindert eingelassen; und
als es, bis zur Thüre gelangt, dem Privatsekretär sagte, daß es den
Präsidenten zu sprechen wünsche, da konnte auch dieser keine abschlägige
Antwort geben. In Abraham Lincoln's Zimmer eintretend, sah es
denselben von seinen Generälen und Räthen umgeben. Sowie er des
kleinen Landmädchens ansichtig wurde, erkundigte er sich nach dessen
Begehr, und vernahm aus dessen Munde die schmucklose, einfache Ge=
schichte, wie man ihren Bruder, der von ihrem Vater und ihrer Mutter
so sehr geliebt werde, erschießen wolle; wie tief ihre Trauer darüber
sei, und daß es ihnen das Herz brechen würde, wenn er auf diese
Weise das Leben lassen müsse. Das Herz des Präsidenten war von
tiefem Mitleid gerührt, und er schickte sofort eine Depesche ab, die das
Urtheil aufhob und dem Jungen Erlaubniß ertheilte, diesem Vater
und dieser Mutter in die Arme zu eilen. Um zu zeigen, welches herz=
liche Mitleid Abraham Lincoln der Trübsal jenes Elternpaares ent=
gegenbrachte, habe ich diese Geschichte erzählt, und wenn er so viel
Erbarmen seinen Mitmenschen gegenüber an den Tag legte, denkst

denn Du, daß der Sohn Gottes nicht auch Erbarmen mit Dir Sünder haben wird, wenn Du ihm Dein gebrochenes und zerſchlagenes Herz entgegenbringſt?

Lincoln treibt ſeinen Ulk mit Douglas. — Ein prächtiges „Whiskey-Faß."

Einſtmals, zur Zeit als Lincoln und Douglas den Staat Illinois zuſammen „ſtumpten," erwähnte Douglas, der die erſte Rede hatte, daß ihn ſein Vater, der ſeinerzeit ein geſchickter Böttcher war, als Knabe einem Tiſchler in die Lehre gegeben habe.

Das war Waſſer auf Lincoln's Mühle und ſowie die Reihe an ihn kam zu antworten, ſagte er:

„Ich glaube vorhin gehört zu haben, daß Herr Douglas das Tiſchlerhandwerk hat erlernen müſſen, was auch ganz in der Ordnung iſt, aber ich habe bisher noch nicht gewußt, daß ſein Vater ein Böttcher war. Ich bezweifle jedoch nicht im Geringſten, daß dem ſo iſt und bin auch ſicher, daß er ſogar ein gewandter Faßbinder war, denn (hier verbeugte er ſich höflich gegen Douglas) er hat ein's der ſchönſten Whiskey=Fäſſer verfertigt, die ich noch je geſchaut."

Da Douglas ein kurzer, ſtark unterſetzter Mann war und öfters ein's trank, ſo war die Pointe des Witzes nicht zu verkennen und wurde von Allen herzlich belacht.

Bei einer anderen Veranlaſſung glaubte Douglas Herrn Lincoln einen argen Hieb zu verſetzen, indem er der Menge erzählte, daß Lincoln, wie er ihn zuerſt kennen gelernt habe, ein „Spezereikrämer" geweſen ſei und „Whiskey, Cigarren u. ſ. w." verkauft habe. „Herr Lincoln," ſagte er, „war ein ausgezeichneter Schanktiſch=Kellner (bar-tender)!" Hier erfolgte nun das Lachen auf Koſten Lincoln's, deſſen Erwiderung jedoch nicht lange auf ſich warten ließ und dann hatte der andere Theil die Koſten zu tragen.

„Was Herr Douglas geſagt hat, meine Herren, iſt richtig und wahr," antwortete Herr Lincoln, „ich eignete in der That einſtmals einen Kramladen und verkaufte Baumwolle, Talglichter und Cigar=

ren, manchmal auch Whiskey; aber ich erinnere mich, daß Herr Douglas in jenen Tagen einer meiner b e st e n K u n d e n war!"

„Gar oft stand ich auf der einen Seite des Schanktisches und verkaufte Whiskey an Douglas an der andern Seite; aber der Un= terschied heutigen Tages zwischen uns ist der: Ich habe meine Seite des Tisches verlassen, w ä h r e n d e r a n s e i n e r noch s o z ä h f e st h ä l t wie nur je!"

Lincoln's Leben, wie es von ihm selbst geschrieben wurde.
Das Ganze in einer Nußschale.

Der Sammler für den „Diktionär des Congresses" erzählt, daß, während das Werk zur Veröffentlichung in 1858 hergerichtet wurde, er an Herrn Lincoln das gebräuchliche Gesuch um eine Skizze seines Lebens gestellt und von ihm die folgende Antwort erhalten habe:

„Geboren den 12. Februar 1809 in Hardin County, Kentucky."
„Bildung, mangelhaft." „Beruf, Advokat." „War ein Hauptmann von Freiwilligen im Black Hawk Krieg." „Postmeister in einem sehr kleinen Orte." „Viermal Mitglied der Illinoiser Legislatur und war Mitglied des Abgeordnetenhauses im Congreß."
Ihr u. s. w. „A. Lincoln."

Wie Lincoln in einem Prozeß über seinen Associe siegte.
Heiterkeit erregende Toiletten-Unkenntniß.

Während Richter Logan von Springfield, Ill., Lincoln's Associé war, begannen zwei Farmer, die über einen Pferdehandel in Zwistig= keiten gerathen waren, einen Rechtsstreit. Gegenseitig einwilligend, standen sich die beiden Associé's in diesem Falle antagonistisch gegen= über. Am Tage des Prozesses kaufte sich Herr Logan ein im Rücken offenes, neues Hemd und einen riesigen Vatermörder dazu, kleidete sich in großer Eile an und zog das Hemd an mit dem Busen nach hinten; ein leinener Rock verbarg den Irrthum. Er bramarbasirte vor den Geschworenen mit seinen Pferdekenntnissen und da der Tag schwül war, zog er seinen Rock aus und machte sein Resumé in Hemdsärmeln.

Lincoln, der hinter ihm ſaß, erkannte die Situation ſofort und als er an die Reihe kam ſagte er zu den Geſchworenen:

„Meine Herren, Herr Logan hat ſich nun ſchon ſeit länger wie eine Stunde bemüht, Ihnen den Glauben beizubringen, daß er größere Pferdekenntniß beſitzt wie jene ehrlichen Farmer, die als Zeugen anweſend ſind. Er hat vieles aus ſeinem „Pferdearzt" an= geführt und nun, meine Herren, frage ich Sie (hier richtete er Logan aus ſeinem Stuhl empor und drehte ihn mit dem Rücken gegen die Geſchworenen und übrigen Anweſenden, dabei den ungeheuren Vater= mörder in die Höhe ziehend), wie können Sie Vertrauen haben zu dieſes Mannes Pferdekenntniſſen, wenn er nicht einmal Verſtand ge= nug beſitzt, um ſein Hemd ordentlich anzuziehen?"

Das ſchallende Gelächter, welches dieſer Schauſtellung folgte und der Urtheilsſpruch, der zu Gunſten Lincoln's bald nachher gefällt wurde, ſchuf in Logan ein permanentes Vorurtheil gegen „Buſen= hemden."

Kleine Lincoln=Erzählungen.

Ein alter Engländer, welcher zu Springfield, Ill., wohnhaft war, vernahm die Reſultate der politiſchen Convention zu Chicago und konnte ſeiner Ueberraſchung nicht genügenden Ausdruck verleihen. „Was," ſagte er, „Abe Lincoln für Präſident der Ver. Staaten nominirt? Kann denn das möglich ſein? Ein Mann, der ſich zu ſei= nem Frühſtück für zehn Cents Beeffteak kauft und es ſelbſt nach Hauſe trägt?"

Als Herr Lincoln einſtmals von einem ſeiner Freunde gefragt wurde, wie er gefühlt habe, als die Berichte einliefen, die ſeine Nie= derlage zur Gewißheit machten, antwortete er, daß er vermuthlich wie jener halbwüchſige Burſche gefühlt habe, der ſich an die Zehe ge= ſtoßen hatte; zu übel, um Lachen zu können, und zu groß zum Weinen.

Ein in Springfield aufgewachſener junger Mann ſpricht von ei= nem Bilde, welches ſich tief in ſein Gedächtniß eingeprägt hat und das Lincoln, wie er in jenen Tagen ausſah, als Hauptfigur darſtellt.

Sein Weg zur Schule führte ihn am Hause des Advokaten vorüber. Da verging faſt kein freundlicher Sommermorgen, an dem er Herrn Lincoln nicht auf dem Seitenwege vor ſeinem Hauſe antreffen konnte, einen ſeiner Sprößlinge in einem Kinderwägelchen auf und ab fah= rend.

Herr Lincoln trachtete nie danach großen Gewinn aus ſeinem Be= ruf zu ziehen. Hohe Gebühren zu berechnen war nicht ſeine Sache, und ſeinen Freunden etwas abzuverlangen für geleiſtete Rechtsbienſte vermochte er noch viel weniger. Er war ebenſo bereitwillig, einem armen Clienten Geld zu geben, wie ſolches von ihm anzunehmen. Nie ermunterte er zur Führung eines Rechtsſtreites. Henry McHenry, einer von ſeinen alten Clienten, ſagt, daß er Herrn Lincoln einſtens einen Fall zur Verfolgung habe übergeben wollen; derſelbe habe es jedoch abgelehnt, ſich des Falles anzunehmen, da er nicht völlig in ſei= nem Rechte geweſen ſei. „Sie können der Gegenpartei viele Schwie= rigkeiten bereiten, möglicherweiſe auch einen Sieg über ſie davontragen, aber das Beſte wird ſein, Sie ſtrengen gar keine Klage an," ſo lautete der Beſcheid des Rechtsanwaltes.

Dem Original=Manuſkript einer der Reden des Herrn Lincoln ſind folgende Worte entnommen: „Vor zweiundzwanzig Jahren wur= ben Richter Douglas und ich zum erſten Male miteinander bekannt. Wir waren damals beide jung — er um ein Weniges jünger noch wie ich. Schon damals waren wir ehrgeizig — ich wahrſcheinlich in ebenſo hohem Grade wie er. Ich war in meinem ehrgeizigen Streben erfolglos, ganz und gar erfolglos; er hingegen hat einen herrlichen Erfolg erzielt. Sein Name erfüllt die Nation und iſt ſogar in frem= den Ländern nicht unbekannt. Ich affektire keine Verachtung gegen= über der erhabenen Stellung, die er erreicht hat; ſo erreicht, daß die Bedrückten meiner Gattung mit mir an der Erhöhung theilgenommen haben würden. Ich möchte lieber auf jener Höhe ſtehen, als die herr= lichſte Krone tragen, die jemals die Stirne eines Monarchen berührt hat."

In einer ſeiner erſten, gegen die Sclaverei gerichteten Reden, ſagt Lincoln: „Mein ausgezeichneter Freund (Stephen A. Douglas), ſagt es ſei eine Beleidigung für die na ḥ Kanſas und Nebraska ziehenden Emigranten, wenn man glauben wolle, ſie ſeien nicht fähig ſich ſelbſt zu regieren. Wir dürfen über ein Argument nicht leicht hinwegge= hen, weil dieſes zufällig das Ohr kißelt. Man muß ihm begegnen und darauf erwiedern. Ich gebe zu, daß der nach Kanſas und Ne= braska Ueberſiedelnde die Fähigkeit beſißt ſich ſelbſt zu regieren, aber (hier reckte er ſeine Geſtalt zur vollen Höhe empor) i ch ver ne i n e entſchieden, daß er das Recht hat, eine andere Perſon zu regieren, ohne von dieſer Perſon die Erlaubniß dazu erhalten zu haben.''

Damit traf er den Nagel auf den Kopf und conſtatirte die Mei= nungsverſchiedenheit, die zwiſchen ihm und Douglas beſtand.

Lincoln's letzte Erzählung, ſowie ſeine zuletzt geſchriebe= nen und geſprochenen Worte.

Die letzte Geſchichte die Herr Lincoln erzählt hat, wurde ihm durch einen Umſtand entlockt, der ſich kurz vor ſeiner Unterredung mit den Herren Colfar und Aſhmun am Abend ſeiner Ermordung ereignete.

Marſhall Lamon von Waſhington war zu ihm gekommen mit ei= nem Geſuche um die Begnabigung eines Soldaten. Nach einem kurzen Anhören des näheren Sachverhaltes nahm der Präſident das Geſuch entgegen und gerade als er ſeinen Namen auf die Rückſeite davon ſchreiben wollte, ſah er in die Höhe und ſagte:

,,Lamon, haben Sie ſchon gehört wie die Patagonier Auſtern eſſen? Sie öffnen ſie und werfen die Schalen aus dem Fenſter, und wenn der Haufen anfängt die Fenſter zu verdecken, ſo ziehen ſie aus;'' hinzufügend:

,,Mir iſt es heute zu Muth, als möchte ich einen neuen Haufen Begnabigungen beginnen und da mag dieſer hier auch den Anfang machen.''

Bei der hierauf folgenden Unterredung mit den Herren Colfar und Aſhmun war Lincoln in der heiterſten Laune. Man ſprach von der bangen Beſorgniß, welche ſich ſeiner Freunde bemächtigt hatte, als er seine Reise nach Richmond unternahm, da antwortete er in scherzendem Tone, „er würde wahrscheinlich auch Besorgniß gehegt haben, wäre ein anderer Mann Präsident gewesen und nach dorthin abgereist; doch so wie die Sachen gestanden, habe er durchaus keine Gefahr befürchtet." Sich zum Sprecher Colfax wendend, sagte er:

„Sumner hat den „Hammer" des conföderirten Congresses, der ihm in Richmond in die Hände fiel, in seinem Besitz und beabsichtigte dem Kriegsminister damit ein Geschenk zu machen, ich aber drang darauf, daß er denselben Ihnen verehre und wenn Sie Herrn Sumner sehen, so sagen Sie ihm von mir, er möchte Ihnen den Hammer überreichen."

Herr Ashmun, welcher in der Chicagoer Convention in 1860 der vorsitzende Beamte gewesen war, erwähnte des „Hammers" der bei jener Gelegenheit gebraucht worden und den er als ein werthvolles Andenken aufbewahrt habe.

Herr Ashmun brachte dann eine Geschäftssache zur Sprache die sich auf einen Baumwollen-Anspruch bezog, welcher von einem seiner Clienten erhoben worden war und sagte, er wünsche eine „Commission" ernannt zu sehen, um den Fall zu untersuchen und darüber zu entscheiden. Herr Lincoln antwortete mit Wärme: „Ich habe genug von den „Commissionen." Ich bin der Meinung, so eine „Commission" ist nichts weiter wie ein kunstgerechter Anschlag, die Regierung um ein jedes Pfund Baumwolle zu betrügen, dessen sie habhaft werden kann." Herrn Ashmun's Züge färbten sich; er erwiderte, er hoffe, der Präsident habe keine persönliche Bezichtigung damit gemeint.

Herr Lincoln erkannte, daß er seinen Freund verletzt hatte und schnell versetzte er: „Sie haben mich nicht verstanden, Ashmun. Die Folgerung, die Sie ziehen, habe ich nicht beabsichtigt. Ich nehme Alles zurück." Bald nachher sagte er: „Ich bitte Sie um Entschuldigung, Ashmun."

Er verabredete dann eine Zusammenkunft mit Herrn Ashmun für den folgenden Morgen, und eine Karte nehmend, schrieb er auf dieselbe:

„Geſtatten Sie Herrn Aſhmun und ſeinem Freund morgen um
neun Uhr Vormittags zu mir zu kommen.

A. Lincoln."

Das waren die letzten Worte die er ſchrieb.   Sich zu Herrn Col=
far wendend, ſagte er: „Sie werden mich und Frau Lincoln doch
hoffentlich in's Theater begleiten?" Herr Colfar ſchützte andere Ver=
pflichtungen vor — wollte am folgenden Morgen ſeine pazifiſche
Reiſe antreten.   Die Geſellſchaft trat zuſammen heraus in die Säu=
lenhalle, und Herr Lincoln ſprach beim Abſchied:

„Colfar, vergeſſen Sie nicht den Leuten in den Bergwerks=Re=
gionen mitzutheilen, was ich Ihnen heute Morgen über die Ent=
wickelung geſagt habe, wenn wir erſt den Frieden wieder haben wer=
den; dann beiden Herren ſeine Hand reichend, folgte er Frau Lin=
coln in den Wagen, von wo er noch im Momente der Abfahrt rief:
„Ich werde Ihnen nach San Franzisco telegraphiren, Colfar" —
und zum letzten Mal begab er ſich, das ſchützende Dach hinter ſich
laſſend, hinaus in die ſchleichenden Schatten, die ſich, noch ehe ein
neuer Morgen anbrach, als Bahrtuch auf das verwaiſte Herz der
Nation niederſenkten.

Abraham Lincoln's Tod. — Walter Whitman's lebhafte Schilderung der Scene in Ford's Theater.

Der Tag (14. April 1865) ſchien weit und breit im Land ein an=
genehmer geweſen zu ſein — auch die moraliſche Atmoſphäre war an=
genehm — der ſo lange anhaltende, Finſterniß verbreitende Sturm,
der uns gräulichen Brudermord, Blut, und Zweifel, und Trauer
brachte, war vorüber und endete mit dem Sonnenaufgang eines ſol=
chen nationalen Sieges und gänzlicher Darniederwerfung des Baues,
den die Abtrünnigen aufgeführt hatten, daß wir kaum daran zu glau=
ben wagten! Lee hatte unter dem Apfelbaum bei Appomator kapitu=
lirt.   Die anderen Heeresabtheilungen, die kleineren Stützen der
Empörung, brachen raſch nacheinander zuſammen.

War es denn wirklich wahr? Erblickten wir nun endlich, aus dem
Wirrwarr dieſer Welt voller Unglück und Leidenſchaften, Mangel=

haftigkeiten, Zerrüttung und banger Furchtsamkeit hervorgehend, ei=
nem von Gott herniederleuchtenden Lichtstrahle gleich, das sichere,
untrügliche Zeichen des Friedens? Doch ich will mich nicht bei Ne=
bensachen aufhalten. Die That eilet. Das populäre Abendblatt,
der kleine „Evening Star,'' brachte auf der dritten Seite, zwischen
den Anzeigen auf hundert verschiedenen Stellen vertheilt, in sensa=
tioneller Weise Folgendes: „Der Präsident wird heute Abend in
Begleitung seiner Gemahlin das Theater besuchen.'' Lincoln war
ein Freund des Schauspiels. Ich selbst habe ihn mehrere Male im
Theater gesehen. Ich erinnere mich noch wie ich damals bei mir
dachte, wie komisch ist es doch, daß er, der in gewisser Beziehung die
Hauptrolle in dem größten und stürmischsten Drama, welches die
wirkliche Bühne der Welt=Geschichte seit Jahrhunderten aufzuweisen
hat, da sitzen und für diese närrischen Hanswurstiaden, für diese
Theatermenschen, wie sie sich mit ihren albernen Geberden, fremd=
artigen Wesen und schwülstigen Vortrag umher bewegen, so großes
Interesse an den Tag legen kann.

Also, wie ich sagte, es war ein anmuthiger Tag. Die ersten
Gräser, die ersten Blumen hatten ihr Erscheinen gemacht. Ich erin=
nere mich, daß da, wo ich damals zeitweiligen Aufenthalt genommen
hatte, schon viele Fliederbüsche in voller Blüthe standen. Herbeige=
führt durch eine jener Caprizen, welche sich mit Ereignissen vermischen
und ihnen eine gewisse Färbung verleihen, ohne jedoch einen Theil
derselben zu bilden, werde ich durch den Anblick und den Geruch die=
ser Blüthen seitdem an die große Tragödie von jenem Tage erinnert.

An jenem Abend nun war das Theater überfüllt, zahlreiche Da=
men in prachtvollen, rauschenden Gewändern, Offiziere in reichen
Uniformen, viele wohlbekannte und angesehene Bürger und junges
Volk hatte sich eingefunden; da waren unzählige Gaslichter, die ge=
wöhnliche Anziehungskraft einer so großen Menge machte sich bemerk=
bar, Alles war heiter und aufgeräumt, die Luft war geschwängert mit
Wohlgerüchen des Toilettentisches, Violinen und Flöten spielten
muntere und fröhliche Weisen — aber alles das beherrschend war das
große und unbestimmte Wunder, S i e g, der Sieg der Nation, der

Triumph der Union, und das erfüllte die Gedanken, die Sinne, die Luft mit größerem Wohlgefallen wie alle Wohlgerüche der Welt.

Der Präsident fand sich frühzeitig ein und sah dem Schauspiele an der Seite seiner Gemahlin von einer der Theaterlogen des zweiten Balkons aus zu, die mit den Nationalfarben reich drapirt war. Es wurde eines jener eigenthümlichen, geistesarmen Stücke gespielt, deren einziges zweifelhaftes Verdienst darin besteht, daß sie einem den Tag über geistig oder körperlich beschäftigt gewesenen Publikum etwas Zerstreuung darbieten, ohne daß sie im Geringsten Anspruch auf moralischen, das Gemüth veredelnden, ästhetischen oder geistreichen Gehalt erheben können. In dem „Unsere amerikanischen Vettern" betitelten Stücke kam unter anderen sogenannten Charakteren ein Yankee vor, wie man wohl, wenigstens in Amerika, noch nie einen zu schauen bekommen hat, und der in England mit einem kunterbunten fol-de-rol der Sprache, Handlung, Scenerie, und mit all jenen Phantasmagorien eingeführt wird, wie sie nun einmal zu einem modernen, populären Drama gehören. Die ersten Akte waren bereits vorüber, als mitten in dieser Komödie, oder Tragödie, oder wie immer diese Vorstellung gebeißen haben mag, wie um einen Contrast herzustellen oder dem Stücke eine andere Wendung zu geben, — scheinbar als ob die Natur und die Musen sich vereinigt hätten, diese armseligen Possenreißer ihren Hohn fühlen zu lassen — jene Scene eingeschaltet wurde, die aller wirklichen oder genauen Beschreibung spottet (denn in der Erinnerung von allen den Hunderten die anwesend waren, lebt heutigen Tages jene Scene nur noch wie ein längst geträumtes Bild. Undeutlich und unbestimmt tritt die damals sich abspielende Handlung vor das geistige Auge). Und doch will ich den Versuch machen, sie theilweise wenigstens zu schildern wie folgt:

Dieses Stück enthält eine Scene, die in einem modernen Parlor spielt. In diesem wird zweien noch nie dagewesenen englischen Damen von dem noch nie dagewesenen und unmöglichen Yankee die Mittheilung gemacht, daß er arm sei und aus diesem Grund für eheluftige Jungfrauen keine gute Partie abgeben würde. Nachdem die übrigen Commentare noch zu Ende geführt worden, geht das dramatische Trio ab, und die Bühne bleibt einen Augenblick leer. Eine Pause entstand;

athemloses Schweigen herrschte. Während dieser Pause geschah be.
an Abraham Lincoln verübte Meuchelmord. So bedeutungsvoll die=
ses Ereigniß auch war, das mit allen damit zusammenhängenden Ver=
hältnissen in künftige Jahrhunderte, in Politik, Geschichte, Kunst
und Wissenschaft u. s. w. der neuen Welt hineinreichte, so ist es doch
Thatsache, daß der Hauptvorfall, der eigentliche Mord, sich mit der
Einfachheit und Stille der gewöhnlichsten Begebenheit vollzog — wie
etwa das Springen einer Knospe oder Hülse, im Pflanzenreiche.

Durch das allgemeine Gemurmel und Räuspern, welches der Büh=
nenpause folgte, ertönte der dumpfe Knall einer Pistole, welcher noch
nicht vom hundertsten Theile des Publikums vernommen wurde —
und nochmals hüllt sich Alles für die Dauer eines Augenblickes in
tiefes Schweigen; es lastete etwas wie unbestimmter, banger Schauder
auf dem Auditorium — und dann, an der in reichem Farbenschmucke
prangenden Brüstung der Präsidentenloge erscheint plötzlich, sich mit
Händen und Füßen emporarbeitend, eine Gestalt, ein Mann. Nur
einen Moment lang bleibt er stehen, holt dann aus einer Höhe von
fünfzehn Fuß zum Sprunge auf die Bühne aus, stürzt, da er mit dem
einen Fuß in dem Geschlinge der Fahnendraperien hängen bleibt, auf
ein Knie, rafft sich jedoch mit Blitzesschnelle, als ob nichts geschehen
wäre, wieder empor (und doch hatte er sich den Knöchel verrenkt, es
aber nicht sogleich verspürt) und die Gestalt, Booth, der Mörder, in
einfachem schwarzem Anzug, barhäuptig, mit glänzendschwarzem Haar,
die Augen funkelnd wie die eines wüthenden Thieres, und doch auch
wieder eine gewisse, sonderbare Ruhe zeigend, hält in der einen,
emporgestreckten Hand ein großes Messer, schreitet einige Schritte zu=
rück von der Rampe, dreht sich um und zeigt dem Publikum sein klas=
sisch schön zu nennendes Gesicht, beleuchtet von den Basiliskenaugen,
aus denen Verzweiflung, vielleicht der Wahnsinn blitzt, stößt mit fester,
weithin hörbarer Stimme die Worte heraus „Sic Semper Tyrannis"
und geht dann, man kann nicht sagen langsamen, aber auch nicht be=
sonders schnellen Schrittes, schräg über die Bühne und verschwindet im
Hintergrunde. (War dieser fürchterliche Auftritt nicht von Booth
vorher schon in Blanko einstudirt worden?)

Ein momentanes Schweigen folgte; unglaublich — ein Schrei

— der Ruf „Mörder!" — Frau Lincoln lehnt sich über die Logen=
brüstung, Todtenblässe auf ihren Wangen und Lippen. Unwillkürlich
ruft sie, nach der sich entfernenden Gestalt hindeutend: „Er hat den
Präsidenten ermordet!" Und dennoch herrscht auch jetzt noch eine son=
derbare, zweifelnde Ungewißheit, dann aber bricht sich die schreckliche
Wahrheit Bahn. Und nun dieses Gemisch von Entsetzen, Getöse,
Ungewißheit (man hört weit hinten irgendwo den Hufschlag eines
schleunig davon galoppirenden Pferdes), das Volk klettert über Sitze
und Geländer, und tritt diese entzwei; dieser Lärm vergrößert noch
die allgemeine Confusion; überall Verwirrung und Schrecken. Frauen
fallen in Ohnmacht; Kinder und altersschwache Leute stürzen hin und
werden mit Füßen getreten; verzweiflungsvolle Rufe um Hülfe ma=
chen sich hörbar. Jetzt plötzlich drängt sich Alles auf die Bühne, die
im Nu von einer dichten und bunten Menge besetzt ist und den Anblick
eines grauenhaften Carnevals darbietet. Alles eilt und rennt dahin,
die Schauspieler, männliche wie weibliche, in ihrem Flitterstaat und
geschminkten Gesichtern, aus welchen durch das aufgelegte Roth hin=
durch die tödtlichste Angst spricht, befinden sich auch da; manche von
ihnen zitternd, andere weinend. Das Schreien und Rufen wird ver=
doppelt und verdreifacht. Zwei oder drei bringen es fertig, Wasser
von der Bühne hinauf nach der Loge des Präsidenten zu reichen; an=
dere suchen hinaufzuklettern, u. s. w.

Inmitten dieses Auftritt's kommt die Garde des Präsidenten mit
noch anderen, die von der Scene herbei gelockt worden sind, herein
gestürzt.— sie stürmen das Haus—rennen von Wuth entflammt
durch alle Gallerien, besonders die oberen und machen buchstäblich
einen Angriff auf das Publikum mit gefälltem Bajonnet, Flinten
und Pistolen, dabei schreiend: „Hinaus! hinaus! ihr H—söhne!"
Derart war die Scene, so unausführlich sie hier geschildert werden
kann, in dem Schauspielhause an jenem Abend.

Auch außerhalb war die Atmosphäre voll der äußersten Verwir=
rung; da waren Volksmassen angehäuft, erfüllt mit wahnsinniger
Wuth, die bereit standen diese an irgend einem Gegenstande auszu=
lassen der ihnen in den Weg kam, und die zu verschiedenen Malen den
Versuch machten, an unschuldigen Personen einen Mord zu verüben.

Von diesen Fällen war einer besonders aufregend. Die wuthentbrannte Menge verfolgte irgend einer Ursache halber einen Mann, vielleicht, daß dieser sich mißfälliger Worte bedient hatte oder auch vielleicht gar keines Grundes halber, und traf Anstalten ihn an einen benachbarten Laternenpfahl aufzuhängen, als ihn einige heroische Polizisten befreiten, ihn in ihre Mitte nahmen und sich langsam, aber unter großer Gefahr ihren Weg nach dem Stations-Hause erkämpften. Das war eine passende Episode dieses ganzen Ereignisses. Die hin und her wogende Menge — die Dunkelheit der Nacht, das gellende Rufen und Schreien, die blassen Gesichter, die vielen Einzelnen die sich angsterfüllt aus diesem Wirrwarr vergeblich einen Weg zu bahnen suchten — der von dem Pöbelhaufen umringte Mann, leichenblaß und um sein Leben flehend — die ruhig einhermarschirenden, resoluten Polizisten, keine Waffen führend als ihre kleinen Knüppel, sich aber ernsthaft und sicheren Schrittes einen Weg durch alle diese wogenden Mengen bahnend — Alles das bildete in der That eine Seitenscene zur großen Tragödie des Meuchelmordes. Sie erreichten das Stations-Haus mit dem erretteten Mann, den sie für die Dauer der Nacht in Sicherheit brachten und am andern Morgen seines Weges ziehen ließen.

Und inmitten dieses nächtlichen Pandemoniums des unsinnigsten Hasses, inmitten der wuthschnaubenden Soldaten, des Publikums und der Menge, der Bühne mit ihren Schauspielern, ihren Schminknäpfen, Flitter und Gasflammen — tröpfelt das warme Blut, das beste und edelste im ganzen Lande, von den Adern langsam hernieder und der Todesschweiß perlt schon auf seinen Lippen.

Solches waren in kurzen Umrissen die begleitenden Umstände des Todes von Präsident Lincoln. So plötzlich und auf solche entsetzliche Weise wurde er uns entrissen. Aber sein Tod war schmerzlos.

(Ende.)

Eine junge Dame vom Washington Heights Taubstummen-Institut in New-York
hört zum ersten Male ihre eigene Stimme.

Das Audiphone.

Frohe Botschaft für die Tauben.

Ein Instrument, welches es den Tauben ermöglicht, vermittelst der Zähne zu hören, und Taubstumme in den Stand setzt, zu hören und sprechen zu lernen.

Erfunden von R. S. Rhodes, Chicago, Ills.

Das Audiphone hat Aehnlichkeit mit einem Fächer. Es ist aus einer besonderen Composition verfertigt, welche, wie das Zwerchfell eines Telephone's, die leisesten Töne auffängt und diese, vermitelst der Zähne und der Gehörnerven dem Gehirn zuführt.

Während der Benutzung des Instrumentes ist dieses durch Schnüre bogenförmig gespannt und der obere Rand wird gegen die Kante der oberen Zahnreihe gedrückt. Siehe Fig. 1, 2, 3.

Fig. 1. Das Audiphone in seiner natürlichen Form.

Fig. 2. Das Audiphone in Spannung; die richtige Position, um damit hören zu können.

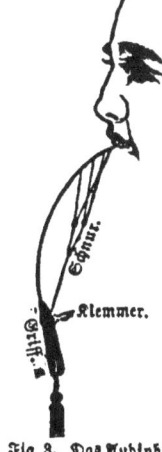

Fig. 3. Das Audiphone den oberen Zähnen angepaßt; zum Gebrauch bereit. (Seitens-Ansicht.)

Im Besitze einer einigermaßen gesunden oberen Zahnreihe und Gehörnerven erweist sich das Audiphone als vollkommen zufriedenstellend. Bei künstlichen Zähnen, wenn diese festsitzen, bewirkt es sehr günstige Resultate.

In allen Fällen sollte die gehörige Sorgfalt darauf verwendet werden, das Instrument anzupassen wie es sich gehört.

Personen, die nicht gewohnt sind artikulirte Töne zu hören oder die sich durch Anwendung von Ohrentrompeten an unnatürliche Töne gewöhnt haben, werden im Allgemeinen einer kurzen Uebung bedürfen, ehe sie den ganzen Vortheil, den dieses Instrument bietet, genießen können.

Wo immer das Instrument angewendet wird, tritt ein Fortschritt in den Resultaten zu Tage. Der Gebrauch hievon vervollkommnet auch den natürlichen Gehörsinn.

Von Personen die von dem Audiphone Gebrauch machen.

Folgende Zeugnisse sind in allen Beziehungen ächt und gelangten, ohne verlangt worden zu sein, in die Hände von Rhodes & McClure. Dasselbe ist auch der Fall in Bezug auf die den Zeitungen entnommenen Notizen.

„Ich höre gewöhnliche Unterredungen mit Leichtigkeit und bei einem jedesmaligen Gebrauche muß ich von Neuem erstaunen. Töne die ich schon seit Jahren nicht mehr vernommen und schon gänzlich vergessen hatte, höre ich ganz deutlich wieder und je mehr ich davon Gebrauch mache, desto lieber gewinne ich es."   **Abbie R. Stevens,**
9 October 1879.   Salem, Mass.

„Ich besuche die Kirche, höre ganz genau auf der sechsten Bankreihe vom Predigertisch, kann aber die Stimme des Predigers nicht hören ohne vom Audiphone Gebrauch zu machen. Ich besuche Vorlesungen und Concerte, kurz und gut, bin wieder am Leben und bilde einen Theil dieser Welt. Manchmal meine ich, mein Audiphone sei behext, es bewirkt solche Wunder."   **Abbie R. Stevens.**
18. Dez. 1879. (Zweiter Brief.)

„Das Audiphone langte hier wohlbehalten an. Durch dessen Beihülfe ist es mir ermöglicht an allgemeinen Unterhaltungen Theil zu nehmen, welches mir seit achtzehn Jahren nicht vergönnt war "   **H. K. Taylor,**
21. Nov. 1879.   Cleveland, Ohio.

„Das 'Phone habe ich erhalten und befriedigte bei einem Probeversuch weit mehr wie vor einem ersten Gebrauch zu erwarten stand. Meine Frau und Freunde sind davon hocherfreut und voller Enthusiasmus. Sie fühlen sich beglückt daß ich nun hören kann und ich bin froh, daß es von nun an ihrerseits weiter keiner Anstrengung bedarf, um mir das zu ermöglichen."   **E. G. Ely, (Firma, Reynolds & Ely.)**
4. October 1879.   Peoria, Ill.

114 südliche 21. Straße, Philadelphia, Pa., 15. Nov.

„An die Herren Rhodes & McClure. — Das Audiphone ist sicher angelangt und ich beeile mich, Sie von dessen vollständigem Erfolg in Bezug auf mein Gehör zu benachrichtigen. Bei gewöhnlicher Unterhaltung kann ich es mit meinen Augenzähnen nicht in Berührung bringen, da dann die Stimmen zu laut tönen würden, obgleich das Audiphone nur wenig gespannt ist. Ich nahm am gestrigen Abend, seit fünf oder sechs Jahren, wieder Theil an einer allgemeinen Unterhaltung und zwar mit großer Leichtigkeit. Eine Zimmerorgel oder ein Klavier höre ich deutlich aus ziemlicher Ferne. Auch lautes Lesen vernehme ich deutlich. Meine Familie und Freunde sind höchlichst erfreut über meinen Erfolg und betrachten das Instrument mit Staunen. Mein Arzt drückt seine tiefste Befriedigung darüber aus und meint, da meine Taubheit größtentheils von einer Nervenschwäche herrührt daß das Audiphone auf den Gehörnerv stimulirend einwirke und vielleicht mein Gehör verbessern, wenn nicht gänzlich wieder herstellen würde. Da der fürchterliche Druck der bisher auf mein Gemüth ausgeübt wurde. entfernt worden ist, so fühle ich mich jetzt so beruhigt und heiter, daß ich meiner Taubheit fast gar nicht mehr gedenke." Ganz die Ihrige   **Frau J. A. Ley.**

„An die Herren Rhodes & McClure. — Das Audiphone wurde mir vermittelst der Adam's Expreß überbracht und meine Frau ist aufrichtig erfreut darüber. Sie war im Theater und bei anderen öffentlichen Unterhaltungen und seit zwölf Jahren war es ihr zum ersten Male wieder vergönnt zu hören was gesprochen wurde."   **H. A. Barry,**
9. Dez. 1879.   26 Post Office Ave., Baltimore, Md.

„Mein Audiphone ist das Wunder des Tages. Es leistet mir große Hülfe in der Unterhaltung.   **B. H. Mulford, Esq., Montrose, Pa.**

„Meine Taubheit wurde vor mehr wie dreißig Jahren durch einen Anfall von Scharlachfieber herbeigeführt. Ich höre auf beiden Ohren nur sehr mangelhaft, auf dem einen fast gar nicht. Das Audiphone, welches wir von Ihnen erhielten, wurde in gewöhnlicher Unterhaltung probirt und auch während des Besuches der Oper und erfüllt vollständig den dabei beabsichtigten Zweck. Während des Gebrauches dieses Instrumentes ist mein Gehör so scharf, als ob kein Gehörfehler existire und die Wirkung, welche die Anwendung des Instrumentes hervorgebracht, hat die Gehörorgane schon merklich stimulirt und gestärkt — und zwar in einem Grade, daß meine Familie davon überrascht wurde.

„Ich habe das Instrument mehreren meiner Freunde, die auch mit Taubheit behaftet sind, gezeigt. Unter Denjenigen die mit der Absicht umgehen, von Ihrer Erfindung Gebrauch zu machen, befindet sich Richter McCorkle von Californien; Gen. Boynton von der Cincinnati „Gazette" und Gen. Martham, ein Bürger dieser Stadt.

„Alle diese Herren leiden an theilweiser oder gänzlicher Taubheit."
28. Nov. 1879.   **G. W. Carter, Washington, D. C.**

„Es erfüllt seinen Zweck auf's herrlichste. Hat unter meinen Freunden eine förmliche Sensation erregt."   **E. F. Test, Claim Agent der U. P. R. R.**
21. Sept. 1879.   Omaha, Neb.

„Habe Ihr Audiphone erhalten. Die Dame (meine Schwester) hat es probirt und kann damit einer gewöhnlichen Unterhaltung zuhören, was sie ohne das Instrument nicht kann. Ich würde es nicht für den zehnfachen Preis hergeben.   W. W. Evans, September, 1879.   Grand Locomotive Works, Patterson, N. J.

„Ich setzte mich gestern in den Besitz eines Audiphone's und kann schon recht gut eine gewöhnliche Unterhaltung mit anhören."   Henry Milnes, Cold Water, Mich.

„Das Audiphone gereicht mir zu großem Vortheil. Ohne dasselbe ist Musik ein verwirrtes Durcheinander von Tönen; mit ihm aber kann ich die verschiedenen Theile und Töne unterscheiden wie ich es noch nie besser vermocht habe."   Abbie West, 6. Dez. 1879.   Canton, Ill.

„Mein höre ich die Musik in irgend einem Theile des Zimmers. Zu sagen, ich sei höchst befriedigt würde meinen Gefühlen einen nur sehr mäßigen Ausdruck verleihen."   30. Sept. 1879.   G. H. Paine, Freemont, Neb.

„Von angestellten Versuchen denen ich beigewohnt, habe ich die Ueberzeugung gewonnen, daß, mit Ausnahme von Fällen in denen der Gehörnerv total gelähmt ist, alle Tauben vermittelst dieses Instrumentes in den Stand gesetzt werden können, zu hören und Theil zu nehmen an Unterhaltungen."   Ehrw. S. H. Weller, Morrison, Ill.

„Seit dreißig Jahren bin ich taub gewesen, kann nun aber durch Anwendung des Audiphone's deutlich hören."   John Atkinson, 19. Sept. 1879.—Secretär, Schatzmeister und Supt. der Racine (Wis.) Gaslicht Gesellschaft.

St. Joseph's Institut, Fordham, (bei New York,) 4. Dez. 1879.

„Am Dienstag, den 2. d. Wis., wurde von einer Anzahl Zöglinge dieses Instituts ein Versuch mit dem Audiphone gemacht und zwar mit folgendem Resultat:

„Cäcilie Lynch, 16 Jahre alt, war, wie man annimmt, taub geboren worden. Es wurde jedoch bemerkt, daß sie sehr laute Töne hören und mitunter ihren eigenen Namen verstehen konnte, wenn dieser von einer nahebei stehenden Person gerufen wurde. Sie sagt auch, daß sie zum Oefteren die Orgeltöne in der Kapelle vernommen, doch bereiteten ihr diese nicht das mindeste Vergnügen, im Gegentheil, die verworrenen Töne machten einen unangenehmen Eindruck auf sie. Vermittelst Anwendung des Audiphone's hörte sie nicht nur ganz deutlich, sondern konnte auch jedes Wort das man ihr vorsprach, wiederholen. Da sie in der Artikulation unterrichtet wurde und mit Leichtigkeit von den Lippen abzulesen verstand, so war man der Meinung, daß diese Erfindung sehr hülfreich für sie sein werde. Eine der anwesenden Personen stellte sich hierauf hinter sie und wiederholte mehrere Worte, welche sie auch ohne Weiteres nachahmte, hiermit den Werth des Audiphone's außer allen Zweifel setzend.

„Anna Toohey, 10 Jahre alt, verlor ihr Gehör im Alter von drei Jahren, herbeigeführt durch eine Rückgrat Entzündung. Man war der Meinung, daß sie vollkommen taub sei, doch durch das Anlegen des Audiphone's an ihre Zähne wurde sie befähigt zu hören und sprach dem Herrn Rhodes mehrere Buchstaben des Alphabet's nach. Das kleine Mädchen macht schnelle Fortschritte in der Artikulation, doch bis zum Tage an dem sie von dem Audiphone Gebrauch machte, bot ihr der Vokal-Ton eine nicht zu beseitigende Schwierigkeit; mit Hülfe des Audiphone's wiederholte sie ihn mit Leichtigkeit.

„Ein anderes kleines Mädchen, Sarah Flemming, hörte ebenfalls die Stimme des Herrn Rhodes und von Anderen die zu ihr sprachen. Wie im vorhergehenden Fall war auch bei ihr eine Rückgrat Entzündung die Ursache ihrer Taubheit, von welcher sie im Alter von fünf Jahren befallen wurde. Vermittelst des Audiphone's vermochte sie mehrere Töne zu wiederholen.

„Außer diesen stellten noch Andere Versuche mit dem Audiphone an, wobei sie mehr oder weniger Erfolg erzielten."   Mary B. Morgan, Vorsteherin.

In einem späteren Brief (12. Dez.) sagt Fräulein Morgan: „Das Audiphone wird unsern Zöglingen ohne Zweifel große Dienste erweisen."

Western & Atlantic R. Co., Office des Schatzmeisters, Atlanta, Ga., 18. Nov. 1879.

„An die Herren Rhodes & McClure. — Wollen Sie mir gefäl. ein Unterhaltungs-Audiphone gegen Expreßnachnahme überschicken; wie ich aus ihrer Anzeige ersehe, beträgt der Preis eines solchen $10.00."   Achtungsvoll   W. C. Merrill, Sekr. und Schatzmeister der W. & A. R. Co.

„Schicken Sie mir gefl. noch ein Unterhaltungs-Audiphone per Expreß." (Depesche von W. C. Merrill, 24. Nov. 1879.)

„Sie sind ersucht mir ein Conzert-Audiphone per Expreß zu übersenden." (Depesche vom Selbigen 9. Dez.)

„Schicken Sie mir gefl. ein Unterhaltungs-Audiphone per Expreß." (Depesche vom Selbigen 12. Dez.) (N. B. Herr Merrill ist kein Agent. Er bestellte diese Audiphone's per Expreß für Freunde die das Instrument bei ihm gesehen haben.

„An Herrn R. S. Rhodes. — Geehrter Herr — ich ergreife die Gelegenheit, Ihnen meinen innigsten Glückwunsch darzubringen für den Erfolg den Sie mit Ihrer menschenfreundlichen Erfindung erzielt haben."   Ihr   James J. Barclay, 9. Dez. 1879.   Sekr. des Penn. Instituts für Taubstumme, Philadelphia.

Aus der Presse.

„Wir haben das Audiphone gesehen und einen Versuch damit angestellt und fühlen uns dem Erfinder desselben tief verpflichtet, nur allein schon deshalb, weil das Instrument sich mehreren geliebten Freunden gegenüber als eine segensreiche Wohlthat erwiesen hat. In einzelnen Fällen war die sofort eintretende, lindernde Wirkung, magisch und für die Patienten überwältigend. Wir haben gewisse von unsern Freunden in Freudenthränen ausbrechen sehen, und waren zugegen, wie sie vor Dankbarkeit und Wonne auf die Kniee sanken." — „N. W. C. Advocate" (vom Redakteur, Dr. Edwards).

„Eine jede Note, die der Musiker spielt und eine jede Note, welche die Sängerin singt, klingt ebenso klar und rein als wie es der Fall war, ehe mein Gehör geschwächt wurde." — Der Achtb. Joseph Medill, Redakteur der „Chicago Tribune."

„Ein Mann, der tauber ist als Edison, hat uns vermittelst des Audiphone's gezeigt, daß Leute, die taub geboren oder durch Krankheit taub geworden sind, in Wirklichkeit in einem höheren oder niedrigern Grade zu hören befähigt werden können." — „Detroit Free Preß," 25. Nov. 1879.

„Es ist werthvoll und wird in der Erziehung solcher Kinder, wie jene im Taubstummen-Institut, eine wesentliche Rolle spielen und allen schwerhörigen Personen zweifelsohne eine große Hülfe sein. Die Erfindung desselben bietet uns daher Anlaß, daß wir uns freuen sollten, und das anziehende Aeußere und die große Bequemlichkeit in der Handhabung des Instrumentes, so verschieden von der altmodischen Ohrentrompete, wird dazu dienen, ihm eine allgemeine Verbreitung zu verschaffen." — „Hartford (Conn.) Courant."

„Taubstumme waren fähig die Klänge eines Klaviers aus ziemlicher Entfernung zu hören." — Bericht über eine Privat-Darstellung an den „N. Y. Observer."

„Diese wunderbare Erfindung verspricht eine sehr werthvolle zu werden." — „Illustrirte N. Y. Christian Weekly."

„Herr Rhodes hat den Leuten, die entweder taub geboren oder durch Krankheit taub wurden, gezeigt, daß sie in Wirklichkeit zu hören befähigt werden können." — „New York World."

„An verschiedenen Mitgliedern einer Taubstummenklasse wurden zufriedenstellende Versuche gemacht, und die Freude über das Hören eines Tones, welche besonders bei einem jungen Mädchen zu Tage trat, war in der That interessant und rührend. Ein neues Organ oder ein Gebrauch für ein Organ ist hiermit entdeckt, wenn nicht geschaffen worden." — Aus einem Briefe Jenny June's an den „Baltimore American," 1. Dez. 1879.

„Herr James Samuelson zeigte im Hörsaale der freien Bibliothek in Liverpool, England, ein Instrument, welches bestimmt ist, den Tauben das Hören zu erleichtern — das Audiphone — welches er von seiner Reise nach Amerika mit zurück gebracht hat....Das allgemeine Resultat war, daß das Instrument für taube Personen einen großen Werth besitzt, vorausgesetzt die Gehörnerven befinden sich in gesundem Zustande." — „Liverpool Daily Post," 2. Dez. 1879.

„Keine Brille vermag einem Blinden das Sehvermögen zu ertheilen, das neue Instrument aber verleiht tauben Personen Gehör." — „The Interior," 8. Sept. 1879.

„Wir haben gesehen, wie Leute hiermit (dem Audiphone) Töne zu hören im Stande waren, welche vorher nie wußten, was ein Ton war." — „Advance."

„Katharine Lewis, eine junge Dame, dem Taubstummen-Institut zu Philadelphia angehörig, konnte für gewöhnlich einen sehr lauten Ton hören. Vermittelst des Audiphone konnte sie Worte hören und wiederholen die im gewöhnlichen Unterhaltungstone gesprochen wurden." — Bericht an den „Philadelphia Record" über die Philadelphia Schaustellung, 9. Dez. 1879.

„Endlich vermögen die Tauben zu hören. Da es den Tönen mißglückt, durch die Vorderthür des Ohres zu gelangen, leitet sie das Audiphone nach der hinteren." — „Concord (N. H.) Daily Monitor," 25. Dez. 1879.

„Die Taubstummen wurden in den Stand gesetzt den Unterschied zwischen Tönen zu erkennen und dem Gesang einer Dame zuzuhören." — Bericht an die „New York Tribune" über die Schaustellung am 22. Nov. 1879.

„Die Taubstummen probirten das Audiphone. Ein junger Mann, der seit seiner Kindheit taub war, hörte Worte, die im gewöhnlichen Unterhaltungstone gesprochen worden." — Bericht an die „New York Sun" über die Schaustellung am 22. Nov. 1879.

„Durch diese Erfindung hat sich Herr Rhodes als ein Wohlthäter erwiesen." — „The Standard," 25. Sept. 1879.

„Eine sehr werthvolle Erfindung." — „Evening (Milwaukee) Wisconsin, J. F. Cramer, Redakteur, 1. Oktober 1879.

„Die Thatsache, daß man vermittelst der Zähne zu hören im Stande ist, war schon längst bekannt, aber dem Erfinder des Audiphone's blieb es überlassen, diese Thatsache zum Segen der Betrübten auszunutzen." — „New York Star," 22. Nov. 1879.

„Eine Klasse Taubstummer vom Washington Heights Institut war anwesend und die von ihnen angestellten Versuche fielen sehr zufriedenstellend aus. Manche von ihnen hörten die Klänge eines Klaviers zum ersten Male." — Bericht an den „New York Evangelist" über die New Yorker Schaustellung, 27. Nov. 1879.

„Scheint irgend eines der Instrumente zu übertreffen, die Edison zur Erleichterung des Hörens erfunden hat." — „New Orleans Times," 27. Nov. 1879.

„Die Erfindung hat praktischen Werth." — „New York Herald."

„Es besitzt alle die Eigenschaften, die der Erfinder dafür beansprucht." — „Evansville (Indiana) Journal," 30. Nov. 1879.

„Der Probeversuch war ein großartiger Erfolg." — „Boston Traveler," 2 Dez. 1879.

„Man hat im Indiana Taubstummen-Institut Versuche angestellt, die von großem Erfolge begleitet waren." — „Dr. Foate's Health Monthly." Dez. 1879.

„Das Audiphone für die Tauben wird wahrscheinlicher Weise die Ohrentrompete ganz und gar verdrängen; es bietet in der Benutzung oder im Tragen keine Unbequemlichkeit, und vergönnt Tausenden, die in ihrem Leben noch nie einen Ton vernommen, Buchstaben, Worte und Musik zum ersten Male zu hören." — „Church Union," 29. Nov. 1879.

„Von unermeßlichem Werth für die Tauben." — „The Tabernesландет," Sept. 1879.

„Die Schwerhörigen, denen es nur durch lautes Schreien vermittelst einer Ohrentrompete möglich gemacht werden konnte, zu verstehen was gesagt wurde, fanden, daß sie ein Gespräch, welches im gewöhnlichen Unterhaltungstone geführt wurde, mit großer Leichtigkeit hören konnten."—Bericht im „Providence (R. J.) Journal" über angestellte Versuche in Providence, R. J.

„Hat sich als ein ausgezeichneter Erfolg erwiesen." — „Albany (N. Y.) Preß."

„Könnte leicht für einen Fächer angesehen werden." — „Democrat and Chronicle."

„In vielen Fällen von Taubheit, wo der Gehörnerv zerstört ist, kann das Audiphone von keinem Nutzen sein; doch wo immer, wie es oft der Fall, das Gebrechen nur in den Theilen des Ohres zu finden ist, vermittelst welcher die Tonwellen von außen auf den Nerv übertragen werden, wird sich diese Erfindung als eine große Wohlthat erweisen." — „Washington (D. C.) Post," 27. Oct. 1879.

„Wird einer großen Anzahl von Leidenden die Sprache und das Gehör wiedergeben." — „Toronto (Canada) Mail," 5. Nov. 1879.

„Ein großer Segen für die Schwerhörigen." — „Providence (R. J.) Journal," 6. Nov. 1879.

„Frühere Berichte finden durch spätere Experimente volle Bestätigung." — „Denver Times," 6. Dez. 1879.

„Herr Rhodes wurde von der Gesellschaft auf's Wärmste beglückwünscht, und Herr Peter Cooper sprach von seiner Erfindung als einem Segen und einer Glücksbescheerung für die mit Taubheit Behafteten." — Correspondenz in Bezug auf die New Yorker Schaustellung im „Chicago Inter-Ocean."

„Eine neue und geistreiche Erfindung vermittelst welcher die Tauben mit den Zähnen hören können." — „New York Graphic," 21. Nov. 1879.

„Eins der Wunder dieser Tage der Telephonen, Phonographen u. dgl. ist das Audiphone, erfunden von Richard S. Rhodes von Chicago, welches schwerhörigen Personen die Befähigung ertheilt mit den Zähnen hören zu können. Leute die ihr Gehör einst besessen, dasselbe dann aber eingebüßt haben, und wissen, was Töne zu bedeuten haben, auch selbst sprechen können, erhalten durch Anwendung des Audiphone's in praktischer Weise das Gehör zurück." — „Springfield Republican."

„Hatten es nicht länger wie zwei Minuten in unserem Besitz als wir schon zu der Ueberzeugung gelangt waren, daß es zum Wenigsten allen unseren Erwartungen entsprach, haben aber selbem erfahren, daß es unsere Erwartungen weit übertrifft. Außerdem finden wir, daß es durch längeren Gebrauch auch unser natürliches Gehör verbessert, was in der That merkwürdig ist." — Redakteur des „Germantown Telegraph," Philadelphia, 26. Nov. 1879.

„Durch ein wenig Uebung lauten die Töne, welche auf diese Weise zu uns gelangen, ebenso als wenn sie die Gehörnerven durch das Ohr berührt hätten." — „Scientific American."

Das Audiphone ist in allen Theilen der civilisirten Welt patentirt worden.

Preise:

Unterhaltungs-Audiphone, einfach...$6 00
Unterhaltungs-Audiphone, verziert..$8 00

Das Audiphone wird gegen Einsendung des Preises an irgend eine Adresse versandt von

Rhodes & McClure, alleinige Agenten,

Chicago, Ills.

(Audiphone Parlor anschließend an die Office.)

Versuche mit dem Audiphone an einer Masse von Taubstummen in der Stadt New-York.
(Aus Frank Leslie's Illustrirter Zeitung.)